美好新鄉土

柴然 著

山西出版传媒集团 北岳文艺出版社

·太原·

图书在版编目(CIP)数据

美好新乡土 / 柴然著 . —太原:北岳文艺出版社，
2024.1
ISBN 978-7-5378-6797-9

Ⅰ. ①美… Ⅱ. ①柴… Ⅲ. ①报告文学–作品集–
中国–当代 Ⅳ. ①I25

中国国家版本馆 CIP 数据核字(2023)第 214699 号

美好新乡土
柴然 著

出品人
郭文礼

选题策划
高海霞

责任编辑
高海霞

封面题字
柴 然

书籍设计
张永文

印装监制
郭 勇

出版发行:山西出版传媒集团·北岳文艺出版社
地址:山西省太原市并州南路 57 号
邮编:030012
电话:0351-5628696(发行部) 0351-5628688(总编室)
传真:0351-5628680
印刷装订:山西人民印刷有限责任公司

开本:787mm × 1092mm 1/16
字数:276 千字 印张:19.25
版次:2024 年 1 月第 1 版
印次:2024 年 1 月山西第 1 次印刷
书号: ISBN 978-7-5378-6797-9
定价:58.00 元

目录

好风长吟

从孩子们的羞耻心开始……003
常璟镇长……005
荣誉村民……009
涝山脚下是吾乡……022
梨花雨……034

归园田曲

像孩子的大人……055
读书山……066
诗之流寓地……073
东窗日影偏……076

当我在春天

曾经少年……087
体育是一种教养……094
回到乡土中国……098

道德的高地

大地恩情
——黄代小的六千个日日夜夜……115
邯郸李国琴……127
太行怀抱……135

风中烛火

草根，草根……149

另视角

永远留在中国
——《十里店》与柯鲁克夫妇……………………245
原平故事：阎庄土地承包……………………………253
原平：搭台唱戏…………………………………………257
偏关：乒乓球往事………………………………………260
洞头陈岁娘盖屋记………………………………………266
绿色的光辉………………………………………………272
凛冬星辉…………………………………………………290

好风长吟

从孩子们的羞耻心开始

“中国屯留·羿乡美食文化节”的主场地，设在屯留区麟绛人民公园广场。

我们在美食节第四日到达。听专程到太原来接我们的屯留县文联主席徐晶讲，人最多在前两日，场面盛大，人头攒动，好多名吃摊位前，挤得水泄不通。

第四日黄昏。在我们进入美食节主场地时，乡人们仍然有很多。

推出的美食节主导者为屯留区政协。屯留区政协这样回答大家：发挥政协建言资政，凝聚共识，助力全区经济社会发展的积极作用，提升屯留对外开放的新形象，结合屯留“三河汇流”“三教同山”“九省十八县移民”集聚的地域文化特色，打造“移民乡愁文化系列活动”特色品牌（而它这“三教同山”和“移民乡愁文化”等词条，正基于千百年来这里的人民群众的实际生活，却也是我们不多见的对人的肯定与尊重）。

美食节推出近200种具有鲜明地方特色的美食小吃和50余种本地的名优特产。当然更重要的是美食节的举行代表着物阜民丰，老百姓今天端起来的饭碗后面，不再是老人们艰涩的苦颜，孩子们无助的泪眼。

屯留土地肥沃，水资源充分，有“见苗三分收”的民谚享誉太行，是我上党地区的大粮库、大粮仓，尤其是我们挂在上党盆地“盆帮子上”的陵川、壶关、平顺三县不能相比；历史上的大灾荒年，屯留又接纳了数以万计的外省流民、饥民，形成了一个“九省十八县人”在此和谐共处的局面。

尽管如此，她的子民，亦清楚地记着吃糠咽菜、食不果腹的贫困时日。

老友郭俊明兄，就是屯留人，去他家乡采风美食，他却向我回忆起早年间多吃煮疙瘩，与我的一则散文《忽然想起玉米面煮疙瘩之流》形成了互应；不同处则是他们这煮疙瘩很大，煮锅里后别管它，直等家中洒扫庭除结束，刚能煮透、煮熟。

我第一次来屯留，在20世纪80年代中期，那时来参加我妹妹的婚礼，我妹夫父母在这边工作，应该说家庭条件尚可，但那婚宴饭菜，却没有什么更好的地方特色，十分一般。

唯有经济发展、腾飞，才能令这一切，高歌猛进，如虎添翼。

美食节夜间的七个乡镇（开发区）文艺节目对垒，更增加了美食节的喜庆气氛。

但说“仓廪实，知廉耻”，而为老生常谈，在此，你却不能忽略它而为办美食节之思想主题。

在我们的桌子上，摆了太多吃的喝的，甚至可以说，应有尽有；还上了好多的海鲜。

尤其是那么多的瓶装饮料，我就很想给旁边挤着的小孩子们拿一个两个。

对此，我的心思还是很缜密的。我知道，就是今天乡下的孩子，你也不能随手乱递饮料，给人感觉好像你高高在上，这可是你对他们的恩典、赐予。当孩子们笑着，看着你，而不接饮料那一刻，则会把你置于一个被嘲弄的境地。况且在他们中间，也有一部分拒绝喝饮料，至少和咱一样清楚，碳水化合物，会对他们幼小的身体造成伤害。

我就想我的童年，站在这么多高级的吃喝面前，会有多么贪婪的目光；两三秒钟，足可以喝下去一瓶如芬达这样的瓶装饮料，并且可以不换气，连喝十瓶。

这之后，我就和他们的大人们说，能不能给孩子一个饮料啊？大人们同意后，小孩子还不好意思；大人笑着点头，说拿着吧，这小孩子才将那瓶装可乐接了过去。

人的进步，时代的进步，在我看，就是从孩子们的羞耻心开始的。

常璟镇长

屯留美食节，也是屯留9个乡镇、3个开发区精神风貌与综合实力的展示平台。各推菜品和小吃摆放至评委面前，超大立体LED墙面播放宣传片，乡镇长上台进行演讲，同为主要内容，令人印象深刻。

常璟，上村镇女镇长，她是我们进入主场地后，所见第一个上台演讲的乡镇长。由于台上台下整体文艺气氛浓郁，两乡镇捉对儿比拼，你方唱罢我登场。

当常璟健步走上台去，其普通话水平，演讲能力，特别是那种完全有准备的果决、干练，让我感觉她更像是专门受过训练的演讲者，是从电视节目辩论席上找来的职业替身；或者干脆就是电视评论节目的专业主持人；当她走下台来，回到上村镇约有30人的对歌队伍中，成为他们这支战力超强的团队核心时，我又以为她是上村镇雇来的文艺节目与美食打擂的总队长、总导演。

这从侧面反映出了现在乡镇干部的个人素质，至少和我们印象中的有比较大的差距。我当然不会把原来的乡镇干部看扁了，他们中能干的人、有本事的人多得是，慢说地方上的大领导，中央一级的大领导，也多有出自乡镇干部的；而他们这代人的一个很大不同点，主要还在于他们身上的现代性：他们是在互联网条件下成长起来的新人，乡镇干部，有其工作特性，但在思维上，面对（开发或利用）整个社会资源则有时代所赋予的更先进的一面。

如上村镇的主要助阵助演歌手王景，老家在屯留余吾，人却是从深圳飞回来的。

两晚看了4个乡镇的宣传片，主题宏大，没有差的。它们水平在伯仲之间，都有各自的明显优势；反之，编、拍的不到位的地方，就不好找。它们的专业制作，其逻辑与结构的力量，实已挡住如我等好嚼舌根者的胡议妄评。

的确，如此种种为美食擂台增添了异彩。你禁不住想问，这是咱上党农村吗？当然，它就是宣传屯留这方土地，展示这方土地的今昔与展望这方土地的未来。

4个宣传片，每个时间都不短；如上村镇的，长达9分钟。

这个别说屯留自己人了，长治能做到一个什么程度，也不好说。近十年，跟著名报告文学家赵瑜老师办山西土垒影视公司，碰着大点儿的活儿，得到北京搬人，选出中国一等一的高手，像摄像师用的都是在国际上获了大奖的多吉这样的好朋友，因为人家对你的期望值很高，如赵瑜老师，人家知道他拍过《内陆九三》《申纪兰》《大三峡》等有影响的纪录片；现在，如民航请你拍一个MTV，男女歌手，点的就是吕继宏、吕薇，到最后，每一个镜头都要有故事，都要有实在的表述；我对此虽为外行，但在跟赵瑜老师办土垒影视公司之前，也曾在央视电视剧制作中心，协助总导演编过一版《富起来的人》中的《阿强》和《梅子》，略微知道这活儿的难易深浅，简单说，不是职业高手，很难做出好片子来。

上村镇，这又是和深圳扯上了。为他们制作宣传片的，名徐阳，上莲开发区人，人还很年轻，不过，已是深圳惠州电视台的业务大拿。这宣传片拍的，翘大拇指好了。

我们是第二天中午到上村镇看的油葵。2700亩，把3个大村子连在一起，油葵花海，已经占去他们整个镇子土地面积的很大一部分；而与此交相辉映的，是他们美丽的乡间公路：公路旁侧是林带，林带前面是格桑花、天人菊和百日菊这些开得正艳的花朵所组成的护路花带，花朵的鲜艳，更衬映出油葵的灿烂，令人赏心悦目，心旷神怡。

这2700亩油葵，前期已通过“互联网+”的模式，以每亩2000元的价格认购成功了700余亩。认购还在继续中。当然，也可以直接认购他们的葵花籽油，每桶100元，机动灵活得多。

他们把油葵种植的全过程划分为了观光、采摘、体验、游乐等多个板块。这期间，常璟又筹备布置了一个手机摄影大赛，一台“七夕”歌舞晚会，通过油葵花开，宣传的是美和爱的恒久主题。

推动上村镇乡间旅游，他们有得天独厚的区域优势：这边离长治市市区仅有14公里；与太行湿地系同一水域。

得空，我和招呼大家的常璟聊了几句。也就几分钟，我们互加了微信。

常璟发朋友圈的东西不多。当镇长那种忙是可以想象的。忙时还就是脱不开身。所以，对她也一直没有一个正式的采访。如，她今年34岁，还是团区委文化干部张玉告诉给我的。她俩也有很好的合作。张玉是屯留文艺圈的大名人，区里很多大型舞蹈节目都由她创意编排。这次活动中就有她为上村镇编导的《万千油葵舞》。

我只好和常璟进行微信通话。向她落实油葵的具体数字时，顺便问了一下那台“七夕”晚会：她邀请来的是长治市歌舞团；为此特别提到村民素质的整体提高，如人居环境的改善，围村林带的建设，这还是外部条件，外面的人来了，具体要吃住在老百姓家里，村中百姓个体素质的高低，就和上村镇推动乡村旅游计划紧密地联系在一起。

一场演出，一个摄影大赛，所围绕的都是“七夕”这一主题，此前而为乡镇一级政府所倡导，似乎也不多见。

常璟就谈到今天乡村青年人所接受的教育，和其他城市的青年没有本质区别。审美程度的提高；新媒体下新一代农人的审美；文明实践，包括扩展其知名度；这就是一个敞开式的世界，云云。

话题确乎太大，也击起我心底的层层涟漪：你拿老眼光、旧水平出来，怎么感受时代的飞速发展？怎么衡量社会的巨大进步呢？

在微信里，有了呼应。我看到长治团市委“小荷课堂”暑期支教团队走进屯留上村，来自北京航空航天大学的10名志愿者为孩子们讲述苍穹，开启他们的航天梦。

为此，常璟说，这几年每年暑假他们都邀请“211名校”的大学生来上村支教。去年来的是北京师范大学和华东师范大学的大学生。这对孩子们的心理提升，有很大帮助。

常璟个人呢？她会在每个星期六日，带女儿进市里去学钢琴，学跆拳道。这看似有点不怎么搭的两项，她女儿都学到了一定程度。钢琴弹奏琴音淙淙，十指飞动，流水般自如；学跆拳道，常璟亦发在朋友圈有小视频：教练拿一块木板，她女儿咣的上去一脚，木板裂成了两半。不过她女儿的脚也显得挺疼，孩子咬着牙，脸上的表情也抽搐着；而常璟发这小视频配的文字是“女儿疼在脚上，自己疼在心上”。

带着女儿，自驾游一样行进在那美丽的乡间公路上，常璟也拍魅人的护路花带给大家看，百日菊、天人菊、格桑花在风中摇曳，她车里放着音乐，自己还哼着歌。

荣誉村民

一

随山西作家采风团到沁源采风，我本人还顺带了一个采访“山西药茶”的任务。去的路上，我便与长治市委宣传部取得了联系，要他们给我安排一下在沁源的采访。沁源是我省著名的中药材之乡，“山西药茶”事业亦蓬勃发展。

如我现在所写的沁源县交口乡长征村，他们就把自己的绵黄芪茶卖到了汾阳贾家庄，而由著名电影导演贾樟柯为其绵黄芪茶代言，不但形成了广告效应，而且取得了不错的经济收益。

长征村离沁源县城仅有十六七公里，驱车前往，二十几分钟。这和在沁源县境内远天远地地转着，却有不同。沁源采风，从一个点到另一个点，都有相对远的里程跨度；如我们去看灵空山，去看花坡，去看沁河源头，都不容易安排在一天之内。

这边的路和路况好，车辆不多；沿途林木葱茏，多山而山又不是很高，山上全是树，全是绿植，全是中药材；路边有潺潺流水，前面还有大水库；人和村子却很少。

长征村的带头人叫张慧斌，40岁左右的中年汉子，黑黑的，胖胖的，笑眉笑眼，人也较高大。初一接触，便知是那种性情和善、可托付事情的人。

来沁源后的第二天上午8点，张慧斌到县城来接我到长征村采访。

车上，就长征村村名我们先聊了几句，知其“长征”之名为解放后所更，村子原名“长畛”（亦写“藏畛”），实为同音更改。

长征村由两个自然村组成，我们去的一边，也叫西沟；只是两边加一起也不算大，共147户人家，人口不到500人。

与张慧斌聊起他的个人情况时，车已来到长征村村口。进村右首上，有一个制水泥管场地。他指给我说，他原来并不在村里当干部，是后来村里人选他当了村长，此前他一直开这个水泥管厂，是靠这个起家的。

张慧斌讲他当村长、当村支部书记后，他在村中大力发展中草药种植与深加工——这里就包括我要采访的“茶事”，县上竟奖励了他们村100万元。

与一般村子不同，他们在村中种了好多花，这些花也都为药，都有一定的药用价值。村中的墙面，多也做了中医中药的公益广告；另外村子里的秩序也不错，爱国卫生搞得也好，加之多处正在搞建设，与近年来时有走入山乡总感叹破败凋敝、凄凉冷寂正好相反。

因我本要采访他们发展“山西药茶”之事，就没有去村两委，而是让他带我去了他的生产合作社办公点——感觉像个喝啤酒的“木木屋”，当然也是喝茶的好地方；他们的多种药茶产品，就放在这里的柜架上。

二

采访张慧斌期间，一个和我年岁相差无几的人进来站在了旁边。张慧斌和他互相递烟，向我介绍道：“这是我们村的‘荣誉村民’。”我需听究竟，中断了关于长征村发展药茶事业的采访。

这之后，弄清楚了，原来这是村里特殊的“招商引资”，实现“乡村振兴，人才引进，共建家园”，换言之，请外面的人来村里盖房子，盖别墅，让他们真如村中的百姓一样，“享受村民待遇”，长住或短住，生活在这里，呼吸清新的空气，回归绿水青山的美丽乡土。

我认为这是乡村长久发展的大计，能迈出这一步，很了不起。

张慧斌向我介绍了这位“荣誉村民”：名胡振刚，原潞安矿务局的机电工程师，后离职自主创业，做生意多年。一个机会，被张慧斌邀来长征村小住，不想住着就有了长留的想法，遂决定定居长征村做一名“荣誉村民”。

对此，张慧斌的话是：“胡哥本打算在这儿住一个月，不想住到六七天上，就决定要来咱这儿了。”

胡振刚说：“我是住着、住着，就在这儿盖开房子了。”

之后，二人把我带到“荣誉村民”“落户安家”的工地上。好大一片呢。在建房屋五六家，集体包工干活儿的则是河南人。胡振刚在这儿，还负责照料另几家人的工地、工程。只是他们几户也有先后，如前面靠西的两三家，根基已建起来了，靠东面的则刚刚下线，开始挖土方。

整个这一片呢，应算村里多年开挖荒山平出来的地方，也是村中高处坐北朝南一个较大的平台；在上面，视野开阔，既可领略满山满沟壑的林木森森，松柏常青，同时又能在群山怀抱间呼吸吐纳天地精气，感应日月星辰。

三

“荣誉村民”，也是从长征村的整体发展而发展的。

因此，必然讲到沁源县政通人和，倘若没有县委、县政府的政策支持，包括2018年县里奖励他们村的那100万元，他们也不会在短短两三年内，上马那么多中医药康旅项目。最有代表性的就是他们村里的发展龙头——沁源县合欢本草谷：“总投资5000万元，占地面积300亩，理疗住宿能达100余人，餐饮接待100余人，是一个融休闲、体验、理疗、中医药文化科普、住宿、餐饮的综合体”。

“合欢本草谷位于村落的北区域，包括药用植物赏析园、合欢美舍、药王礼园、合欢谷康疗园（包括五音疗馆、秘藏理疗馆），智能康养孵化园、药膳研究馆、上党地道中药材体验馆等，是从中药材种植到烘干提取、制作、应用、文创、运营为一体化的完整产业链条，并初步实现养客的智能化安享体系。”

围绕着这一大前提，才有了“荣誉村民”。

工地以西，有一个大礼堂。我进去参观，夸他们极大地丰富了村民们的文化生活：能打乒乓球，能写书法能画画——大门内墙上就挂了好多书画作品；能唱歌跳舞；不仅能开全村大会，要是乡里搞一台中秋或元宵晚会，这礼堂都是很好的场地。我话音未落，张慧斌即告诉我，这儿不但要搞中草药健康养生讲座，他还要在这儿办国学班。不由得我叹服、赞美新乡土。

礼堂门前一侧，放有一块牌匾，上写“乡贤小院”四个大字。

张慧斌说，正是通过搞乡贤小院，后来才有了“荣誉村民”的动念。

何为乡贤小院？张慧斌解释：“就是要朋友们来我们村里，住在这里，吃在这里。你说咱村上再好，没有人来，谈何发展？”一句话，他就是要通过这些举措，与外面世界联结起来。

乡贤小院，就在大礼堂和“荣誉村民”工地平台下一层。小院院子宽敞，院内还摆放有喝茶聊天的条几，有多间新翻修过的老窑洞，可供几户人家同时居住。

和村里前两位“荣誉村民”张大雁、郝晓军一样，胡振刚来，每次也住在这里。而这次加之工地上的事多，胡振刚这一住下，就是将近两个月。本来他妻子王爱姣也和他一起住在长征村，是近日家里有事，此前一天，才回了长治。

四

第一个“荣誉村民”张大雁，沁源谷远印象农家菜馆老板、大雁农民科技有限公司总经理，沁源本地人，在外面搞餐饮多年，有了些积累，返回沁源来发展有机农业，推广有机绿色无公害餐饮，堪称“两条腿走路，一条龙服务”，公司、餐馆和他本人，在沁源本土，都有名声，乡亲们称是。

大雁的事业和沁源县的整体发展契合，得道多助。

他是张慧斌的好友，和张慧斌年纪也相当。大雁也是交口乡里的“大地主”——他的农民科技有限公司，在临近长征村的正中村，承包有近400亩弃耕撂荒地。我们知道，所谓纯绿色无公害有机农业，多则为传统农业的回归，诸如人挑着大粪上地了，多年被化肥、农药“败坏”的土壤，亦需要休养生息。

他的这些地呢，要种出无公害有机粮食和蔬菜，更得下功夫，所谓人财物，都要几倍往里投。

见大雁的头一面，他就讲他刚收获的纯绿色有机土豆，亩产仅有区区400多斤，是普通土豆产量的四五分之一；但是卖下来呢，价格则是一般土豆的四五倍，你8毛，他4元，你1元，他5元，1亩地的收成，和一般百姓们种土豆，不分伯仲。

这土豆，他给另几家“荣誉村民”备了一些。

村里有个农家乐，这天午饭大家要在这儿吃，有机土豆因刚从土里刨出来，需要晾晾湿气，就滚在这院中，我还用手机拍了几张照片。这土豆的样子吧，再普通不过，但是吃起来要好得多。常言道：“想知道梨子滋味，就要亲口尝一尝。”土豆，亦然。

第二个“荣誉村民”郝晓军，也还是他两人这般年纪，20世纪70年代生人。晓军本来是县纪检委的干部，可因被派调到县园林中心工作，几年后却没能够返回机关，就暂留在这边。他的夫人李丽君，则在机关幼儿园工作。

郝晓军比别人更特殊，他从小就在这长征村长大。

郝晓军说他和这村里的人都非常有感情，一有闲暇，便回来看看。也因年深日久，老屋子也没有了，再回长征村小住，免不得就要住在哪个亲戚或发小家中，伸胳膊蹬腿，多有不便。

张慧斌搞起乡贤小院以后，他回来的次数最多。

郝晓军也一直有在村子里盖房子的念想。所以，当此“荣誉村民”，一朝归隐园田，也帮着村里做点儿事，实现的就是自己的中国梦。

这天前前后后，郝晓军跟着我们的时间最多。

上午，除胡振刚之外，第二个见到的就是他。他是那种乐意为你做些事情、却不怎么爱讲话的人；大家坐下来，他则忙着在一边端茶倒水，人显得很安静。

中午，大家欢迎另外2户从长治赶来的“荣誉村民”，张慧斌喝了一点儿酒，不能开车了。郝晓军滴酒不沾，那他就得开车，干司机的活儿。他开着自己的车，载着我和张慧斌到沁源县城。我因和张慧斌加了微信，张慧斌当即发现，柴老师会写字，就提出来到县里找个能写字的地方，给他们写写字。我呢，这次随作家采风团来，也特意拿了毛笔、印章，以备人家提出来写字有个准备。长征村“荣誉村民”事，确乎让我受鼓舞，农村有希望，有远景，就是国家与民族的大幸。我也想送他们每户一副字，在他们长征村新居入住，那乡居别墅能挂有我的字。

这样，我们重返了一趟长征村，又回到县上写字，一直忙到晚上8点，郝晓军和张慧斌才把我送回宾馆。

五

胡振刚夫人王爱姣，是长治钢铁有限公司工会的退休职工，能歌善舞，懂心理学。她在长征村度假康养小住，对村中的不少妇女，就是一个不小的“福音”：首先，她教会了她们跳广场舞——原本在她们眼中，这就是城里女人们的“专利”，祖祖辈辈，和咱村里的婆姨们无关。现在，她们倒可起劲儿地跳起来了。

张慧斌说，村里女人们跟着她学跳舞，不光锻炼身体，也提高艺术素养；“嫂子懂心理学，教跳舞的同时，又能辅助做些心理疏导。”的确也有益村里女人们的身心健康。

当然，她也从村里女人那里感受到了那种质朴、良善的姐妹情谊。

老机电工程师胡振刚呢，也让村里人称赞又称奇。

高处平台上用电向上泵水，以前是人跑到下面去合闸，水多了、少了，干了或漫出来了，都需要专人去干、去看，很不科学。

胡振刚在上面乡贤小院住着，常遇着没了水这种情况。他说他也是为了给自己解决水的问题，通过互联网买来些装置、设备，具体也没费他更大劲儿，倒把这向上泵水改成了自动遥控：高处这边的水不多了，下边就自动启动了。

他两口子这样（试着）住进了长征村，从心灵上和精神上，都感到有一种大的释放。

胡振刚深有感触地说："村里老百姓好，和善，淳朴，特别好交往；人是这样，鸡狗也是，都是咱小时候生活的村里才会有的。"

最让他和夫人王爱姣兴奋的，是那一群常来工地这一带觅食的大鸡。他说，这群鸡里有鸡领袖，那个最厉害的大家伙，可不只带这一群鸡上树、掠树梢，还要每天上午上高处的房顶；那个鸡领袖大家伙，会第一个带头向下，飞几十米远，呱呱呱的叫声，格外洪亮。

张慧斌说："我们长征村的鸡是'飞鸡'。"

胡振刚说："这村里的鸡是有鸡婆婆、鸡妈妈的，那饲养场里的鸡，就没有母亲。两种鸡下的蛋，吃下去，当然不同。"

之后，他说，村里人给他送来的新鲜鸡蛋、新鲜牛奶，和刚做出来的豆腐、豆腐干，还有新磨的粮食，那种原汁原味，是什么珍馐佳肴都不好比的。

夫妇二人就这样住在乡贤小院，日曰其新。

如现在，我们刚坐下，胡振刚就指指他用的厨房，那儿有半袋子新土豆，还有一些新鲜蔬菜。他呢，就不知道这是谁送过来的。

他说，自妻子王爱姣教村里妇女跳广场舞，与她们结下深厚的姐妹情，这样的事，就没有断过。

而他呢，早有归园田之心。以前在这上面也多有留意，还看过几个地方。在屯留区某村庄，他还试着住了住。那是他一个大款好友在那边盖下的十间房，几年后发现实在没什么用途，给了他个低价，想转手于他。他本来觉得这是个大好事，可是去了后发现，人不住的时候，玻璃能给你打了，窗户还能给你卸了，屋内的东西，能给你偷光。

他说，没有好的村风、民风，地方再好，也不是好地方。

他说，长征村有张慧斌这样的村书记，“聚人气，引人才”，为老百姓开生源，春风化雨，“不就是最好的风水吗”？

然则，胡振刚动意来沁源，夫人王爱姣第一个反对：一、离长治太远，就是自己开车，也要走两个多小时；二、地方偏僻，长住有诸多不便；三、这和在长治城边如屯留区或上党湿地那边买套房子花出去的钱，也差不了多少。

我问他是怎么说动他妻子的，他说：“实际就用了两个字：空气。”

“你在城里花多少钱，能买上这样的空气？人活着，最重要的是什么？不就是‘一口气’吗？”这是他第一次带王爱姣来长征村在山里转着时说的。

沁源绿氧，战胜了上述一切。

六

上午11点，两辆小车停在了乡贤小院前。

从两车上下来的，一为胡建忠、刘国庆夫妇，一为李天齐、李荣夫妇。

前一对，丈夫胡建忠，长治市教育局退休干部，有点儿脱发谢顶，但总体看身体好，腰背挺直，走路步子也大。夫人刘国庆，长治市实验中学退休干部，透着一种知识女性的端庄大方。

据张慧斌讲，刘女士是半道改行从事教育的，早先她学的是医，毕业于省医科大学。

后一对，李天齐、李荣夫妇，首先李荣看上去更年轻，人又白净，还俊俏，与性格沉稳的丈夫李天齐一道儿，感觉有点儿老夫少妻。李天齐是一位老法律工作者，半闲扯着聊天时，他讲了自己是老晋东南地委子弟，这我多少知悉，当年从那老地委院走出来的孩子，多也不辜负自己的父辈，有本事的人居多。

李荣是长治市人社局的工作人员，确乎因为显年轻，我没好意思问她退休了没有。

胡建忠进来后不等坐下，倒和张慧斌说了一串他“一直等着，却没有看见电视镜头”的话；我再往下听，方知他们上次来，赶上山西卫视记者来采访，前后在村中拍了一两个小时；而张慧斌在镜头前答记者的问话，“讲得很美”，“很有魅力”。他们回去后等着看电视节目，不想他两口子注意着，还是错过了。不觉遗憾。

他们对村子里挺牵记的。村子里的事，那也就是他们的事了。

张慧斌把我来采访的情况做了介绍，4人同在乡贤小院中坐下，胡建忠即说，他在长治跟好多人、好多朋友都讲了这边的情况，“很多人都想来这里”，“喜欢这里”，“但现在还是距离这个问题不好解决；以后陆陆续续的吧”，“高速通了，就好了”。

据县里介绍，他们所讲的这条高速路，很快会通。几人合着算了一下时间，那样自己开车从长治来，只需要50来分钟；从沁源县城来长征村，“10分钟倒够了”。

也真的是对乡土新生活充满了憧憬。两位女士，都有些激动。

李荣说，他们来长征村，还受了运城河东那边一个地方的影响。

“他们上了中央电视台，也是一个绿色的山坡村，种植中药材，也搞深加工，还做茶、康养、养生养老，都成了系列。跟着时代的脚步，向前发展。”

显见大家都在探索中国乡村的振兴之路，围绕着“绿水青山就是金山银山”这面大旗。

沁源县在山西就走在前列；而能有如长征村这样的变化，其本身已做了大量的工作。

张慧斌在此曾两次提到“四川美院”，因大家都争着讲话，我误以为这是他们有师生要来长征村住下写生，或者把长征村当成了他们的写生基地；回来后落实，却是他们来村里帮着搞“乡村振兴计划”，如合欢本草谷、“荣誉村民”这些，就和这计划有关。

我问张慧斌：“怎么是四川美院呢？”

他回答：“在长征村之前，四川美院在沁源别的地方已搞了乡村振兴计划，很成功。”他是跟在人家后面搞的。

刘国庆女士也用了“很有魅力”来夸张慧斌。而对山西从黑色经济到绿色经济的大转型，她则又用了“大煤”这个词：“那咱山西是大煤省吧，沁源也是大煤县呀。对，从上而下，都在转型，咱长征村呢，不只是紧跟，而是走在了前头。”

她说得的确不错。张慧斌从2012年起掌舵长征村，即开始搞中药材种植，因村中的耕地有限，就把扩展的目标转移到了周围的荒山荒坡上，先是种下5000亩连翘，后又用自创的“立体种植法”，套种了5000亩黄芩、党参和柴胡。

就拿来长征村“颐养天年”，刘国庆说：“在种菜种花之外，长征村还有五音疗馆、秘藏理疗馆、药膳研究馆、上党地道中药材体验馆，我们都可以去体验一番；村里还有做药茶、做药皂的工坊，我们也能去那儿干干活儿，动动手，这不也是防止得老年痴呆的最好办法？”总之，长征村“走的是一个康养基地的大模式”。

刘国庆还提出建议，要张慧斌在村中铺设几段塑胶跑道。

亲近乡土，对于他们也是一种心理或精神上的补充。

张慧斌讲怎么“划给”他们一点儿土地时，李天齐就很严肃地说：“没有地种，我们来这里干什么？”

显见，他们每个人心中，都有一幅绿色康养生活图景。这个大家也聊了一会儿。只是没有想得那么简单。村中的耕地，自土地承包起，就已分在老百姓名下，村集体并没有地。是张慧斌注重集体经济这一块儿，近一两年内，整出来50亩撂荒地。给“荣誉村民”每户“划”三分地种菜，正是要从这50亩地里往外划。

张慧斌说，“荣誉村民”选择他们，他们也选择“荣誉村民”。李天齐，是“老法律”人吧，那咱村里的百姓一旦碰上事情需要维权呀，有了官司要打呀，是不是就可以找他咨询？刘国庆大姐，她有医师证，能重操旧业，悬壶济世，还能配合着咱搞康养大讲堂；和她丈夫胡建忠一起，还能帮助咱抓一抓村里孩子们的教育。农村小孩，不只是输在起跑线上，有多少孩子，那是连起跑线也找不见。

七

雪晴蓼甲红，雨足韭头白；

虽无万钱具，野饭可留客。

在村中的农家乐，大家感受到的，正是陆游诗里的意趣。

胡振刚就村人送的鸡蛋、豆腐、豆腐干、新鲜时蔬所言不虚，中午的农家乐聚餐，我们就可着劲儿大干了一番。说饕餮，可能有点儿过，但“品尝”二字，则不足以表达我们对这餐山野土饭的“饥渴”：如炒土鸡蛋、豆腐、小烩菜等，都上了双份，扫清一盘，又一盘。

桌子上有主人张慧斌，有张大雁、郝晓军，还有县文联程庆莲主席专门派来跟着我采访的一个小女孩贝贝，他们都是沁源人，向来没有我们这种“日啖荔枝三百颗，不辞长作岭南人”的“生猛”。我们这些大干者，却非如狼似虎的青壮年，还就是当年苏轼被贬岭南时那年纪，不在“耳顺”，就是“知天命”，味蕾早也退化了。

所以说，爱吃是生活的至臻。你说颐养天年，那一日三餐，味同嚼蜡，不是等着生病嘛。古往今来，回归园田，实乃生命本质的一种需求。

八

大家今天村中聚首，首先是村里要和他们这些“荣誉村民”签约，发放“荣誉村民”证书；之外，双方还要草拟协议等，感觉这张慧斌也像是在“透明办公”。与此同时，他们还谈了用电用水的问题：“咱长征村，老百姓用自来水是不花钱的，那他们用水也一样不用花钱；用电呢，可以从我合作社接，完全享受农村的民电电价。”一度电约低于城里的民电一毛多钱。这之外，还谈到了他们各家自建化粪池，保证自家的粪水最后能用到自家的菜地里。

来长征村，有比较深刻的印象，是村子的老格局没有多大变化，如某座很旧的土坯房后墙上，还留有“千万不要忘记阶级斗争”的标语口号，整体看，却是一番蓬勃发展、欣欣向荣的景象：即使是旧土坯房和部分人走楼空的老宅基地，村里通过回收以及与还想保留老屋的主人“共营”，很好地将其变成了合作社的工坊或者绿色旅游者的食宿点，有人气，有劳作；老屋老宅基地又被改造或翻新；貌似“忆苦”的破旧土屋，毕竟很少；另如合欢本草谷几个主要项目，还有村中新建的大礼堂，“荣誉村民”小别墅群，耸峙而立，交相辉映。

我对“荣誉村民”有了一些理解后，城乡之间“人的置换”这个概念，也从我口中跳出。你城里人要来康养，来种菜种花，来养鸡犬，喂猫喂猪，丰富、扩展自己的退休生活；那另一边呢，就是村里人往城里搬了——这个数字，总还是大于前者。因之，人走楼空，多少老房子老院落都闲置没用了。我们所谓的村庄荒芜，不就始自这里？

张慧斌呢，做了两点：一、你人走了，老房子老院子没用了，你可作价卖给村里，村里把这些老房子老院子收回来，另作他用；二、如果你还想保留这些老房子老院子，这也没问题，你可以将它们托管到村上，与村里共营。所以，如乡贤小院，如这喝茶谈事儿的“木木屋”，如合作社几个作坊，都用的是重新翻修或部分改造过的老房子老院子。

如此，“荣誉村民”来住或不能来住，长住或短住，情况多种；你人不在时，村里给你做好保护工作，包括定期清理一下院落的卫生；另要说你想把它们短期或较长时间地租出去呢，申请交到村里来办，就不会有问题。康养、康旅，包括他们的药茶产品的销售，他们走的都是互联网的路子。

九

开始进行签约签字，大家都变得严肃起来。

在我，眼前却有恍惚，重叠起当年安徽凤阳小岗村10余农户咬破指头在那份土地承包书上签字画押；这40多年过去了，今天我们的广大农村又如何？我赶上了长征村“荣誉村民”签约这一幕，怎能不令我情动于衷，感念万千呢？

中国广大乡村不发展，不走上蓬勃中兴路，我们所谓的国富民强，那至少是不完整的。

张慧斌把荣誉证书一一交到他们手上，并向他们每人赠送了一套村里生产的“三件宝”——绵黄芪茶、药皂、纯植物洗发护发素。我作为今日他们签约的见证人、采访者，特地请他们来到那“木木屋”门外，用手机为他们拍了手持荣誉证书的集体照。

张慧斌，站在了最中间。

涔山脚下是吾乡

一

早年的晋西北行，沿途所感受到的，除绵延不尽的大黄土堆，干旱风沙，苍茫遥远，好像就没有别的；所谓三关（雁门关，宁武关，偏头门），只有长城的断垣残壁时隐时现，古烽火台像孤独老者举着忧思，绿树呀，流水呀，却很难看到；尤当你到了宁武阳方口，开始往神池、偏关这些地方走，印象更深刻。

这边呢，尽管有芦芽山风景区，有铁塔，有万年冰洞，有雷鸣寺前的汾河源头，但沿途所经过的大部分区域一派荒凉，人也不见，真的是让你不断地思考人生了。

我儿时曾在陵川剧团演过两年《艳阳天》里的小石头，剧团三天走一个台口，我们转台，多就坐在装了铺盖卷儿的大卡车马槽上，路上看的多了，却也因陵川乡下并没有更多好风景，你一个小家伙就有发现：在自然条件最为恶劣的地区行进，当绝境过去，便会出现仙景和美境；在陵川，那就是赤叶河、凤凰欢乐谷、丈河以及后来我们发现的锡崖沟、黄围、棋子山和太行之巅王莽岭；而对此断言有验证，第一即推早年来宁武芦芽山看风景：单位里拉一两辆大轿车人，走啊走，颠啊颠，当我们猛然抬头，便置身于东山魁夷倾垂于天地间的大幅油画当中。大家下车，面对这无尽的绿树，无不流露出满脸的春风。

2020年6月3日上午，在我们到达宁武九峰山下那淡烟缭绕、平石溪流的明净小镇涔山乡之前，也就是从忻州城北一直向北，其中最突出的是过原平云中山，多也是连绵起伏的青山，绿色成为群山的主色调，过去几十年那老印象，一扫而光。

这里还有比较。我就和同行的诗人张国伟、墨香和裴鸿斌老师说："能让我们忘记了这是在晋西北穿行，反倒像到了有'藏在吕梁山里的九寨沟'之称的文水苍儿会。还感觉咱这是到了江西赣南和福建龙岩交界处，万木葱茏，万山相叠，水流喧哗，云雾飘飞。"必须说，包括宁武这边，我们20多年来的生态保护与恢复，那是地覆天翻、有目共睹的。

当然，路上走一段，也还是会感受到这里的地域特色，紫塞风情。如临近村庄公路旁侧的简易矮屋，哪片草甸上还会有一片专门为旅游者提供的蒙古包？炊烟，木栅栏，缓坡上啃吃青草的牛羊，都在提示着，昔日这里的遥远与怅惘。

那次回来后，我见了20世纪90年代始在这里治县的诗人、书画家郭新民兄。当年，我曾为他写过一篇《赢得心灵的自由》，在《山西晚报》发了一整版，文中亦曾提到他和贾真，一个县委书记、一个县长两个诗人在宁武做官，同时又赢得宁武百姓的爱戴。

我说，宁武今天能保持这样满山苍翠，云雾环绕，就有他们当年在此狠抓生态治理，尤其是森林保护的大功劳。

新民兄也不客气，说："这是狠抓了一批人呢。里边，就有当时某个县级领导的孩子，那他是明目张胆地干呢，雇着多少辆大卡车。如果我们不依法惩治这些人，那么宁武关上的绿色大美，倒完蛋了。"

二

涔山乡小镇，还给人世外桃源的印象。我来采访的张存海先生的制茶作坊，离涔山乡政府200米，后面还有一个较大的院子，门面房隔一道小街，即是高耸入云霄的巍巍涔山，太多的绿树、绿植，宛若浓墨重彩的中国画，用某旅游博主的留言："美到有些不像话。"的确，负氧离子太高了，我们的呼吸，深了许多。我说："又快醉氧呀。"

我这趟采访的引路人、诗人张国伟说："这儿历史上就号称'小江南水乡'。"他和他弟弟墨香亦陪同裴鸿斌老师来过多次。

而那位旅游博主到此后，还留有这样的文字：

> 宁武涔山乡，奇峰怪石，陡崖壁立，光2000米以上的高峰就有49座，集风景名胜中的洞、瀑、溪、峡等自然景观的大全。堪称华北风光之最。

山上有著名的小石洞村，张存海先生就是这小石洞村人，党支部书记。

> 世上没有最美，只有更美。走了一大遭之后，今日回望宁武的小石洞村——镶嵌在北方大山中的这颗明珠，为森林和奇岩巨峰包围。尤其在深秋季节，绿植幻变为彩色画屏，周边北方山体的大气雄浑粗犷毕现，小村镶嵌其中，实在是让人惊艳称奇。村中碰到一位出外打工回来的汉子，在大都市多年已经立足。为了小石洞村闪亮登场于世人面前，他跑回山村，正在用微力奔走呼吁，要把小石洞推在世人面前。
>
> 我和小石洞另一小哥说，你们别着急，金山银山，是不老的，一切都是最好的安排，耐心些。

博主说的这位小哥，是不是张存海先生的儿子张庭栋呢？留在后面说吧。

木艺艺术家裴鸿斌老师给我们当介绍人。他和张存海结识，那就因了他们都是山西省非物质文化遗产传承人，他是木艺，而张存海是根雕。裴鸿斌老师在对张存海的介绍中，有钦佩和肯定，即他对涔山小石洞故园的不离不舍："这不是他有多少次离开的机会的问题，就现在走，欢迎他的人和地方也多了。”一下，把张存海对故园的赤诚坚守，上升到了一个高度。“他这个木匠可不简单。到他这儿，第四代了。”裴鸿斌老师说。

但我的心思，多还在他的毛健茶（岩青蓝茶）茶事上，这个，他也最特殊，获批时间：2017年，并非我们的中草药茶省内外都炒得挺热这一二年。

> 2010年，宁武毛健茶制作技艺被列入山西省忻州市非物质文化遗产保护名录，张存海被列为忻州市非物质文化遗产毛健茶制作技艺传承人。2017年宁武毛健茶制作技艺被列为山西省非物质文化遗产保护名录，张存海被列为山西省非物质文化遗产毛健茶制作技艺传承人。

张存海说：“我是省一级的双传承人。”这样，我们坐下来，开始了对他的采访。他的具体身份为宁武九峰农产品加工合作社创办人、董事长，宁武怀海根艺美术专业合作社创办人、董事长；社会名头一大堆，给我留下更深印象的，有宁武县人大代表、“三晋英才”支持计划拔尖骨干等名分。

他坐于他那大茶台后，咕咕噜噜地灌满玻璃开水壶，侍弄他的毛健草（岩青蓝）茶，邀我们品饮，一边，给我们讲起他这九峰毛健茶的系列古老神话传说。

必须说，我还真就不是一个职业报告文学人，在采访中，会进行一些相应的引导，甚至干预，如我本想知道他在这山中是怎么创业的，他的茶做得那么好，几种茶都成了系列，有着各种各样的包装；而我也是在他这儿第一次见把咱的中草药茶压成大家常品饮的普洱茶饼的形状，除了压得挺瓷实的七子饼外，还有别的小饼子；可以说，他这工艺上已没有啥问题，如若非说他这里还是一个农家的小作坊，那也是完全成熟的小作坊；然则，这些统统都得往后靠了，我们到此地采访的主要内容，还真就变成了这位“双非遗传承人”为我们访古，也是循序渐进的啊，一直讲到他爷爷、他父亲，一代、又一代人。

三

听啊，第一个神话故事：

小石洞村一直流传着一个妇孺皆知的神话故事“二郎神担山赶太阳”。相传有一天，二郎神担山云游，行至小石洞村虎头山下驻足小憩，此时恰巧遇一妇人早晨出恭，二郎神歇息片刻，准备起身继续担山赶太阳，突然发现肩膀上的两座大山挑不起来，于是只好把这两座大山放在小石洞村东西两侧。

之后，八仙云游名山大川至芦芽山，见有毗卢佛道场，于是众仙入庙叩拜，拜罢众仙家准备一路向西云游，突然蓝采和看到一株开着紫蓝色花的小草，便随手采来放入药篮。众仙家一路腾云，不一会儿，来到小石洞村虎头山下的清真山，张果老倒骑毛驴，侧身从云端向下望去，只见此山苍松翠柏直入云霄，飞流瀑布，如同水帘，突然大叫一声：此地真乃是一处谈经论道好去处也。

众仙家随着张果老叫声望去，只见山中紫气如烟，宛如人间仙境。大家你追我赶涌向清真山，觅得一处幽静所在，开始了在此谈经论道。

此时蓝采和让众仙观赏他采摘的紫蓝色花朵，众仙看后，都赞不绝口。随后，蓝采和将花朵和草放入身旁山泉内，刹那间，泉水变为红黄色，且清香扑鼻，众仙取来即饮之，入口甘甜，沁人心脾，称赞真乃人间茗品；蓝采和告诉众仙，此物名为“岩青兰”，是神农尝百草而命名，可祛百病。随即蓝采和提篮蘸水，挥向群山，霎时间，漫山开遍此花。后来当地人把此草称为“芦芽仙草”。

这之后，蓝采和又传授制茶技艺于当地老百姓，从此人们便把“芦芽仙草”制作成了招待上品宾朋的“毛健茶”(岩青蓝茶)。

只是你由不得会质疑，那妇人出恭和二郎神担山这个间歇，是个啥意思呢？由它去吧。

咱再听他的第二个神话故事：

日月如梭。一日，太上老君云游至此与八仙论道比法，八仙各显神通指手造出八座山峰，分别是宝鼎峰、丽雪峰、海日峰、挂月峰、迎鹤峰、凝碧峰、紫翠峰、玉华峰。随后太上老君也显神通，也指手造了一座山峰，名为“望仙峰”。有《府志清真山图》为证。故“九峰”之名由此而来。

权当神仙命名吧。咱再听第三个神话故事：

老百姓将八仙论道之处称之为“八仙洼”。后来，当地人在八仙修仙论道的八仙洼沟建了一个村庄，叫八仙洼村。唐朝贞元年间，清真山上修建了一座普应寺；到明代时，有一高僧在此寺院内修建了一座舍利塔，准备为自己日后圆寂备用；然而，高僧还未来得及自己占用，便被弟子晓安师傅坐化所占用了（此肉身塑像为明崇祯皇帝四太子朱慈昭，“文革”时期被破坏，后于20世纪80年代恢复，骨骼打包于佛像身底）。

第四个故事，主角开始变成了人：

清道光年间，神池县桦林坡村有一村民叫龚喜生，与母亲相依为命，清贫度日。6月里的一天，母亲突发腹痛，由于家境贫寒，无钱请医买药，经村里老者指点，去清真山普应寺求佛“讨药”。喜生为人老实，十分孝顺，说话间即背起母亲前往普应寺求佛讨药，历经曲折，翻越30里山路，终于来到了普应寺。经扫地僧相告，喜生在庙周围的草坡石缝中，采了些“芦芽仙草”，又去后山龙王庙取了些山泉水，供在晓安祖师像前，供香祷告。随后将取来的山泉水烧开，放入供好的“芦芽仙草”煎煮，后喂于母亲，不到半个时辰，龚母的肚子，不再疼痛。

第二天，喜生在寺院周围又采集了些“芦芽仙草”岩青兰，便领着母亲回去了。

龚母痊愈的消息传遍了十里八乡。自此以后，周边村民甚至几百里外的百姓，都来普应寺讨取“芦芽仙草”岩青兰治病，“讨药”习俗，一直延续至今。

还有，甚至更多，此不举了。这样“过度”的“文化包装”，还真不是我所想要的。

接下来，开始他们家族的神话或半神话故事：

光绪年间，小石洞村有兄弟二人，老大名叫张鹏拴，老二名叫张鹏根。兄弟二人，各怀绝技。张鹏拴擅长八仙传下来的法术，传说此法术能让山里的蛇回村里盖起房子，还能把碾粟米的碾子套在马脖子上。可惜这些法术已经失传，留给后人的只有治疗无名肿毒和蛇虫咬伤的法术。张鹏拴没有后人，村里人说，是因为他泄露了天机的缘故。老二张鹏根最擅长的是木工手艺和蓝采和留下的制茶手艺。受他影响，儿子张发旺、孙子张满厚、重孙张存海都把此技艺传承了下来。

神话传说，那也是一种精神与心理的支撑，我们说，在千百年来这么孤寂的大山中求生存，若没有神话，你怎么活吗？全当迷信，不靠谱，一概否定，失之偏颇。

四

毛健茶有其历史久远这一面，我自己还搜集有当年边关征战官兵用以治疗腹胀等故事，显见它的药用价值，早已为我们这边的山民熟知。

当然，毛健茶的生产，也非他们九峰茶厂独此一家。如五寨县甚喜茶园食品有限公司、宁武县银盘土特产有限责任公司，也都生产；那五寨甚喜的品牌，在省城太原还打得更响。

但说家族世代有传承，并能记载于家族史册，这本也是我中华文明之光，薪火相传；通过这个，我们更珍视自身历史，不能数典忘祖，不晓得自个儿从何而来；对此，我们更应该向小石洞村老张家致意，看，人家整理得多好：

一代：张鹏根（1873—1937）：宁武县涔山人，自幼从事古建筑、民用建筑、门窗、家具、田间地头工具加工制作，伏天从事毛健草茶加工制作。

二代：张发旺（1898—1952）：张鹏根之子，自幼随父从事古建筑、民用建筑、门窗、家具、田间地头工具加工制作，伏天从事毛健草茶加工制作。

三代：张满厚（1927—1984）：张发旺之子，自幼随父从事古建筑、民用建筑、门窗、家具、田间地头工具加工制作，伏天从事毛健草茶加工制作。

四代：张存海，1965年生，张满厚之子，自幼随父从事古建筑、民用建筑、门窗、家具、田间地头工具加工制作，伏天从事毛健草茶加工制作。张存海在沿袭老辈人实木制茶机械的基础上加以创新，又自己发明创造了毛健茶专用机械，对毛健茶根、茎、叶、茸毛细化分解，分解后的毛健茶滋味鲜醇，口感滑润，回味悠长。张存海创办的九峰茶厂也是业内重要的制茶企业，产品走向全国20多个省市，受到众多爱茶人士的好评。他的九峰毛健茶系列产品有毛健草大叶散茶、小颗粒袋泡精装特级茶、伏茶饼、小金砖、巧克力茶、饼干茶等，是芦芽山注明产品。

这是落实在文字中的。实际，2018年6月，张存海还研发成功一款芦芽山沙棘茶，亦成为芦芽山旅游商品中的名品。

我呢，从家里出来时，有人还特别吩咐："记住，买一些沙棘饮品回来。"可咱是在他这里忙上了，尤当采访之后，还写了半小时毛笔字，兴毫临池之余，真就把这档"沙棘事"忘了。

一直落脚到他这农产品加工合作社，我方让他谈了一下毛健茶的具体制作流程、功效与品饮感觉。

张存海说："毛健茶制作技艺分为挑拣、煮青、脱水、揉捻、发酵、清洗、晾晒等制作环节。需用90度的热水来煮茶，煮好的茶要放入专门配备的柳编筐内，并对其进行脱水；脱干水后的茶，再由人工进行揉捻；之后进入关键的发酵阶段，发酵采用的是传统的人工方法，前后要花上十来天时间，先要把茶放在瓮子里进行蒸制，放上三四天之后将茶取出，再盖上棉被，避免水分流失，到了后期，每天需要进行两到三次翻换，越临近发酵结束，翻换次数也就越频繁；发酵之后便是进入清洗环节，清洗之后，再进行自然晒干。

"此时的茶依旧属于半成品，还需要再进行两次加工，才能形成茶饼、茶砖等毛健茶成品。

"毛健茶制作技艺，采用的是我们祖传的实木机械制作，整个流程都是用木制工具制作完成的，比如柳编筐、瓮子，就连碾茶用的碾子都是纯实木的。"

我们几个起身，专门看了一下他祖上传下来的实木毛健草茶碾。保存得还挺好。

继续，张存海有几分自豪地说：“宁武毛健草茶既是一种高档饮品，又有保健药效，属于高海拔草本植物，极具药用价值，富含黄酮类物质、有机酸、甾醇类物质等活性成分，具有健胃消食、减肥、凉血止血、降低血脂、清热消炎的作用，因不含咖啡因，睡前饮用不会造成失眠。长期饮用，可以改善人体免疫力，保障身心健康，提高人们的身体素质和生活质量。”

我也是从他这里开始，发现咱山西这些制茶带头人，非常相信自己的产品。

“老宁武人在饮茶上也很有讲究，特别是对水的要求更加讲究，都是从宁武城的万华泉取水煮茶饮用，自此以后饮茶之风在宁武盛行，一直延续至今。”

我问他：“你们这儿的泉水呢?”

他回答：“我们这喝的就是。非常好。”

我正好包里装有一饼冰岛生普，换口味验证一下，涔乡泉，果然不一般。

五

关于张存海为人大代表和小洞村村支书这一块，我也想多聊几句，毕竟也意味着他担有更大的社会责任。

还是从他的合作社入手说起，第一个，即2009年九峰茶厂一成立，首先便吸收当地贫困村民8人，长期从事毛健茶生产加工就业脱贫，之后，吸引带动周边贫困村民200多人长年从事毛健茶鲜叶采摘，合作社年收购20多万斤毛健茶鲜叶带动脱贫，年脱贫产值至少100多万元；其二，2007年其根艺作品在宁武县体育场开展义卖活动，义卖资金37000元，全部资助了50多名贫困学生；其三，先后为小石洞村铺设地下引水管道3700多米，让群众吃上了不花钱的自来水，解决了村中多年来的吃水难问题；其四，硬化街道1000多米，为群众解决了行路难的问题；其五，危房改造73户，安装太阳能路灯45盏，改善了村民的居住环境；其六，投资157万元新建了景观大桥一座，投资28万元新建了廊桥一座，村容村貌焕然一新；其七，为村里新建文化广场，安装娱乐设施和健身器材，丰富了人民群众的精神文化生活。

还有：2019年，张存海成立了毛健茶制作技艺扶贫工坊，采取了“政府+企业+贫困户”三位一体精准扶贫模式，带动了周围100多家农户中130多人采集毛健茶原材料，户均收入8000余元，其中涉及贫困户60户；2020年，张存海的工坊又新增了30户贫困户，为100多人提供了就业岗位。到我去涔山乡对他进行采访之时，他已成功举办了3期非遗培训班，从非遗传承、毛健茶技艺、传承谱系等多个方面对培训人员进行了相关内容的培训。

接下来，我们摘录一些贫困户的情况：

1. 50岁的张润兰，家中有3口人，是村里的贫困户，一家人靠种庄稼生活，家庭年收入只有3000元左右。2019年6月，张润兰加入了张存海的工坊，成了工坊的一名员工，“活也不累，每天工作8小时，一个月就有1400元的收入，干几个月，就能顶之前我们家一年的收入呢”。

2. 4月份，康改枝和母亲两个人一同加入了张存海的工坊，据康改枝介绍，在加入工坊之前，除了干点儿地里的农活，她们没有任何工作可做，也没有收入来源，家里的生活状况很不好。“现在我们不仅有活儿干，还有了收入，生活条件也改善了，日子也过得好了。”康改枝说。

截至目前，张存海已经成立了两处非遗传习馆，一处位于万年冰洞景区，占地约3340平方米，以生产制作销售毛健茶为主，年总加工能力达11吨，现有固定贫困户员工15人；另一处位于宁武县城刘家园外环路二期移民区，占地约750平方米，以毛健茶精细化挑拣、成品茶包装、销售、产业带贫、安置贫困户就业为主，现有贫困户员工

12人。此外，在宁武县委、县政府大力扶持毛健茶种植的政策下，张存海在万年冰洞景区附近的麻地沟村又扩展了一处集毛健草育苗、种植、传统制茶技艺培训、茶园观光、非遗古法制茶互动为一体的毛健茶产业综合体验基地，据介绍，该基地可直接吸收贫困户30多户，员工70多人参与毛健茶种植。

六

这是张存海的答卷。而言生活之树常青，却是我们在他这里，认识了他这小石洞村老张家的第五代人张庭栋。高大、精壮，却又温文尔雅的小伙子，在我们对他父亲采访的同时，始终埋头在干活儿，主要是在往外发货，旁边忙碌着的是他爱人孝义人马红玉，已然是在夫唱妇随了。

张庭栋生于1993年，和爱人马红玉是大学同学，他俩上的是辽宁传媒学院，本来两人在外面都工作了，但父亲召唤他们回来。张存海说："再说咱家也有他们做事业的平台。"两人还就真的回来这大山里了。

实际呢，是小两口子在这边又给他父亲这份事业开创了一片新天地。

这里有系列产品形象包装，互联网业务，包括直播带货，在忻州等地搞办事处。

事业兴旺，最旺不过子承父业，长江后浪推前浪。小石洞老张家的第六代人已有了。（他俩有了自己的孩子，张存海当爷爷了。）在此我们说一句：绿水青山就是金山银山，忽觉意义更深了一层。

梨花雨

一

诗人王国伟是《黄河》杂志社的副主编。他于2018年4月，到临汾市隰县阳头升乡竹干村驻村扶贫。

一般，他一个月左右能回来太原一次，朋友们聚聚，见他黑了不少，也瘦了一些；他每次给大家聊狗经，聊得很投入。这一时间，省作协扶贫点上，除了他，常在那边的，还有大名鼎鼎的张锐锋，“俺们村住着大文人”，这是王国伟后来写在《青竹新风向未来》一文中的话；省作协影视部副主任李浩东，他在此扶贫的时间长了，2015年10月，李浩东就被任命为竹干村的第一书记；而那狗狗呢，起先就是一只小黑狗，是只母狗，后来大了，就在他们那扶贫点上生了一窝，这些狗狗，也成了他三个在那扶贫点上生活的一部分。

王国伟回来后聊，张锐锋回来后也聊，像小狗狗怎么养了，怎么让捉走了，怎么又回来了，讲得格外传神，狗狗非常通人性，人和狗狗之间，建立起来很深的感情。

二

王国伟回来后爱去的地方，就是唐晋工作室不东斋，地点在太原东山那边，离王国伟所住的富力城不远，他不开车，过去喝酒，步行也就15分钟。

2019年春节期间，几个朋友相约在唐晋工作室搞书画雅集，王国伟便郑重提出来，他要在省作协扶贫点搞一个书法大展，让书法艺术直接进农家。

王国伟为什么想搞这样一个书法大展，前提是什么？这可听他自己说说：

我呢，虽然是个文学刊物的编辑，本职是做文字工作，但对乡村工作也并不陌生。从学校一毕业就到了县里最偏僻落后的贫困山区乡镇工作，整整7年时间，走遍了全乡的村村落落、山庄窝铺，对农村的贫困有着深刻的了解。如今20年后再次返回农村一线，原本想的是来吃“二茬苦”的，没想到这里的整体环境条件比起我工作过的穷乡僻壤真是好太多了。因而我心里琢磨的事就是怎么在巩固脱贫成果，提升竹干村精神文化氛围上做些事情。

既来之，则安之。农时不等人，先把自家的菜园子种起来。到村第二天就和李浩东进县城买了铁锹、耧耙、水管和菜苗子，平整了院落，规划了菜畦，栽种上了各色蔬菜。天旱缺水的时候，就与张锐锋到附近农户家的旱井中挑水。

“作家们还会干农活?”啧啧称奇的群众很快就感觉到这几个工作队员没架子，好相处。

村委主任王兵兵为青宿村新建起了文化舞台。跑来找张锐锋主席和我，想请拟一副对联，写在舞台两边。张主席欣然接受了任务，字斟句酌了起来。

“青天朗月唱响振兴大戏，宿安人康创建美好新村。”王兵兵读着，喜形于色，一个劲地说好。见人就说，“大作家就是有水平，就是要这样的与众不同。”

我业余爱好书法。到村住了几天，就把自己的书法墨迹贴满了窑洞的墙壁。支书李林祥看了说，感觉一下子就把文化氛围提升起来了。村里电商中心要办配套的“农家乐”，邀请我在墙壁上题字。我也是第一次直接在墙壁上书写大幅作品，虽然把握得不太好，但也起到了装饰效果，随后又题写了“天鹅湖”“明德文化广场”等石刻。只要群众有书写的需求，来者不拒，尽力满足。

基于此，他有了书法艺术进农家的系列策划。兴致盎然。春风满面。

活动名称也够特殊，直接叫“扶贫扶智扶志公益书法展”。

10年前，诗人郭虎在右玉县右卫古城重修玉林书画院，其中要做一批牌匾、对联和重修玉林书画院铭，郭虎便托付于唐晋、王国伟和我本人，由我三人帮他完成此项工作；唐晋，扛的是大头，用古文写了《重修玉林书画院记》，文字光华四射，有网友夸赞如王勃的《滕王阁序》；王国伟组织作家、书法家（包括自己）撰对联、书对联，之后送工坊，再把那些对子在木头上刻出来，总计有一二十副；我呢，是题写了一块匾额“右卫艺术粮仓”、另撰了4副对联再进行书法创作，最后找工坊一并刻出，之后交于王国伟，由他送抵右玉，向郭虎交差。一件很愉快的事。合作默契。

咱从来都讲自己是农家子弟，所以，对王国伟这“号召”，第一个积极响应。

写吧，撸起袖子来大干。王国伟从口袋掏出一张已经准备好的书写内容，这就开始了，他念一个，我写一副，有几条还多有重复，后来，王国伟有统计，说“柴然先生为这次扶贫公益书法展奉献书作20余幅”：“数风流人物，还看今朝”（2副）、“室雅人和”、“万事随缘”（3副）、“和为贵，爱至亲”（3副）、“一帆风顺”（3副）、“走自己的路，让别人去说”（2副）、“百炼成金”（2副）、“上善若水”、“室雅兰香”、“家和万事兴”（3副）、“有志者事竟成”、“丰收在望”（2副）、“心想事成”（3副）、“天道酬勤”、“岁月静好”，等等。

为了农民兄弟最后在家中好挂出，宣纸统一用了4尺对开，并多写成横幅。

三

作家们投身于火热的扶贫工作，与人民群众打成一片，首先，让我想到杜学文先生写在《作家行走大地，正在拔节成长——以当代山西作家为例》一文中的历史回眸：

> 这好像有点传统。在汾阳贾家庄马烽纪念馆里曾看到一张老照片，不知道是谁拍的。地里坐着一群人，里面有一个是孙谦。孙谦先生——这是我写文章的叫法，实际上院子里的人都叫他老孙、老孙谦。当然也不仅仅是这样称呼他，其他人也是一样。老马，老西，老胡等等。孙谦和那些村里的人们坐在地上，戴着一顶帽子。帽檐上翘，嘴里嘟囔着，正在吃什么，但满脸是笑。不知大家正说什么，竟笑得那么开心、投入、忘我，完全不知道自己是一个很著名的大作家——“山药蛋派”的主将之一，新中国电影文学的重要奠基者，从北京回到家乡的经见过大世面的文化人。也许，不管是身边那些村民，抑或是孙谦自己，都没有那种因身份不同而显现出来的差别。老乡们没有把他当外人，孙谦也不认为自己就比谁高一尺或半寸。他们都是一样的，有着同样的喜怒哀乐，在同样的土地上忙忙碌碌。

我写《一生为农：共和国功勋申纪兰》，所搜集到的故事中，亦不乏这样的例子。

如赵树理先生与平顺西沟亦有一些交集。先生当年在平顺，则主要深入生活在川底，也是在川底写成了名著《三里湾》。

“川底的郭玉恩，也是个劳模，也了不起。”这是申纪兰的话。平顺当年出了4个全国劳模，在李顺达、申纪兰、郭玉恩之外，另一个是武侯梨。

在西沟采访，问申纪兰赵树理可有来过，她说：“赵树理来过西沟。赵树理可是个好作家。可他又不像个作家，戴着个火车头帽，天天下来搜集材料，听老百姓访古。”看，是这样。

当年在西沟下放的文化干部多，作家、编辑、报人、记者都有，最有名的，无疑是马烽。

在申纪兰眼里，马烽是“最高的作家”，还是一个“很好的领导”。她说，“马烽在西沟住了两年半；他人很实在；他是孝义人”。

对于马烽，在他最困难的时候，西沟乡亲帮助了他全家。马烽多次讲“最想回西沟看看”。

申纪兰说：“他和孙谦，一个来西沟，一个去大寨；有一段时间，孙谦也来了西沟，住的时间不算长。马烽家二孩子炎炎，后来是山大三院（省肿瘤医院）的大夫。”

马烽有4个孩子，当时他下放时，老大马小泉已在西山矿务局当了工人，老二马炎炎、老三马小林和最小的姑娘梦妮，则都在西沟上过学。据当年同来的知情者回忆，西沟学校是一所九年制学校，从小学到高中各班都有，申纪兰特别提起老二马炎炎，这里有不一般的情况，是马炎炎当时在西沟获得了推荐机会，上了晋东南医专（现在的长治医学院）。新华社老记者马明的女儿马义华在西沟插队，也是在西沟获得的推荐机会。申纪兰说：“马明女儿去了广东。”像他们这样能获得推荐，走时西沟还会为他们开欢送会。

老作家王樟生（青稞）一家人也来了西沟。关于马烽、孙谦、西戎，她还为大家讲过一个很特别的段子：

孙谦同志也在西沟小住时，一天我们正在食堂吃饭，有人送来一封电报，是孙谦夫人王之荷发来的。因孙谦还没有来到食堂，我们接过电报看到上面写着：“戎病故……”等字，大家马上想到是西戎同志过世，顿时心情都变得非常沉重。马烽立即放下饭碗，双手捂着脸号啕大哭，边哭边说着：“我们合写了《吕梁英雄传》，我们是彼此头一个合作伙伴呀……”众人见状，都慌了手脚，不知该如何是好，这顿饭是没法吃了。这时孙谦同志缓步走进食堂，十分惊异地看着我们如此这般模样。有人将电报递给他看过后，他默然不语，过了好一阵他才悟出名堂，他不紧不慢地说："这是我家的事情，与你们和老西都没有关系。"原来他的夫人王之荷有个在北京的妹妹王之戎病故，此戎非彼戎。老马松开手，满脸泪水还在滴答，有几分不好意思地说："王之荷的妹妹是个好人，哭哭也应该，我没有白流一场眼泪。"他自我表白，充分反映了马烽同志机智与幽默的个性。

故事虽幽默却见人性的光辉。西沟庇护了他们。这也是我们的文学传统。

四

先听王国伟讲李浩东——

"2015年10月，浩东被任命为竹干村第一书记。其实年初，他已被派到了隰县扶贫，负责阳头升乡的竹干、下崖底等4个村。

"省直机关干部，一下被派到贫困村做工作，多还是难以适应的。好在李浩东是军人出身，部队基层摸爬滚打多年。一到竹干村，他就住到了村委会一间简陋的办公室，吃百家饭，开始了解村情民情。

"竹干村位于阳头升乡万亩梨果基地的后堰塬面，距县城10公里，下辖竹干、青宿、河沟3个自然村，全村329户892人，耕地面积4369亩，其中果树面积2663亩，干果150亩，其他农作物面积1556亩。2014年建档立卡贫困户总规模134户323人。"

40%多的贫困发生率。李浩东感到了肩头的重任。精准扶贫，首先要精准识别。李浩东开始入户走访，调查测算。既不人为拔高脱贫标准，更不能遗漏下真正的贫困户。通过一年多细致复杂的精准识别和帮扶工作，2016年，竹干村的贫困户剩下70户165人。

如何让竹干村快速摆脱贫困？一直是李浩东思考的首要问题。竹干村是远近闻名的梨果专业村，60%的梨果栽植面积，使梨果产业成为该村脱贫增收必然的主导产业。巩固和发展主导产业，势必需要产业龙头的带动和引领。

“李浩东的老家原平市，梨果生产早就是当地农村经济的支柱产业。耳濡目染、见多识广的李浩东，很快就把竹干村在储藏、运输、包装、销售等梨果产业链条上的短板找了出来，积极游说和鼓励村里的能人大户，争取项目资金，投入项目建设。

“立项报告不会写？李浩东亲自上手帮着做立项报告。上级资金一时半会儿到不了？那就先筹集资金自己干。建设用地有阻碍？李浩东就动用自己的社会关系跑部门，搞协调。总之是脱贫攻坚不等人。”

2016年，李浩东多方协调，倾力筹划，出主意、想办法，积极支持和帮助当地致富带头人通过银行贷款、社会融资，投资400万元，成功建成了竹干村3000吨规模储量的恒温库项目；2017年又支持和推动当地能人大户投资200万元，兴建年产能200万个耐用果筐的果筐厂项目。这两大村级民营龙头企业，都做到了当年建成、当年投产、当年收益，对竹干村梨果产业的发展起到了很大的引领和带动效应。贫困劳动力仅在这两大企业的务工收益每年就达80万元，户均增收1万元，为脱贫攻坚发挥了重要作用。2017年底，竹干村成功实现整体脱贫，贫困户剩下10户19人。

王国伟说：“恒温库建设立项的时候，李浩东住在村委会，熬夜做立项报告。正是冬天，水管冻了，洗漱饮水都是问题。一连几天都没顾上打理自己的李浩东，胡子拉碴，眼红脸绿，身心疲惫，形容憔悴，真的成了个‘野战军’。

“附近群众看到他脸色不太正常，跑到村委主任王兵兵家说：‘李书记有问题了，不会是跟上鬼了吧？’

“因为李浩东住的地方原来是一片坟地，村委会征收后改造成了文化广场和舞台，盖了数间办公室。李浩东每晚一个人住在那空旷的地方，寒风飕飕的，发出古怪的呼啸声，树影黑黢黢的，不时地敲打门窗。村里人都佩服李浩东胆子大，敢一个人在那儿住。那天发现他容颜憔悴，难免心里嘀咕疑惑乱猜测。

“王兵兵跑过去看他，果然是病了。李浩东原本就有挺严重的糖尿病，天天要打针吃药。这次连续驻村两周，带的药已经用完，托人捎的药还未送到，断药三天的他又连续熬夜工作，身体哪能受得了。王兵兵心疼地说：‘快到我家住吧。’

“到王兵兵家住了几天，李浩东又回到了村委会。贫困户张天柱家就在村委会隔壁，有事没事就到村委会找李浩东坐一会儿聊聊天。李浩东见他穿的单薄，就把王兵兵送给他御寒的棉军大衣披到了张天柱身上，送给了他。”

五

竹干村地处高塬，十年九旱。不用说田间浇灌了，人畜饮水都成问题。尤其到冬季，家家户户都只能饮用自家院子里的旱井水，就这也得节省着才能熬到次年雨季。省作协领导和驻村工作队将解决竹干村人畜吃水问题作为扶贫工作的头等大事，积极争取，多方协调，2017年引进专项资金18万元实施了青宿村人畜饮水水源地深井取水项目；2019年再次引进专项资金35万元，用于竹干村人畜饮水水源地深井取水项目和青宿村人畜饮水水塔维修改建项目，以及自来水管道铺设项目，用3年时间，从根本上改变了竹干村靠天吃饭的干渴历史。水来万物生。青竹万竿、郁郁苍苍，蓝天白云，梨果飘香的美丽竹干村已如目在望。

要想富，先修路。数年来，驻村工作队为竹干村累计引进投资300多万元，实施了乡村道路、田间道路整修硬化工程；引进投资80万元实施果园基地浇灌管网建设项目；投资20万元建起了村级卫生室和日间照料中心，这些项目的投入和实施，有力地改善了竹干村生产生活的基础条件。

要想稳定脱贫，就得有集体经济作保障。竹干村积极争取到了光伏扶贫集体项目，但在实施工程时才发现适合项目的建设用地不好找。村委主任王兵兵主动提出：“那就用我家的地吧。这个项目必须得上。”100千瓦规模的光伏项目落实了，王兵兵继续整理工程用地，又引进增容了100千瓦，使竹干村的光伏发电项目达到了200千瓦规模的装机容量。当年实现收益，不仅使集体经济实现“破零”，而且有效保障了贫困户分红收入。3年来已累计发放光伏收益分红36万元，成为脱贫攻坚的“稳压器”。按照现行的光伏收入分配政策，贫困户的稳定脱贫问题完全可以得到坚实的保障。未来，随着集体经济力量的增强，可以有更多的资金投入到新农村建设公益项目，夯实乡村振兴的基础。

2018年，隰县电商扶贫发展迅猛，县乡党委政府为大力推动和促进农村电商的发展，有意向在条件合适的村建设农村电商服务中心（站）。李浩东敏锐地认识到，这对竹干村电商发展绝对是个非常难得的机遇。为此，驻村工作队与村两委团结一致，主动与县乡主要领导沟通协调，积极争取将电商服务中心项目落户到竹干村。建设部门考察了竹干村的环境条件后，认为可以在原竹干村小学的基础上改造修建电商服务站。问题是学校的房间当时都被村里的十几户群众以各种原因和理由占用着，完全就是个大杂院，清退安置工作复杂艰巨。但项目建设时间紧、任务重、不等人，机会稍纵即逝。

支部书记李林祥当仁不让，向县乡领导立下军令状——“一周之内转移清场，建设工队进场施工”。村两委和驻村工作队立马全力运转起来，分头开展苦口婆心的转移安置工作，一家一户做艰苦细致的群众思想工作，连明昼夜，不辞劳苦，连续作战七天，终于为项目落地提供了良好的基础条件。投资120万元的“乡村振兴公共服务平台·隰县农村电子商务服务站”项目落地竹干村，有力地带动了乡村电商的蓬勃发展，在助销农特产品上发挥着重要的作用。如今，王明明、王海萍、王平、任调平等一大批农民电商成长和发展了起来，成为远近闻名的电商大户，年助销梨果产品数百万元，为竹干村的梨果特色产业发展占领了高端阵地、占据了发展先机，抓住了时代的潮流和梨果产业发展未来的希望。

贫困户王平以前沉迷于网络游戏。自从做了电商，整个人就像获得游戏里的满血复活一样。依靠多年的网络人脉，再加上竹干村梨果的好品质，让他的信誉评级不断提高，生意做得红红火火。

“与其打游戏，不如卖东西。”王平通过做电商摘掉了贫困户的“帽子”。

过去地里堆满水果没人买，现在做电商天天有订单。最多时一天1000多单，坐在家里动动手指就挣了钱。我的微信里有100多个电商交流群，手机已经成为我们农民的“新农具”。“电商达人”王海萍说。

贫困户何春莲说，以前我家这个早熟品种的苹果根本卖不出去，放的烂了就只能倒掉。自从王明明干了电商以后，年年都是王明明帮着卖，价钱又好，卖得又快。

王明明说，我做电商有几年了，只要讲诚信，用心做，产品品质好，建立起良好的信誉，回头客其实是很多的。通过网络帮助村里的人卖点小米、核桃、苹果、梨等特产，帮助他们脱贫增收，也是我应该做的。

省作协党组书记杜学文每年都要到竹干村调研指导、走访慰问贫困户。看到新建成的电商服务站，也不由得赞赏：“这个事情办好了。”他还特意到王明明家走访，就如探望自家的亲戚一样，对王明明风生水起的电商事业给予肯定和支持，特别是对他帮助贫困户解决销售难的做法予以了高度的评价和赞许。

以上为王国伟写在《青竹新风向未来》中的几节“扶贫报告”。

六

关于王明明的情况，省作协党组书记杜学文亦有过记录：

“前一段，单位的小聂在朋友圈发了一条微信状态，说她网购隰县苹果的事。梨果业是隰县的主打产业，现在发展得很好，特别是玉露香梨，在全国都有影响。我们扶贫的竹干村，正是玉露香的原产标识地，所以很多村民开了网店。竹干村成为国务院公布的全国‘一村一品’示范村，远近闻名的电商村。为了帮助村民销售，大家都做过‘扶贫购’。小聂根据销售流量在百信农产品专业合作社网购苹果。她留的收件地址是太原市南华门。谁知对方回过来问，您是省作协的？小聂奇怪，问，您是竹干村的？他说是的，是竹干村的王明明，自己开的淘宝店。一边说着，一边要送小聂苹果，说你们单位在我们村帮了不少忙，谢谢了，挺有缘的。小聂连说不行不行，这样以后就没脸到村里了。

“（来到竹干村后），很想看看王明明，就与大家来到他家。王明明晒得黑黑的，戴一副眼镜，不太像个农民。他在村里打理自己的梨果树，城里开着淘宝店，一天有3000多元钱的业务。他的网店办得好，主要是能根据消费者的需要调整产品。隰县的梨果体积比较大。卖的时候就论个，而不是论斤，价钱也比一般的要高很多。但王明明是个善动脑筋的人。他在网上也注意销售那些个头小的梨果。虽然品相不如那些个头大的好看，但走得也很不错。此外，还经销当地的土特产。比如老乡自己晒的杏干，‘还有我妈腌的老咸菜，都卖完了。’正说着，他的手机响了，是问今天还有什么发送的订单。”

七

“贫困户陈玉萍想养肉鸡，又担心卖不了。李浩东告诉她，放心大胆的养，关键是要下点辛苦，绿色养殖，不要喂饲料更不要喂添加剂，养大了保底一只100元给你卖。有了销售保证，陈玉萍开心地领回了50只鸡仔，每天打草剁菜，精心饲养。不到一年，全部脱销。工作队还针对她的情况，专门制定了切实可行的帮扶措施，一条条落实，2019年，陈玉萍家成功脱贫。

“陈玉萍非常感激工作队对她的帮助，新苹果成熟了，玉萍说：‘自家的果树，没套袋，没打药，看着不好看，卖也不好卖，但吃起来还不错，给你们一人装上一袋自己吃吧。’我和浩东要给钱，玉萍说啥也不要。只好趁她不在家时把钱硬塞给她儿子。谁知不一会儿她就找了来退钱，几次三番，好说歹说，才让她安心收下。玉萍叹口气说：‘你们这些人啊，唉，真拿你们没办法。’第二天，玉萍又提来两袋花椒，‘才摘下来的，不多点，给你俩尝尝。不准给钱，再给钱我就不给你们了。’新鲜的花椒，沁人心脾，我和浩东只好收下来。

“陈玉萍是我到竹干村接触到的第一个贫困户。她家原本是村子里数得着的好人家，谁知天有不测风云。数年前，丈夫意外病逝，天塌了下来。祸不单行的是，儿子也得了重病，玉萍带着儿子到太原、北京、西安各地求医问药，花光了所有积蓄还欠下许多债，关键是儿子的病还没法根治，时不时就要反复，原本清闲自在的玉萍只能独自撑起这个家。

“陈玉萍和我大姐同岁，我也就一直叫她大姐。加了她的微信，微信名叫‘非常坚强’。3年了，我和浩东都把她当家人看待，不遗余力地帮助她脱贫，解决生活中的困难。玉萍有啥问题也都愿意和我俩说，讨个主意。我能感觉到，其实她也从心里把我俩当成了亲人。”

王国伟也讲了他和李浩东与贫困户陈玉萍结下的这段姐弟情。

八

2019年4月20日，我们去了隰县。天一直在下雨。书法展定于第二天上午在竹干村举行，我们第一天下午的活动，主要就是到几个盛产玉露香梨的村子看梨花，之后，到隰县县城的著名景点小西天参观。

我一头热望，在雨中看梨花，兴奋得很。当晚，入住宾馆后，我就开始写《梨花谣》一诗。诗很快写好了，但我人却在写作后的那种兴奋中，不能自拔，结果翻着手机，熬了一夜。

是，这里还有盼望吧，我要进村里给乡亲们写字，这亦是让我兴奋着，不能自拔。

我15岁到太原，到17岁这年过春节第一次回陵川，探亲回去后最有意义的事情之一，就是给自家和邻家写春联，尤当感觉自己可胜任这个，那从心田泛起的愉悦，恬静又甜蜜，似可滋润这一生。

每个人回眸自己的青葱年少，各有各的洋洋自得。我呢，热爱写字，便是很重要一个方面，与我学习写作、热爱音乐（现在说主要是歌唱），可构成一个有支撑力的三角关系，我不是一个“单边主义者”，通过个人几十年艰辛的努力，自己“捍卫了一个自己的多极”。

九

好了，到竹干村里去呀。车上，隐隐听到塬上的威风锣鼓声，离村子还有一段路，车拐进了省作协扶贫点驻地。这是一个在地里的春光明媚的窑洞院。

2017年，为保证驻村工作队“五天四夜”在岗工作，让驻村工作队的同志们有一个良好的工作、生活环境，省作协党组决定租赁村里的民房。于是，李浩东民宿化改造的先进理念派上了用场，他亲自设计改造方案，亲自购置建材，既要保留住乡村民居的特点特色，也要满足队员们日常工作生活所需，他是一心要为当地农村住宿条件的改善，生活水平的提升做一个全新的模板。

如今，省作协驻村工作队驻地，已经成为许多农户参观学习的地方，对今后农村住房建设观念和装修理念的改变，对发展“农家乐”、民宿等文旅产业起到了带动和引领作用。

张锐锋住左面一个单间，房间所用设施一应俱全，如电脑、马桶等。王国伟、李浩东两个住一个大窑，室内还有灶火，卫生间这些也没问题能使用。

有四个特殊：一是李浩东，人黑得都快不敢认了。记着他刚开始扶贫的那段时间里，在太原也是见过的，还在一起吃过饭。咱这原平帅哥美男，变化真大呀。我问他，他嘿嘿笑着，王国伟在边上说了，他帮着村里百姓种粮食，种梨树、苹果树。这还不是几亩，是很多亩。咱这第一书记，是真心热爱上了种地。他回来太原的时间极少。一心扑在这竹干村了。

第二个是窑洞里挂了（张贴了）不少王国伟的书法。他写的字有了一个质的飞越。他说，在这儿练字的时间确实增加了，几乎每天都要写，一写几个小时。我说，这就是练习书法的捷径：一直写。

第三个，他俩给我们准备了两大盘上好的玉露香梨，证实了我头一夜写出的诗句“似春泉被咬开”，断然不虚。香梨本身好是一方面，但毕竟这在第二年的4月份快5月呀，香梨之新鲜，似乎像是刚从院中的梨树上摘下来一样。就这么美。准准的一份功劳，就要记在他们一心帮扶村里所建的那个大的恒温库。这后面我们就有去。哪像咱一个农村的库房呢。是有一定规模的现代化标准的恒温库，极大地服务了村中的果农。还是“捧出玉露香梨/似春泉被咬开”。

第四个，那黑狗狗们，我看见它们了。在我们一行人下了中巴车，首先是一只大的，在边上一个窗下，好像是被拴起来，可狗狗见我们这么多来访者，并未受惊吓，先是瞪着好奇的大眼睛，看着我们进出窑洞，随之便将我们辨识出来：这些来者都是主人的同路人，目光变得温顺，充满友爱；我们中几人，都过去逗了逗它，抚摸了它；它感到愉快，原地转了几圈。

之后，又有一只找它来了，见窑洞院里有这么多人，就停在矮墙后的树篱前，向院子这边眺望，王国伟出来见状，便解了这边拴系小黑的绳子，小黑奔着它过去，两条狗狗就那么相跟着走了。

它们去了村中威风锣鼓已敲起来的广场。我们去后，在旁边的彩旗下，又见到它们两个。

十

我们一行去了村中那个带了大戏台的广场。在此，正可用高海平的散文描述——

这次能够踏上隰州大地，是因为山西省作家协会驻隰县扶贫工作队在阳头升乡竹干村搞了一场“文化梨乡　书法进农家”公益书法活动。我和二十几位作家、书画家前来参加开幕式。开幕式当天，隰州大地春阳灿烂，梨花含羞，拥粉叠翠，尽情绽放。竹干村以及周边村庄的百姓衣着光鲜，赶集市一般，蜂拥而至。除了官方的仪式之外，民间的文化节目如唱歌、跳舞、诗朗诵，乐器演奏丰富多彩，村民的艺术才华得以完美展示。竹干村文化广场真正达到了人山人海，热闹非凡的盛况。

扶贫，不仅仅是经济扶贫、物质扶贫，文化扶贫、精神扶贫更为重要。书法是中华传统文化之瑰宝，以书法进农家活动为切入点，推动乡村文化的繁荣和发展，把村民的精神境界、思想境界提高到一个崭新的高度，正是这次活动的意义和价值所在。文化广场上设置了几张桌子，专供书画家们挥毫泼墨，场面火爆。

杜学文则在《竹干村的阳光穿透了我》一文中描绘——

村子里与往常不太一样。路边停满了各种车。人们在不宽的村街上来来往往。村委会门前的广场上有点人头攒动、人声鼎沸的感觉。蓝天救援队的志愿者们腰上别着报话器，背着双手，目视四方。医疗队的大夫正在为村民体检。县里的果业局带来了好多科技与文化的图书供村民取用。舞台上横的横竖的竖，挤挤挨挨挂了好几排标语。“文化梨乡　书法进农家扶贫扶智扶志公益书法展”的背板正立在舞台中央。300多幅书法作品一幅摞一幅地挂满了舞台两层的四壁之上。广场的中央是一队锣鼓。队员们穿着红底黄边的演出服正击打着《得胜令》，鼓声铿锵。

开幕式结束后，书画家们来到广场，现场为村民献艺。不知哪里来的人，也不知他们从哪里弄来的纸，每张桌子边都围满了人。直到开饭，人们还不愿离去。村民们开始在广场上演出。有广场舞、扇子舞，有三句半、诗朗诵，有独唱、合唱……扶贫队的同志说，报名的人太多，村干部不敢组织那么多的人。好多村民就找驻村队员，说让我们也演一演吧，我们也高兴啊。

一位叫石茂生的老者挤过来，从怀里掏出两张纸，说写了点东西让我看。纸上面密密麻麻，是一首即兴的快板书：“太原来到竹干村，常规工作不放松。脱贫攻坚打先锋，900老乡都称颂……量身定做‘药对症’，扶到点上扶到根。建档立卡‘回头看’，强基固本真扶贫……”句句押韵，词语生动。正想再聊几句，他已没入人群了。问别人，怎么这么多人？别人告我说，县城的、外村的、外乡的、外县的，都有。村里的人要告亲戚的。“办事业”嘛，怎能不告。

看高海平夸漫画家刘伟：“漫画家刘伟无疑是现场的另类风景。为村民画漫像，把形象以笔墨的方式展现在宣纸上，对村民来说具有巨大的新闻性和新奇感。刘伟的目光刁钻、犀利，抓细节、抓瞬间特别准，下笔也特别狠。夸张时不失真实，漫笔中彰显幽默。拥有他作品的人，兴高采烈地与其合影留念，而更多无法得到其漫像者无不艳羡。”

看王国伟夸我：“柴然先生是歌唱家，通俗、美声、民族诸法皆优，且能京剧等戏曲，有板有眼，字正腔圆。常于朋友圈中各种聚会宴饮场合激情献唱，声震四座，满堂喝彩。书法造诣颇深，却又是朋友圈中有名的‘劳模’，写春联、写作品、题匾额，但有所请，无所不应。不辞劳苦，满足所需。”

再看高海平夸我几个——

最惹人注目的要数作家、书法家柴然先生，硕壮的体格，伏着案、低着头。气沉丹田，悬腕走笔，龙飞凤舞。他的台前围满了人，每个人手拿宣纸排队等候。多亏他精力旺盛，神情专注，几个小时不挪窝，平素练就的功夫真正派上了用场。“天道酬勤”“一帆风顺”“岁月静好”“万事如意”等等内容健康向上的榜书作品像山中清泉汩汩流出。当然，还有张生勤、张建亚、芦思白等几位参加现场活动的书家们也是情绪高昂，有求必应，伏案疾书，挥汗如雨。一时之间，竹干村到处飘扬着书法家们书写的作品，墨香与花香氤氲四溢，欢欣与喜悦随处流荡，“文化梨乡　书法进农家”公益活动真正落到了实处。

已到了午饭时间，柴然不得不停止书写，村民们又排队等候盖章。柴然对待每一幅作品都极认真，殷红的印泥，落在雪白的宣纸上犹如一朵朵盛开的桃花。加盖印鉴后的作品更像开过光一般，在村民的手中翩然起舞。村民的脸上绽放的笑容与塬上的梨花一般纯洁、干净。

柴然在他的微信朋友圈不无自豪地写道：“我要告诉友圈的友朋，2019年4月21日，在山西隰县竹干村里，有很多村中百姓拿着老柴的书法，笑逐颜开，喜不自禁；一时，拿着老柴的字，排起长队，等老柴一张一张加盖印章，也成了一喜景；乡亲们的精神面貌，正如这玉露梨乡的春天，心花怒放，焕然一新。

最后，看杜学文的文字——

太阳正高挂在头顶。人们已经把活动的照片发到了朋友圈。有很多的角度，有很多不认识的人。

那些来到村里的书画家们被村民围着，正埋头创作。也许，在自己的工作室是没有这种情景的。他们面对的就是喜欢自己作品的人，正里三层外三层地看着自己。有一张照片是一位老者，双手撑着他刚得到的书法，上面写着‘吉祥如意’。他满脸的皱纹笑开了花。一位妈妈，孩子已经在她的肩上睡着了，她还在晾晒给自己写的作品，上面是‘梦想成真’。有两个孩子，正坐在地上看送来的书。他们那么专注，全然不顾周围的嘈杂。也许，这书中的什么会成为他们人生中永恒的印记，影响了他们的未来。看到一张照片，不知是谁拍的。一抹阳光正从天空照射下来，穿过了照片上的人。其中也有我。我知道，竹干村的阳光穿透了我。突然间，心就麻麻地，泪悄悄地涌上来。

十一

在我手机的图库里，还保存有当日活动中几位摄影家所拍摄的多张图片。我们的父老乡亲那种由内而外、可以说是全身心透出的喜悦，让咱这个参与者、经历者、见证者，一辈子都不会忘怀。其中有一张全是笑脸的，前些日子，我在全民K歌上录《这世界有那么多人》，还用作了“封面”；真实记录下来的那么多张好照片，本就可以搞一次摄影展，或者到平遥国际摄影节上去布展。图片的力量，用文字真就表现不出来。

这也是省作协扶贫工作中的一个重大创举，我们自己首先就应将其写入史籍。

中国正在发生着深刻的变革。中国农村的变革具有根本性意义。在这样的历史巨变中，山西作家没有缺席，没有失语，没有作壁上观。他们或者奋战在脱贫攻坚的第一线，或者行走在太行、吕梁的山水沟梁之间。这是养育了我们的大地，是孕育了一个伟大民族的土壤。她正焕发出新的生机，显现出旺盛的活力。

谁不说俺家乡好。据不完全统计，有关省作协和竹干村脱贫攻坚的宣传报道，这几年仅在国家级报刊媒体上就至少10次，省市级及其他媒体至少50余次。竹干村干部群众经常兴奋自豪地说，“看，咱竹干村又上电视了。”“《焦点访谈》都在说咱竹干呢。”“新华社、《人民日报》的记者都来采访了。”这是山西省作家协会的官方发布。

记得当天活动在竹干村结束以后，我们一车人要求买一些玉露香梨，国伟和浩东就带我们去了那个大恒温库。

而这来去的路上呢，竟多见有人卷着或夹着我们的书法作品，他（她）们脸上那个高兴呀，仍然是喜不自禁。

最有意思的，是我们买玉露香梨后从那个大恒温库出来，却见路上有两位骑了电动车的乡村姊妹，她们把从活动中得来的书法作品，卷好了，就绑在了那电动车后架上，沿着那乡村公路，一路风光而去。

归园田曲

像孩子的大人

一

我认识周同馨，在1985年，他已经从忻州小城调来省里，做了省报的编辑。他的“小城诗歌系列创作”基本完成，随后以《小城故事》命名，结集出版。

这在当年是十分了不起的。这么年轻就出了诗集。对于我们，甚至是不敢想象的。尤当他在大学时代已冲出娘子关。山西大学中文系1978届的学生，入校时只有17岁。

有一个挺牛的例子，是中国社会刚有万元户提法，这一年，他所得诗歌稿酬，竟达5000元之巨。当时一个大学毕业生的月工资，也不过46元钱。

潞潞兄还记着，周同馨请他吃过油肉。他自个儿，却是一点肉也不吃，天生的素食主义者。骑着崭新的凤凰大链盒自行车，戴着雪白的呢绒手套，皮鞋擦得锃亮。人还长得英俊漂亮吧。

与之相呼应的，是新千年以后，我们几个诗兄弟多在一起，潞潞兄又给他总结了一个版本，这主要指他热心为朋友们服务，说他“下班从报社出来，把车加满油，把钱包装满了；到晚上回去，车没油了，钱包也空了”，云云。

二

周同馨是一个难得的孝子。差不多每周休息，他都要“太原—忻州”

往返一次，回去看老母亲。早先，自是坐班车，搭顺车，坐火车；世纪之交前夕，他有了那个蛋蛋车，自己开着跑了。

我哪，有那么好几年，则常搭他的车到忻州去。

在忻州，也如我人到了长治、晋城，只要说你是一个搞文学的，人在省城，当即便会有新朋友问你："认识周同馨吧？"这在长治、晋城，自是问报告文学家赵瑜。这可不只是因为他们在家乡人脉广，好朋友多，一定程度上，他们的名字，其本身就构成了这块土地上的一个重要文学符号，似乎也是一道辨别你文学水准真伪高下的心理界限。有多少乡人，记着他哪组诗发表在《人民文学》，哪组诗发表在《诗刊》，哪首诗发表在《青年文学》。

要说能免过这一关，如当地几个作家好友介绍你直接会说："咱省里来的诗人，周同馨的朋友。"

实际这里也还有一个他对待家乡人的态度。

好友宿新和当年在忻府区通讯组借调，那时常写些小稿件到太原来找周同馨，确保发稿是一个原因；这到了吃饭时，咱人还穷，没地方吃饭是另一个原因。

宿新和说："有一回，同馨刚刚有了个小平房吧，我去他家吃大米，咱一碗不够呀，再添一碗，我看他们的饭倒不足些了。"

三

周同馨最爱在车里放的、也是他最爱唱的一首流行歌曲，即是满文军原唱的《懂你》。这歌多年里他就唱响于日报社那高楼楼道，回声荡漾。

大概从2016年开始，我用手机在全民K歌等APP上录歌，这首《懂你》我反反复复录过多次，每录，耳畔都会有周同馨唱这首歌的歌声缭绕。想起他之竭尽孝道。

有云，有大孝顺在心，就是慈光护佑，人也更像个孩子。在此，张锐锋便抢先注册了口头版权：“潞潞是一个像大人的孩子；周同馨是一个像孩子的大人。”

点题第一个掌故，是他从忻州小城来太原上大学，走出校门搭乘3路电车，竟拉住带他上车的老乡同学郭新民的军大衣一角，不敢松手。

周同馨说：“人家个头也大吧。”对他起到一个伟岸的保护作用。

他本人回望，还是那个青年书生对诗的专心致志。父亲给他买了一部《辞海》，他呢，就能长时间投身于这大部头工具书的研习；还有所谓日日精进，一刻也不怠慢，这是从教室或宿舍到饭堂，他还会拿个巴掌大的工作笔记，至少记下来两三个好句子。

他在大学里有一个情感小插曲，外语系有个日本女孩儿找上了他，弄得他满脸通红，无所适从。具体这女孩儿，那就是山西省与日本埼玉县建立友好城市，交流来的大学生。周同馨是出了名的大学诗人，但日本埼玉女孩儿的热情他却受不了，避其三舍，怕影响到自己。

早年回望忻州，周同馨在村中吹笛子，十二三岁小男孩，青春萌动。“村里当时回去一个太原小姑娘，梳个长辫子，和我们村上的小女孩不一样，好像也挺懂事的；我一般爱坐在我家院墙上吹，那外面是路，她走路过来，看看我，莞尔一笑，我就吹得更有劲儿了。”

周同馨大学毕业分回忻州报社工作。每日忙于写诗，给自己定下每一星期至少写一组诗的目标；家里托人给他介绍对象，他不敢违拗父母之意，就去见人家，人家约他去看场电影，他跟人家一前一后走着，看电影后，介绍对象的事儿，也就为止。

我们说周同馨更像个孩子，在我们中间，就不大能坐住。好多场合，转转便走。以前吃饭，他不喝酒，也是吃一吃，就不想在了。我戒酒后，他发现我是个伴儿，到哪儿也待不长时间，就招呼我结伴先撤。两人好像还能再找个啥地方耍耍。一般也是到亲贤街盲人刘超那儿，按摩个十来分钟。脚按跛了。

四

重返省城那几年，他仍在写“小城系列故事”，写得畅快，发得也顺利。

时在1986年6月，流沙河先生为他的《小城故事》写序，对此，就有很好的概括：

> 周同馨有热情去反映小城日常生活，通过许多怪有趣的事情，让读者感受到那里正在发生变革，主要是社会文化心理结构方面的变革。他志愿地做了“观民风”的现代遒轩使者。

他的诗歌写作多定位于小城和小城青年，我们山西已故去的老一代批评家李国涛先生，就他和潞潞的整体创作，还特别写过一篇重要的文章，发表在《诗刊》上。

> 他们不约而同，醉心于自己的北方，又各从自己不同的方面去写这个北方……如果说，潞潞是北方乡间的小伙子，周同馨就应当被看作北方小城里的“大手大脚”的青年……

李文今之仍可一读。

> 较之潞潞，周同馨的笔意更细腻，更重视画面和风物，有些小小的事物、淡淡的情绪被他采入诗中，获得盎然的诗意。

我自己呢，还非常喜欢他发表于《飞天》杂志1984年3月号的一首《朦朦胧胧的小城》，尤其是这首诗的第一节：

> 当咕咕啾和阳雀子

衔着晚霞归巢时
稀稀落落地，走来了
忙碌了一天的
拎着醋瓶和酱油瓶的小城

全诗看，这还是一首写环境保护与改变的诗。

现在我们会说，他怎么那么早就有了这种意识？实则在此，离“村村点火，户户冒烟”尚有时日；说到底，还在于他忠实于自身的“小城感受”，这是第一位的。

五

必须说，他从忻州重返太原，到省报工作，成就了他，也影响了他。他的诗歌创作才华，至少在他来太原工作的这几十年里，没能得到更大的发挥，那主要就在于他对报社工作的无限忠诚。是绝对意义上的。

不过，在工作之外，对其本身的疑虑，抨击、自嘲，甚乎怪话连篇，同时也给人印象深刻。

但是你别让他坐进办公室，坐于案头，一切全变。一则普通新闻通稿，经他过手，见报后的效果，大为不同。

我们刚认识的时候，就经常见他来迎泽宾馆报道会议。一支圆珠笔。一本208的蓝格格稿纸。为各类凡能沾文化边儿的会议写消息。消息基本上都写在会议间隙，不会拖后，回到办公室，仅剩下编发。

而我到他办公室去，见他多会儿也是在编稿子、发稿子。算来这三十余年，还就是成千上万次的编稿子、发稿子、盯版、签版。美好的年华与不可多得的才情，正是在此日渐消融掉的。

闹稿稿，闹稿稿，一直闹稿稿。一字不错，一字不漏，一字不别。而这所挥发的，正是他太多的生命品质，太多的心血与韧性。

六

2009年，他在弄《山西日报》周末版；策划庆祝中华人民共和国成立60周年活动，搞了一个系列，其中就有“六十年六十本书”这个单元，他特别给我打电话，约我写一篇关于杨沫《青春之歌》的小稿件。我有些话想说，写好发去。谁想他两次给我发回来，每次也是标注好他的建议和认识，先让我改了两稿；之后，感觉可以了，又让编辑编了两稿，自己又编了两稿；最后，又和我在电话里一个字、一个字地抠着过了两遍。

我和他说：“你这是海明威写《老人与海》呀？”但心里，恼得厉害，就差脱口说撕了算了，稿子我不要了。

话说回来，诗无达诂，见仁见智，周同馨有自己的看法。

七

在周同馨的编务工作中，多有海涵、包容的，则主要体现在有关书画作品及其评论的刊载上。这个他一样也做过大量的工作。他对这方面的东西是很喜欢的。累月经年，兴趣盎然。

关于此，不论他是在做《山西日报》周末版，还是早先的“黄河副刊”，还是在和李杜最早办晚报，之后再到总编室，再到做文化评论，更多地争取版面（包括理论版、收藏版）；整体编辑思想，多从大的历史社会文化视角切入，加之他本人并不在一般意义上的书画界，不抱偏见，无须和什么人抱团取暖，同时，亦不囿于省城太原或者如忻州某个书画圈，所以，得益于他这一二十年的可贵坚持，从省报就走出来不少新人。

如我也能算从他那儿走出的书法新秀。

当然，他这个平台也是一个小主流，至少对山西书画有着“推波助澜”的作用。咱不说更牛的如陈巨锁这样的书画家了，我们朋友中的牛人，就有郭新民、张明智、张怀文、郭存魁、周如璧，他们能有今日声名，抛开艺术本身和自己的努力、悟性，知道他们的人更多，那多少也和周同馨这样的力推——有时就是整版整版的作品刊载，有一定的关系。

周同馨言及山西书画的创作、发展，时间最多，乐此不疲，也说个没完。

八

一分耕耘，一分收获。

周同馨谈他1985年获首届“赵树理文学奖”诗歌奖：“我啥也不知道，倒接住获奖证书了。”当时情况特殊，即作者无须进行申报，换言之，当年山西省的优秀文学作品，都在评委们的视野范畴。

就当时的山西诗歌而言，那也是一个周同馨年。浪花朵朵。

到了新千年后他第一次参评文学编辑奖，与时任《五台山》杂志主编的彭图老哥冲突了。有圈内好友就说了：“啊呀，他俩一致的，评委资源都一样，你和周同馨关系好，和彭图就不会差了。”

所以，他两个的票一样了；本来一届可以评两个获奖文学编辑，最后只选了一个晋中的老同志。

到下一届，周同馨顺利获奖；彭图老哥呢，到年龄了，退休了。

九

事物的发展，亦如他言，只有变是永恒不变的。

他原来是朋友中间最不能喝酒、也是多年都不大沾酒的一个。谁料想，后来这10多年间，突然逆转，大约五次中有三次吧，他放胆痛饮，敞开大干。

就因他这前后变化太大，他一撸起袖子，大家倒笑坏了。往往就是，他在拼酒，你在旁侧，笑个没完。

尤其他多少喝一些，陡感酒量倍增，遂主动挑选桌上最能喝酒者反复碰杯，喝三杯，再来三杯，如此者三。

另一个，他要把所有在场的女士全照顾到，这是绅士风度。反复举杯，频示美意。还得有重点吧。这个，是要突破了。一位或两位美丽女士，一位或两位青春妙龄的女孩子，他得把她们灌醉。碰杯，劝酒，碰杯。所抱目的，就是要看看她们酒精充溢、喷薄而出的快活醉姿。且听咱忻州话说："把狗的闹醉。"是这样对酒当歌。变熊孩子呀。

然则，最后只能保证他把自己灌醉，没有别的。凡我所见，酒桌子上美丽女子，从不见一个比他酒量小的。他往往碰上的，基本都是好酒量，人家反过来喝醉他，倒成了轻松愉快的事儿。

"你看咱狗的。"他之目的，至今未得逞。继续奋斗吧。

说到底，四两老白汾，对他便是一个严重关口。所以说，这五次中有三次，但凡大干，他必然醉入那深沉，"吾有冬夜，春风沉醉"，大体是这意思。

接下来，满脸通红，又举拳头，又喊口号，之后，眼睛半闭半睁，之后，还醉入那"搬不倒"境界——主要是左右摇晃。有一次，我们集体去唱歌，一个小歌厅内挤了二十余朋友，音响混声总是开到了最大，说歌厅内灌满了重金属就不错，反正，太吵太吵了。

这时的周同馨，却盘腿坐在靠边的一个沙发扶手上，双眼微闭，左右"搬不倒"，一下，一下，幅度还很大，前后时间，长达20多分钟。反正，没从沙发扶手上掉下来。

还有，我陪着他走在夜间的迎泽大街上，快要晚上10点了，有女孩子过来，他站住，和人家说："小姑娘，你知道吗，我叫周同馨，我喝醉了。"女孩子咯咯咯笑了。

私下，曾和赵瑜老师聊起过周同馨这样喝酒。

赵瑜老师说："一喝酒干脆变了一个人。他以前就不喝酒嘛。"

当然，没聊出个所以然。更不可能有个什么结论。实际上，他这真就无关什么事业成败，个人得失，官场沉沦，情场失意，创作不畅，流年不利，财运差次，或者股票赚了，又升迁了一级，种种理由。不一而足。

十

记着1986年秋天，在省人大会议中心开全省诗歌会议。那几日，但凡在会下，周同馨就老和朋友们大谈“无”之境界，如诗的最高境界是“无诗”，以此类推，涉及社会生活的方方面面，自是有一种高妙了悟，似也有一点儿童式的戏谑，总之，“无”得挺过瘾。

而他这样的才华得以发展，那是后来一天，我十分肯定地发现，他是一位确有真知灼见的爱情理论家：

感情其实是可以丈量的。有着无形的长、宽、高、低。

1.最长的是亲情，可以一直绵延，不离不弃，直到终老。

2.最宽的是友情，可浓可淡，可远可近，可疏可密。如果是老朋友，十年不见，一见尤喜。如果是新朋友，事后很少往来也会心存感激。好朋友和好朋友还可以无限链接、依托。

3.最高的是爱情，可以高过云高过雨，高过生命和自由，高到相知相悦，高到心性相融。高到无怨无悔。但爱情是带刺的玫瑰，既有排他性，也不可能一直盛开。爱情一旦断翅就会坠落，坠落为滑翔还好，可滑翔为现实的亲情。但如果坠落成坠落，那么肯定有一方会坠入深渊，伤害和痛苦在所难免，只好靠时间慢慢疗治了。

4.最低的是色情，可以低为兽性，低为强奸和诱奸，可以低为交易，也可低为一夜情，低为嫖妓。但低级的肯定是简单便捷的，像快餐，像街头枝头的果实，伸手可摘。大家长、宽、高、低都可有一些，但一定是适度的，千万别过度。

类似这样子的句子，他脱口即出，有过之却少有无不及。

我专门找他谈过一次，希望他能把这笔精神财富拿笔记下来，而不是主要停留在口头上（不时，便会蒸发，过于可惜了），奉献给我们这个浮躁至极的情爱社会，为爱情路上广大的迷津者指引方向。

他说："我以后回村里呀。到时候再弄吧。"一晃，也20年了。

十一

回来说他这个"形式上的孩子"，与我本人相交，就常有严肃的内容，弄得我这个"人生与社会问题的主要逃避者"不好规避。

别说早年他在《黄河副刊》上为我发表的那些诗了，还在1985年，在我自己还说不清楚何为诗论时，他倒把我的一则《我的血液和诗笔》（差不多是一篇小学生作文）当诗论发表了。

他记着我《琴韵》中的两行诗："你在你的琴声外 / 我在你的琴声里"，多次在公开或半公开场合提及，说我诗写得好，是好诗人。

后来省里搞签约作家，他第一个找张平（当时的省作协主席），说不能把柴然落下，也不应该把柴然落下。

21世纪以来，他认为我的书法可能会有些作为，但他怕我忙于其他，多有耽搁，在他和我见面不多时，他就会专门来一个电话，反复强调，每日至少抽出半小时写字，特别是临帖。

我从1993年起，也就是在省作协请创作假结束，没有再回原单位，几乎是自我流放到这个唯利是图的社会上，成了一个彻头彻尾的自由撰稿人（"你有了自由，就什么也没有了"），醉心于严肃文学，还创作不畅吧，生活上往往没着落，周同馨就替我发愁，想些办法来帮我。他甚至帮我推销过挂历。

十二

在周同馨母亲去世后，我原以为他会少去忻州了，所以当时写在文章的结束小段为：“去冬，他母亲以91岁高龄于忻州城无疾而终，这春节期间，刚出了百天；他不能像以前那样开着车，一直回忻州了。”

然则，却如某人所说：“你以为的，都是错的。”尤其当他不再“努力”做一名省报的编委、副总编，一到55岁，退居二线了，我和他通话，他人常在忻州。

一次见面，发现他人竟黑了一截子。

“怎么变化这么大?”我说。

他说：“‘久在樊笼里，复得返自然’。我在我那老院子里种了有二三分地呢；我种了不少的菜蔬，还种了不少的花花草草。”

读书山

一

2000年前后，我和周同馨在一起的时间最多。有次，周同馨见我在吃地奥心血康，便说起他父亲病中亦曾吃过这药——当时可能还算新药吧。

他父亲死于心脑血管疾病，“连住几次医院呢”，后卧床三四年，去世时年纪不算大，74岁。

周同馨讲他父亲的故事，传奇而有趣，伤感又亲切。他以他那诗人的特殊说话方式，总能把感受最深的地方，用一两个句子点出来。

言及在他父亲四五岁时被人贩子卖到周家，周同馨说：“我父亲至死也没问出来自己的出生地。你看啊，到我爷爷去世以后，一个是我奶奶，一个就是那个人贩子——这个人就是我们邻村的，他俩知道，可是人家两个，就不告给我父亲，守口如瓶。我奶奶不告给我父亲，这个比较好理解，这种老传统，好像守的就是家族的血脉，她人下去后，也好有交代。邻村这个人贩子，也是死活不告给我父亲，临死也不告，你看，这个‘职业道德’，也太好了吧？”

周同馨不禁摇头，哑然失笑。

“当时，我父亲说记事，不记事；说不记事，也有一点儿隐约记着：他那地方就是遭了灾了，人活不下去，多有人家卖儿卖女。起先，家里并不想卖我父亲，想卖出家里的女孩儿，可人贩子人家不要女孩儿，只要男孩子，家里无奈，留他这男孩子，全家人只得饿死，最后咬牙，把我父亲卖给了人贩子，从人贩子手上得了几斗高粱。人贩子带我父亲来了忻州后，那周家从人贩子手中买我父亲，用的是大洋。具体花了多少个，我父亲也没告诉过我。

“父亲跟着人贩子来忻州，坐了很长时间的火车。开始父亲发出声音哭，人贩子就踢他，打他，不让他哭；可我父亲的泪水就是止不住，在那火车车窗上，父亲从始至终都能看见自己眼里那两行泪，一直往下流。”

二

“我父亲青少年时，有次扛了个扁担，上山上打柴，谁想让日本人看见了，啪啪就打了他两枪。

“日本人在山下，把我父亲当成了八路军。我父亲不是扛了个扁担吗，日本人就把扁担当成了枪。两枪都打中了，在前肩胛上，伤疤很明显，我父亲夏天穿背心，就能看见。

“也是我父亲命大，村里人把他从山上抬回来后，血还止不住，从枪眼里汩汩往外涌。我奶奶赶快叫人包扎，又请来了会处理枪伤的郎中，这样，才救下我父亲的命。”

周同馨的爷爷，是某县一个大财东家的二掌柜。（是不是雷履泰式的人物，现已无从考证。周同馨本人呢，似也没有更大的兴趣。）

有一次，他爷爷生病了，从那个县回来村里休养，谁料在家住一段时间，病情却日渐加重，需要多花钱，请好大夫来。

“我爷爷就叫我父亲过他身边，一番安顿，怎么去那边那个东家的庄园，拿他的两个元宝回来。是金元宝还是银元宝，我父亲也没详告我。

“这样，我父亲就去了，好像还带了个人，去了后，找见我爷爷告他的那地方。是口井啊，下去，照我爷爷所说，找见我爷爷藏财宝的包袱，外边还有个小箱箱。我父亲照吩咐，就拿了两个大元宝，动过的包袱、小箱箱，又按原样重新打包住，藏好，就往家里回。

“可是，赶我父亲回来，我爷爷他人倒走了，下世了。”

三

欲知后事，却是他父亲参加革命走了。也算特殊，他父亲还真就没有想过，应该及时把他爷爷藏在异地的财宝取回来。

周同馨说：“你看，我父亲啥也晓不得，就那么单纯。他就是要去打鬼子呢。但这也没能赶上，他这边参加革命，那边日本人倒投降了，抗战结束了，八路军变成了解放军，准备打老蒋呀。”

他父亲后来参加过太原战役。其中有一事，是他父亲抬担架呢，也是有太多、太多的伤员，根本抬不过来，人累得抬着担架，就睡着了。

周同馨说：“到我父亲睡了一觉醒来，一翻身，呀，身边全是死人。”

太原战役之惨烈，可见一斑。

尽管如此，还是想问问他爷爷藏下的那些宝贝。

周同馨说：“我父亲很早就到了咱忻州地方上了。他后来也去找了，地方也找到了，可是那个井没了，整个那一片，变成了一个大水库。”

周同馨的父亲，当初没有过多的纠结，那他还真的就是一个觉悟者。

这时正处于忻定原地区土地改革的最高潮，不管你是谁，拿那么一大袋子财宝回来，无异于找死；这样，他周家定成分，定的就是贫农。

四

周同馨第一次见到人家吹笛子，是有拉练部队过来，住在他们村里。那个会吹竹笛的指导员，正住在他家大院，每天拉练回来，吹那么一阵子；说咱军民鱼水情，指导员吹起笛子，周同馨忽然有感觉，世界很美，这竹笛声声，妙不可言。他就希望自己也能有一支竹笛。

待部队离开村子后，他便把这个心愿告诉了父亲。父亲就骑自行车带他进了城。“这时我还小呢，我爸骑车子带我，我还坐在前梁上，后车架跳不上去。”

父亲领他进了忻州城里的文化用品商店，和售货员交流几句，给他买了一支小梆笛。

周同馨说：“笛子好像就是个几毛钱的样子；还给我买了一些笛膜。”有笛膜就不一般了，这样学起来，有些正式的感觉了。

周同馨当然很灵了。在村里，并没有一块儿学着吹笛子的小伙伴，更没有能教他一下的老师，他就是硬凭着自己的揣摩，自通师门，学会了吹笛子。

他说，广播上播放的那些笛子曲子，他也很容易记住，不多时间，他便能吹奏下来，如《扬鞭催马运粮忙》这样高难度的笛子独奏曲；随后，当然就是《牧民新歌》了。他说，他每天不停地吹，那些吐音，滑音，包括独奏曲子中的“马嘶”，全部学会，长进飞快。

我当年在陵川时学吹笛子，也差不多这样。

五

还有两件事：一为他学会了掏梁骑自行车。“从那个三角角里。我个子太小，还上不了梁。”上了梁，也够不住脚蹬；一为他开始了如醉如痴的文学阅读。

这样，在他上初中之前，已通读了《西游记》和《三国演义》两大名著。《西游记》他忘了是从哪里借来的；《三国演义》则为一个20世纪50年代初的竖排老版本，也是他父亲的主要藏书之一。这套书，包括那支小竹笛，还有他上董村高中前，他父亲奖励他、给他买的那支国光口琴，他现在都还保存在家中。

“《三国演义》是包了书皮的。一开始，在老家时也借给人看来，后来，见第一卷毁得很明显，我就再也不舍得往外借了。”书的珍贵，更在于是他父亲留下来的。

六

至于小毛孩子学会了掏着骑自行车，那就是要整出来点事的。他就这么骑着车子走了，去了西张公社，去看他父亲。

他父亲正是这西张公社的党委书记。虽说西张村离家里也没有多少里路，但他父亲天明黑夜地忙，一心扑在公社的事业上，还就是很少能顾上回家。

小孩子，掏着骑车子去了。满心的欣喜和兴奋。系舟山下这乡土，和他浑然天成。他车子骑得越来越快，感觉在飞驰。

在西张公社大院，他找见了父亲。他还饿着肚子呢。父亲就带他到食堂去，给他要了一碗面吃。留下挺深记忆的，是他吃了面后，父亲特别给公社食堂放下了粮票和几角钱。

周同馨说："我父亲可以完全不管这些。但他就是要注意领导干部的形象。"

周同馨后来正准备离开呀，公社武装部长向他摆了摆手，把他叫到了武装部。公社武装部里放的枪，长长短短的，"还有手枪。"周同馨说。"后来，这部长就拿了枪，带我到了外面的野地，记不住是支了两块砖呀，还是支了个小板凳啥的，手把手教我叭叭打了两枪。"

七

他父亲调往西张乡做党委书记，平日里狠抓农田水利基本建设，学大寨造"人工海绵梯田"，粮食生产"达纲要，过黄河，跨长江"，还搞了很多的基础设施建设。这挺像样子的公社大院，就是其中之一。农村要有大变化，公社这一级政府，首先应该立起自己的"光辉形象"。

当然，更大的变化，还是公社所在地西张村，街道这些修好了，还不行，必须有一条又直又宽的大路，伸延出去，直通到国道上，正像当年的国产故事片《青松岭》开头所唱的“沿着社会主义大道奔前方”。

周同馨说：“我父亲修西张这条路，特别认真，从头至尾，任何一处，都必须达到他的要求，光肉眼看，又宽又平又展，笔直笔直，还不行，这是得技术测量验收呢，拿上测量仪这些。

“之后，就是大路两边种树，全部种上，把树种得好好的。”

接下来拐到他诗人说话风格上：“那树后来可大呢。可是不行，我父亲不在这边了，就有人偷偷开始砍树卖钱了。你偷他也偷，没多长时间，这路边上的树，就让人偷着砍完卖光了。

“这条大路没有被破坏，你往西张走，就看见了。现在看，也不一般。”

当年老百姓就称这路为“西张公社的长安大街”“社会主义的金光大道”。

周同馨父亲当年在西张公社，全面推进全乡里的修路、种树工程，作为公社的重点工作来抓。

他自己就有独立的思考：“我们能为老百姓留下什么？只有修路、种树。”

因此，全公社就修了很多路，种了很多树，弄得在全忻州出了名，而这些路和树，又被百姓们称为“绍文路”“绍文树”（周同馨父亲名周绍文）。

八

然则这样县里却不干了，指责他这是和“农业学大寨”唱反调，县里开大会，点名批评了他。他不服，当场有些冒犯，顶撞了领导，结果县里就不让他干公社书记了。

周同馨说：“这我爸就去磷肥厂当了书记。那一段时间，我爸很郁闷，牙疼得厉害，不多时，就中过一次风，嘴也歪了。”是赶快扎针，扎过来的。

与周同馨聊起这些的同时，我又搜索了一下系舟山又名读书山的一个大概情况。再辨，便是遗山诗句：“青衫还见读书孙”了。

周同馨17岁时，考上了山西大学中文系。

这之后，就是父亲送他坐火车来太原了。他说他以前没有坐过火车。

诗之流寓地

记录公刘在忻州下放改造近10年这段历史（也包括他1984年重返忻州来看望大家）的书，我都有看到过一些；公刘自己也写了回忆录；其间我觉得一个最好的用语，即流沙河先生为周同馨诗集作序，把忻州称其为著名诗人公刘的“流寓地”：

> 以前我知道忻州这地名，纯粹因为这里是元好问的故乡，又是公刘的流寓地，而这两位诗人，前后相距七百年之久，又都是我最尊敬的。诗人因地域而成长，地域因诗人而流芳。

公刘下放忻州，还带着他女儿小麦。女儿也进了那里的乡村小学，与此同时国家也取消了城市供应。最让公刘发愁的就是口粮不够吃，当时他所下放的村庄庄磨一带，一个劳动日只有两毛多钱，一年只能分到一两油。公刘和我一样，超级大肚汉，其时40多岁，肚里又无油水，干重活儿还不惜力，深翻土地、修大寨梯田时，他就根生葱，每顿吃六个窝头，每个窝头二两玉米面，一天下来就是三斤六两。

到这时候，公刘说他还得靠女儿小麦爬树捋榆钱、摘槐花，像本地大多数农民一样，掺在粗糠搅拌的玉米面里吃。

公刘在这里一“改造”就是5年。

在下冯，公刘种过地，栽过树，侍弄过菜园子，还管理过粉坊。平日里稍微有空闲，他就四处拾粪，把空场院和石灰窑改成了沃土良田。第一年种葵花，最大的葵花盘子有脸盆大，收秋时，却连一粒籽儿也不敢留，全数上缴；第二年，又改育了杨树、榆树和槐树。

公刘自学过一点医术，帮不少乡亲治过病。乡亲们也都晓得刘老汉是个有学问、落了难的大好人，不仅从未歧视、难为过他父女，明里暗里，还多有些帮衬。

倒是公刘对乡亲们送来的东西，婉谢不收。唯一破例，是一次小麦过生日，好心的房东大娘送来三颗煮鸡蛋，公刘收下了。

1974年，公刘调回忻县文化馆工作，人也住在那里。这地方在老城北街，原为元好问祠堂。

公刘说他的工作名义上是看稿子，实际上是打杂，看门守馆，接电话，烧开水，布置橱窗，下乡，什么都干。

每到晚上，特别是周末，人们纷纷骑车回家去了，馆里一片寂静，古老的建筑阴森森的，晚上还常有一些响动，有时直接就是叩击门窗的声音（多少也像詹姆斯·乔伊斯在的亚里斯特那“闹鬼的墨水瓶”）。公刘夜里常翻来覆去睡不着觉，之后，就写了那首大家相对熟知的《寄冥》。

难道命运是我的后娘？
为什么我到处都遇凶险？

云云。1985年左右我开始和这边的诗人有接触，有代表性的，如周同馨、周所同、郭新民，陈建祖，张锐锋，后来是雷霆、赵泽汀，也包括贾真、王保国（苞谷）、攀山，追忆他们早期的创作，都会提到公刘。

形式稍事好转，他们这些诗人，就到他那儿去了。

当然，公刘大诗人气概，并不忌自己这是“被流放”接受再教育。涟漪次第荡开。忻县文化馆，多少有了燃灯所之意。

1984年4月下旬，公刘回忻州看望大家，一时在小城造成很大轰动。

周同馨即为亲历者。他说：

“公刘回到忻州的第二天，就为我们二百多名文学爱好者搞了一个大讲座。为了显示庄重，公刘特意刮净胡须，穿上笔挺的咖啡色西装，还系了一条崭新的领带。”

在座谈会上，公刘援引了唐人刘皂的一首七绝：“客舍并州已十霜，归心日夜忆咸阳。无端更渡桑干水，却望并州是故乡。”他说，我今只改一个字，把“并”改成“忻”，“却望忻州是故乡”，这首诗就是我的意思了。

周同馨说：“我提出来请他吃饭，他欣然答应下来。他当时住在忻州招待所，离我家本不远；可是，为了表示隆重，我专门找了一辆212北京吉普，到招待所去接他。我家里设宴，由我父亲主陪，由我母亲主厨，我姐帮厨，就一个便饭，弄了两个水果罐头；啊呀，这可弄好了，公刘最爱吃橘子罐头，他说：‘我可不客气了，大张旗鼓干呀。’好像就碰了一两杯酒，倒把一盘子橘子罐头全吃了。”

当天夜里，周同馨写下《太阳的笑容真迷人——记公刘回忻州》一诗，后发表于《星星诗刊》1985年第6期。

东窗日影偏

一

周同馨老家就在忻州与阳曲交界处的系舟山（读书山）下。

指称系舟山，这更古老，是传说中大禹治水“系舟信雨”之地；指称读书山，这为大诗人元好问出生地，元亦曾在此山中读书。还有传奇，三国时的绝代佳人貂蝉同也出生在这里。

回望村中那老房子、老院子，有貂蝉故里、元好问墓遥相呼应，有自己寄情于山水间的悠然情怀。早年，他的一首《夜月》，表达的就是这种情感。但写出这首诗的前后，却是他一家人搬到了忻州城里，住在了父亲单位的宿舍楼。

他这老房子多年里都有村人住着。他母亲不要他们的房钱，只图他们能把老房子、老院子照料住，有个人气。

周同馨说：“前前后后，可住过不少家人呢。”

但是，有那么一年，母亲回了趟村里，回城后就让他姐给他打电话，告诉他老房子上的瓦当，掉了好几个，像是被专门撬掉的，找不见了。那些做堵头的老瓦当，都是有图案的。

那时，他在报社特别忙，可觉得这是个事，不能掉以轻心，到周末，连夜赶回去一看，确实让偷走了，挺不是个滋味。

村里有当干部的发小和他说，前些时候，有外面的人来村上收旧东西，就指着这种老瓦当说也值两个钱。

“敢情是让人家当旧货老货给卖了。”

要说，还是母亲回去得及时，否则，不知道人家会给他拆成个什么样呢。

老房子、老院子大多也还是空下了，不住人了；虽说也有安顿人隔段时间帮他看看。但毕竟只是看看，不可能完全看住，所以，后来同样的事还有发生。

“老瓦当又丢了不少。”周同馨说。

这串老院子并不为他周家所建。而是当年他爷爷花400大洋，从要跑往内蒙古的老地主手中所购。

到20世纪70年代，老地主还曾偷着回来过。“就在院外面，转了好几圈。”周同馨说，“当年那斗争形势，他哪敢公开身份，进来咱这院子里呢?”

不过，这也让有些村里人猜测，老院子里说不定藏了什么宝贝。房屋建于咸丰三年，这个屋顶板上就写的有时间。周同馨小时候拿手电照着，看过好多回呢。是后来这块板子脱落了，找不见了。

“原先这老房子那是很齐备的，其中还有两间女儿住的绣楼，就是上去不下来的那种深闺。是我父亲后来把它们拆了。”

展开村庄上下的遥想，那绝不是什么穷乡僻壤，老地主跑内蒙古去呀，一串院落还能卖出400大洋；从新中国成立初年一直到改革开放，村子在紫岩、西张这一带，素有“小北京”的别称，三四百户人家，1500口人；村子还是好风水地吧，曾经是和原平同川比肩的著名梨乡；香椿还更有名，当年慈禧太后逃难，到忻州后吃了他村里的香椿，一番夸赞，之后，便成了贡品。

周同馨他们院子里原来就有两株挺大的香椿树，“后来还是老死的。”

想当年，他这老宅子，那就是雕梁画栋，富丽堂皇。

村庄走向衰败，就是晚近的事。让人黯然神伤。

“是，把扶贫工作队也累坏了吧。”周同馨说，“现在啊，街上，能见到的，就几个老人，坐在那墙根下晒阳婆；要么，也有站的，东张西望，茫然不知所以；有些没离开土地的，一年到头，不屈不挠，种点玉米；说村里的年轻人，一般也60来岁。”

老房屋长年没人住，破损、荒芜，反而会加快。

这时，周同馨再回去察看，院墙、院子、房屋、房墙，都有不同程度的损毁，墙体还有明显的塌陷，院中的荒草，长得一人高，想到后墙下看一眼，“人还得从荒草中间挤过去呢。”看见问题很大了，“那么多歪歪扭扭的地方，我看过后，心情很不好。咱这老家、老院子，多好的一个地方来，就这么让荒芜了，变成个遗址、废墟？我于心不甘。

“可家里这些事都由我母亲做主。她当时已经有了一些老年痴呆迹象，一会儿说卖呀，一会儿说修一修吧，一会儿又说不要了，弄得我也不好说怎么办；真卖，那肯定不值钱，怕是连1万块钱也卖不上。

“可是，在我手上，不能把祖上留下来的这老房子给败了。”

这时他也快退居二线了。报社对他这样的部主任，定的退二线时间是55岁。他和母亲商量：是不是先修补修补，也不影响母亲大人要卖、要送人、要留下；母亲答应了。

这样，他就在忻州托朋友介绍了个人，给他干开了。不承想，这头一把，弄得并不理想，还花了他不少钱。

他带母亲又回了一趟村里。不管怎样，对老太太算个交代。这也是他母亲最后一次回去看他们这老房子。

也正是在此时，他那带雕刻的大隔扇被盗了。他在村中打问了一下，没有发现有什么能够找回来的线索，就赶快报了案。在他看来，丢隔扇，就和这次修缮有关。

他这老房子空间大，隔扇高就2.95米，宽则有6米多。

“也是个老榆木的。上面的雕刻都是很有讲究的。主要还是原装的老物件吧。”可他没有找回来，转眼六七年了。

那之后，周同馨开始在自己这老院子里种菜、种花、平院、植树、补墙、挖出水。

如他所言："我这老院子大呢，院中间的菜地就有二三分。"

不同处是他种菜施的是人工肥，尽量不用农药，他说他往地里打的是土霉素；真正难解决的，还是蚜虫挺多。

当然，花花草草这些也不少，其中有百日草、蜀葵、薰衣草、榆叶梅、紫丁香、茼蒿，他说："开黄花的是望江南，有股特殊的香气。我院里花草瓜果多了以后，7月份蛇来了，挺长一条，窜着在我那菜地里钻，吓了我一大跳，我赶快操家伙，撵它吧，可是看着它窜到墙下就不见了，再找，也没有找见；我就在网上查阅到院子里种上望江南，那种特殊气味可驱蛇。我就种望江南，果真蛇再没有进院来，都两年了。

"还有，艾草也种得不少，用它熏蚊子，艾灸，都非常好。"

这样，他又和我聊起来种接骨木驱鼠。"不但我这老院子里老鼠不见了，邻家院里，也好一段时间没见过老鼠了。老鼠的嗅觉是相当灵敏的，接骨木能散发出一种独特的气体，这种挥发性气体对于老鼠就是剧毒。"

我夸他研究得深了，他倒真的谦虚起来："三天学会个买卖人，一辈子难做好个庄户人。"话里包含太多内容，不能详说。

三分菜地颇累人，一院草香亦醉人。

而这正是他写在《乡居杂记》里的两行。"本来还想着能轻闲下来看看书呢，不想修修补补，种种花，种种菜，忙得比在太原读书都少了。干活儿也辛苦，我也不算有力气，可你愿意干，快乐；累了，我就坐下来喝茶，翻翻手机；我有时晚上也在我老院子里干活儿，头上就是月亮、蓝天、星星，夏夜还凉爽吧；院中我装了太阳能灯，比较明亮；这我再干不动了，就写上几行《乡居杂记》，把一天的事记下来。"

我问他："谁来这边跟你住过？"

他说："我老婆去年夏末带她妈和她姐姐来村里住了半个月。她们觉着村里稀罕，哪也好；院里摘上菜吃，不但新鲜，水灵，味道也和外面买来的不一样，是早年的菜味。她们没有过乡村生活，回去后还兴奋了好一段时间。”

二

我跟他去了村里。一进老院，还真就看到了不少树木，也好像有个小园林的意思；独特，还是当院中央一棵大槐树，这就有一些遮天蔽日了。

他看我站在这大树荫下向上观瞧，说：“槐树大吧？特别大。是我种下的。”

我不免一惊。他说：“我小时候，有次跟我父亲在路上走着，路边上看见个小树苗苗，我和我父亲说：‘这是个小树苗吧？’我父亲说：‘是。’我说：‘我把小树苗苗带走吧？’父亲说：‘好吧，回去把它种在咱院子里。’”

看这小树苗苗，长得比天高了。

一时间，我好像真的看到了那个小孩子，把捧回来的小树苗栽在这儿，神情专注地看着它。

周同馨说：“我现在坐在它下面，常常想起元好问的：‘衣上风沙叹憔悴，梦中灯火忆团圆’。”是，一家人都还在啊，却也恍若隔世。

他不希望我俩沉浸在这样一个感伤的调子里，随手一指，把话转在别的树上：“这是几株海棠；这是几棵老枣树，和鲁迅先生家里的一样：‘我家门前有两棵树，一棵是枣树，另一棵也是枣树。’第三、第四棵，都是枣树。”这又指指大槐树下的老石头条案和边上几个石墩：“能看出来它们被埋过吧？”

我说：“隐隐约约。”他就给我讲了它们失而复得的事。

“前年春天，我开始刨地修园子，准备种菜种花，我干得挺起劲儿，一下子干到晚上了。那边，我深刨了几下，发现不对，地下有东西，我对自己说：‘不是找到藏宝的地方了吧？’我们村里，原来就有传的，说我们家老院子里埋有东西。我这心也吊起来了，把大门关好，不敢惊动了别人，手中的锄头换成了铁锹，我把下面的土，一锹一锹翻上来，坑刨大了，发现是石条、石墩，可这个是原来院里的老东西，后来丢了，找不见了，怎么会埋在这儿？不是下面还有东西吧？可这时，我人已累得完全干不动了。天不早了，想着明天再弄吧，就歇了。”

我说：“你睡不着吧？”

“人累了，睡得可沉呢。”他说，“第二天清晨，查看一番，石条、石墩子，我也挪不动，这就叫了两个农民工兄弟，让人家给我挪上来，就照现在这个样子，摆好。这石条、石墩子，原来不摆在这儿。”

我数一下，石墩子有6个呢。我说：“看来是没有发现金砖、金元宝?”

这个周同馨回答的挺有意思：“咱人不在村上，这些惦记你的家伙，反客为主，想要我这石条、石墩子，人家倒先在咱院里刨了大坑藏起来了。咱呢，还四处问的找呢。具体院里有没有其他东西，多少家伙在咱院子里挖过，有，还是没有，来了几拨儿贼人，咱就不知道了。”

看他这心态，还真有人在乡间的那种平和。几时不属鸡声管，睡彻东窗日影斜。

周同馨前后竟用了五六年时间，才把他这老房子、老院子修缮出来。

“尽管如此，和我心里想的，还是有一些距离。基本上保持了20世纪六七十年代那种农村老屋、老院子风格：土炕，老锅，风箱；院子里还有盘石磨；水管和厕所都在院中；我也没弄土暖气，天冷了，住老炕，烧一把火；到了冬天，那屋内就得生炉子。我倒是专门又做了一次排水系统，碰上下雨下雪，院里不再会有积水，平时出水也容易了。我监控装得也比较早。咱不可能总在村里，有个这东西，图谋不轨者，真怕把他拍下来。”

他给他的每一个屋子都起了名，分别叫“咏诗经”（此为本忻州书法家张启明题写）、“诵唐诗”（此为本忻州书法家周如璧题写）、“品宋词”（此为本忻州书法家杨文成题写）、“知元曲”（此为本忻州书法家孙存锦题写）、“读明清”（此为本忻州书法家李茂田题写）；他说他也想用一个“汉赋”来，可屋子就这么多，没了。而这些他都用木头刻成了小门头，显得相当雅致。大的，如院子、大厅这些，则由郭新民、周如璧两位题写。

院内的小园子这些，他也起了名，如韭菜地艾叶地，他便为之冠以“久爱园”，这则为他自个儿所写，整体看，屋里院里，相得益彰。

他又介绍，如种海棠，对应的是李清照的《海棠·如梦令》：“试问卷帘人，却道海棠依旧”；种榆叶梅，对应的是王冕的《墨梅》：“不要人夸好颜色，只留清气满乾坤”；种丁香花，对应的是戴望舒的《雨巷》：“一个丁香一样的/结着愁怨的姑娘”；种竹子，对应的是苏轼的《于潜僧绿筠轩》：“宁可食无肉，不可居无竹”；又道王羲之之子王徽之有言：“何可一日无此君”。

“庭院劲竹三五株，种了两次，咱这儿天冷，都没成活，今年再种。不能没有竹子。”

周同馨说：“我能为村里做些什么呢？”

他以前在省里给村里要过一次钱。后来也下拨了，可最终没有落实到他们村，留乡里或跑别的村了。让他心里疙疙瘩瘩了好一段时间。

这次他是要帮着村里盖井房，也和自己挂钩，不能闪失。不过，盖好，也扯了一两年时间。“大家都费了劲儿，费了心。”

村里早年用的那口老井，枯了，填了，也塌了。之后，再打下的机井，便为村里唯一的吃水源。井很深。“地下水位下降得厉害。”

问题是这眼机井也多年，村里没有进行过维护，不光木轱辘塌了，井边上还乱七八糟。“原来有个小井棚，可这也没了，敞着口，荒在了野地，这要是有个什么坏蛋往井里投毒，那全村人都完了。”

周同馨当然知道，该和乡以上哪个部门沟通。先是一番咨询、信息采集，之后便是和管事的相商，之后回到村上，让他们写报告，告诉他们怎么写，之后把报告往上递，最后落实到签字领导案头，反正就这么一套程序，哪个环节也不能落下。

好歹这次村里盖井房（包括换管子、维护、修路等），上面批下来这5

万元。

“这回村支书——他也是我的发小，有觉悟了，思前想后，自己先垫了5000元钱；他这样一垫，人家工队敢给咱干了，大头，还是人家工队上垫的。”

还是那一句：吃水不忘挖井人。井房盖得真好，又大又高，矗立村中，乍一看，像个炮楼。

“这是到前一段全部结算了，我的心才放平。村里太难了。你没有村经济，谈何而来的乡村振兴？我们自己呢？最实际的行动，就是回村去。哪怕就待几天。”

当我在春天

曾经少年

一

我青少年时代的酒兄弟中，有多个组合，而这和我有几个朋友圈，密不可分。后来我写当年喝酒，多有表述的，还是自己写作的这个圈子，如陵川老乡同学圈啦，如本单位里的好弟兄啦，特别是外面一个挺大的文艺体育朋友圈，未曾多涉及，这个圈子，实则和我本人的成长，有很大关系；说是一个圈子吧，他们中文艺体育两界常常互有交叉，你中有我，我中有你，但稍做划分，其中如搞体育（多还就出自省体工队）的好朋友，所交往的便有十好几个，也是一起喝了很多年的酒。

这边一个核心人物，就是李国喜，当年的乒乓少年，大我两岁，我们结识于1978年，他18岁，我16岁。我俩这黄金小组合，尤其是在街上划太原拳，包括在街上痛饮，都是很狂放的，像在迎泽大街离火车站不算远的长乐饭店，我们两个人喝散啤酒，几次都有喝到60多碗的纪录，当时，那散啤酒两毛钱一碗；有道诗酒趁年华，这至少对于我两个，是没有落下的。

李国喜是忻州城里人，出生在江苏连云港。1969年1月，他老爸李根旺受牵累被“打倒”，举家返回忻州。做过彭总警卫员且屡立战功的老爸，变成了一名工厂里的工人。变故还是很大的。

李国喜的乒乓球天分，是回来忻州后被发掘出来的。第二年，少年李国喜进了忻州少体校。再下一年，全省少年在长治参加比赛，他得了个第三名，省里的张振海教练，认为他是个好苗子，这样他被挑进了省里的集训队。李国喜说：“当时集训队50多个孩子，最后留下来的就两个。”

这年李国喜13岁，一个忻州小子，进了省体工队，很不简单。

李国喜打直拍快攻，强项却是他的推挡防守，人家打不死他，因之在队中有绰号：老被动。

二

李国喜长得很英俊，貌若潘安。近些年来，我写文章发微信公众号等，断不了会用到一张拍摄于1980年冬天的四兄弟合照，实际这也是一张自拍，由当年同在迎泽宾馆工作的、十分热爱摄影的王涛兄支了三脚架所为。拍摄背景为迎泽宾馆东楼，在我、李国喜、王涛三个外，另一兄弟是任志宏，当时，在太原市青年歌舞团唱歌，离他后来进省台，也还有好多年呢。

我这四兄弟那个英气啊，尤其是李国喜、任志宏二位，光彩得多。任志宏因为是名人，大家多也知道，我这照片发出去后，问的还不多；大家主要问的就是李国喜，多有友朋发私信，当然，女士居多，年龄段，各多不同。

恰兄弟少年，风华无尽。我有一部未出版的文化生活随笔《浪得诗名——内陆诗人手册》，其中在《渗进高墙的碧露》里，记有我在宾馆外宾楼层工作的点滴，“两件外宾丢弃的带半个屁帘的衬衣，还有一条外宾落下的十分肥大的咖啡色呢质裤，我就送给了自己社会上的好朋友。这在1978年、1979年，那种花里胡哨却又质地不凡的衬衣穿出去，走在世面上，完全可以讲太原市独一份儿，再无出其左右的，牛得不得了。不用讲，任志宏有一件；另一件，则穿在有潘安貌的省体工队一位打乒乓球的好兄弟身上。那个虚荣心的满足啊。”

一下，似又回到我们青少年时留长头发、打红梅牌发蜡、穿喇叭裤、听录音机、读普希金、读莱蒙托夫、读郭小川、读伤痕文学、上刊授大学那样一个潮奔浪涌的光辉岁月。如我有一位好老兄，到上海出差了，没想到，他特地给我捎回来一条蓝筒裤，结果工余我时髦地穿了出去，闪瞎了人家的眼，弄得科里还召集大家，开了一次对我的批帮会。

而道长江后浪推前浪，青出于蓝胜于蓝。李国喜女儿李卉，是中国的青年琵琶大师；任志宏女儿任帅，是做好莱坞大片配乐的，获得过奥斯卡提名奖；王涛儿子王柯达（王宫良），是新一代影视明星，出演过多部电视剧并担当剧中一二号人物。

三

李国喜忽一天和我说，他找单位了，还说已经联系过几个。让我吃惊不小。我虽对这些懵懂不清，可还是有感知，他这是要从山西省体工大队下来啦？日后可能就不会有国家层面的竞争了吧？我心里倒有了这样的落差；另一重，我似乎也从他身上看到，何为前程呀、命运呀，一个青年，19岁，仍深爱着他的乒乓球事业，此际却要做出重大抉择，退出省队。

不过，这是一个相对短期的遗憾。正是在他人生命运的转折中，李国喜表现出来多种能力：看问题能力（包括讲解球，当场外指导）、活动能力、组织能力、游说能力（俨然一个乒乓外交家）、为人处世能力。没错，他从省队带出来六七名男女运动员，到了太铁工程处，为太原铁路局分别组成了两支全山西最有实力的争冠队伍。

记得第一年，是参加太原市比赛，男女两队，都在决赛中取胜。接下来单打，成绩也很好，是我记不住他们的具体名次了。

这第一年的大赛，那就是在太铁球馆进行的。球员也多，看球的人更多。常常球馆里堵得满满的。而他（她）们的主要比赛，我都有到场观战，很多场都打得无比的激烈，精彩。

四

太铁工程处是一个流动单位，我所见到他们在这里的第一个特殊，即为乘火车而能开出免票来。免票也是个亮明身份的证件，上车、车上查票，亮一下即可。

免票所开具的时间、线路也还是复杂的，应对的是各种情况，如简单的，只能乘一次车，如太原到忻州；说牛气，那人家拿的免票可能就是全年的，全国各地的火车都能坐，还包括卧铺优先。

开具免票，却非容易。很多地方那你还就是开不出来。他们就想办法呀，其中拿刀片用牙膏等涂改，则最为常见。

我就帮着李国喜弄过这事儿。他是要跑广州倒腾袁大头，第一趟来去半月许，拿的就是这样涂改后的旧票。

咱从来就是一个胆小的人，也爱替朋友们忧心，在他那趟走了后，我就老有隐忧，既怕这假免票出问题，更怕他带的那些袁大头在火车上让查住给没收了。

袁大头当初的情况，是他们在这边七八元收一块儿，广州那边能卖出30元，再在那边倒上录音机、盒带、T恤衫、麦克眼镜、电子表回来。

李国喜跑广州的次数不多，可能有个三几回吧。受资金限制，去时所带的袁大头也较为有限。肯定是没有发了财。除了穿T恤衫、戴麦克眼镜、放录音机等时髦了些时日，多挣出来的那一点，还是大家一起喝了酒了。

在上面提到的那家长乐饭店之外，我们还常去火车站西南角上的地下餐厅。

李国喜交朋友很广泛，他也爱说，三教九流，各有千秋。

有一回，就在这地下餐厅，有一个朋友单坐在一张小桌子上，和他点了点头，中间也没端酒碗过来碰一下，结果走时把我们的账也结了。

这有点儿神秘呀。他就告我说那人是个扣皮子的，从忻州那边过来的。

我说：“是小偷请咱喝的酒？这个可不来劲儿。”把他也逗乐了。

我原则上还就是不爱和乱七八糟的人交往，尤其是地痞流氓。我倒不是夸自己。很清楚一点，若沾上，黏住你，完了，就鬼混吧。没完没了。他之需求，和你的所思所想，根本不搭。最好就是井水不犯河水。

李国喜则不惧处理这些复杂关系。喝酒划拳，也是很容易惹起架来的。对此我两个都比较注意。本来也会有人专门针对你们的。这你就需要化解。最不能的，就是一味耍大。

五

忻州朋友们是最爱回家的。这可不仅仅是一个一般印象。感知强烈得多呢。这几十年里，我从好些个忻州籍的好朋友身上，亲证了自己的这一说法，不掺夸饰成分。

并且这一前提，还都是基于我们山西人对家乡这一老传统的深厚情感，深切依赖。

第一次有了这强烈的感知，就因了李国喜本人和他在太原的几个忻州籍好朋友。

太钢那边有杨蛋儿、二拐子，两位都年长我们几岁，在一起酒喝得好，一起回忻州也最勤。那时只过一个星期天，星期六下班后，两人正好相跟赶火车回去。

之后，便是两人都成了家；再后来，却也像当初李国喜他们一家，直接返乡，调了回去。

他俩在太钢工作了不少年，钱挣得也不少，可就是离不开他这本乡本土。

毛毛、平子，这俩是李国喜同学，出来当兵；认识毛毛时，在省军区开小车，挺虎气的吧，那时他净琢磨了，咱这两天，怎么能回趟忻州呢。

平子当兵走得不远，好像在独立师的哪个地方，要提干了，不干了，非回忻州呀，后到了银行工作。

总体上，他们都是有根的人。年少时就是这样。

太原这边，他们聚一起，聊的都是忻州，每人一口忻州话，特别有韵致。

六

同是从17岁开始，跟着李国喜蹭免票坐火车，到忻州去玩。

前几次，上车后还有点心虚，他一人是免票的，带有别的人，几次还不只光带我一个人，任志宏、王涛等兄弟，亦都像这样跟着他到忻州去。讲到底，咱就是逃票，因此，到了查票时，就非常紧张，难为情。

这时，李国喜便想办法糊弄，如讲讲他们工程处朱处长什么。当然，如他们朱处长本人，不但在整个路局都很有名，另一面，确是也很欣赏他，即便是在打乒乓球之外，也认为李国喜是个难得的人才，日后会有大好前程。

总之，每回总还是能糊弄过去的。咱也没有补过一次票。说难受，是得忍一时之窘，不觉难堪。

李国喜家住老城这边的主街上，紧挨城里著名的明代建筑北城门楼，离西门坡也一步地；院子在他们那个小巷最深处，推门进去，院子不小，还特别幽静，最适合人居，过悠闲日子。

李国喜一回来，不一会儿，家中便热闹起来。真的是好朋友太多了，鱼贯而入，多到能把整个院子堵上。这酒喝得那个情浓啊。

咱是大酒量的人吧，可一阵子，啥也不知道了。来一回，不清楚是喝了一顿，还是两顿；再来，还是。

他家里，本质上亦如蒙古包，朋友来了，谁也会和你大口满杯干，三个，三个，再来三个，这样说吧，如此经年，就没有一个酒后能清楚走出去的好朋友，譬如，还能托着墙走的，没有；任志宏、王涛，更不消说，到睡梦中一下渴醒，已然是后半夜的事了。

有种情况，是你必须回来上班。而这就要说，当初忻州到太原有没有长途客车啊？有，可是时间完全对不上，还是得赶火车，且每每都赶凌晨最早一趟，4点多不到5点，大酒之后，可以说最让人受不了的一个时间点。

七

就我和李国喜这样青少年时结下的深厚友情，讲社会性交往，资源恰恰来自各自单位所发的那份微薄的薪水。大家不是在外面的社会上讨生存的。因之，一般也不需要有什么人身依附，圈子看上去大，却没有哪个为黑老大；另一面，真遇事惹祸了，却也多会作鸟兽散。实则，也很少会有什么生死莫逆之交，两肋插刀。

历史学家吕思勉所谓的“事业把人聚在一起”而为友情基础。我们都为共同爱好这根纽带所维系。所以，早年读罗曼·罗兰的《约翰·克里斯朵夫》，从那么多描写友谊的情节里，推及我们自己，同也是壮美青春涌流的殷切情意。

我年少时，等人最没耐心。一直到今天，40多年过去了，我还清楚记着，一次在迎泽宾馆东大门等李国喜，那个焦躁心烦呀，左等右等，人才来了。

我成人后体重137斤，其后，再也没有下降过。这是说胖呢，一样，说了好几十年。

那当初就在忻州城里，我和李国喜两个，闲逛在市邮政局外面，一边在等他另一个同学加好友过来，一块儿去喝酒。

当时邮局门上有个老磅秤，我上去一称，是这个体重，与此同时，我也意识到，我成人了，包括个子这些，不会再长了。

过了几年，李国喜调到了省人民银行，在工会工作。

与当年到太铁工程处不约而同，如法炮制，他又为省分行组织了两支乒乓球争冠队伍。

仅说一名厉害的队员吧：小兄弟刘烽，一头卷发，个子高高的，分外白净；人家不只是省队里的尖子，一度被抽到过国家队，不是打陪练的啊，又完全在当打之年，被李国喜“劫持”来了省分行。这打业余的，谁是个儿呀？一个速度你就跟不上，随便扒拉两下，你倒找球去了。看张怡宁打比赛，就是这范儿，汗不出，表情也没有，绝对的实力碾压。

也道李国喜这一路上，总有赏识他的人。少年进忻州体校，有宋登尧、邓广文两位启蒙教练，待之如子，却严格有加，他本人最爱强调基本功，这首先就在于宋邓两教练对他的掰扯。

进省体工队了，当然，第一个就是挑中他的张振海，人家是省里的著名教练员，为他还付出过不少心血。如李国喜战术素养不一般，并有着优秀乒乓球运动员所具备的哲学头脑，亦都和张振海教练平素多对他的指导分不开。

乒乓球理论性的东西极多。如当年国家队还搞了活学活用毛泽东思想呀，掌握唯物论武器呀，一朝经由《人民日报》推广，变成全国人民学习的法宝。

再一位是牛耕田，总训练他打多球。他在少体校打下的那点基础，能迅速得以巩固和提高，牛耕田教练功不可没。

太铁，自然就是工程处的朱处长了。毋庸赘述。

此际，来了省人民银行，自然一个是谷五福，省人民银行的行长，一个是李秀生，省人民银行的工会主席。工会李主席，断不住还要弄个花生豆、豆腐干这些，和他喝个小酒。

正是通过李国喜前前后后的忙乎，有三件事形成了广泛影响。

一、省里成立了金融体协：二、可以说又是如法炮制，他拉起来两支男女篮球队，主力多也从省队下来。又是第一年，金融系统就拿了全省第一。而这些优秀篮球队员，多数则放在了工行；三、赶到银行系统大分家，他带来这边的乒乓球队员，分别到了人行、工行、建行、中行、农行，力量拉开，也形成了金融系统内部的一个良性竞争。

2008年，李国喜主持成立了山西省盛科奥力乒乓球俱乐部。

俱乐部甫一成立，就争取到不少会员。像刘烽这样的乒乓大咖，当处长了，抽时间出来，还能为他站台，客串一把。

运动员从小培养出来的三大特点：竞争意识、进取心、大局观，使之后来在社会上很少有混得差的。

李国喜身边这兄弟姊妹，真就像咱山西乒乓球界的半壁江山。

这之外，还有他们当年省队的教练员、领队；持国家证件的裁判员，裁判长，最是精通各项乒乓球赛事的组织规程。这些业界人脉资源稍事梳理，别的俱乐部，倒不能比了。

奥力乒乓球俱乐部成立以后，在承接各口各级大中小比赛、青少年学习培训，以及会员本身的日常锻炼打交流之外，李国喜还经常组织会员们到外面去旅游。

他们雇个大中巴，再开一两辆小车，几十号人就走了。

远的，能到了宁夏、青海；内蒙古草原呢，这几年夏天都有去。

2011年或是2012年，我就跟着他们到了一趟内蒙古，有夜宿蒙古包一晚起夜七八次的经历。凉得个你呀，只顾看月亮了。

还看见过小火狐吧，在草丛中，像个小娃娃一样看着大家，不知道害怕为何。

再一个，是布满方圆200公里的风能发电塔，把草原都占住了。我当时即认为，这实在太糟糕了，草原那种天然之美，没有了。这是在中国北部吗？苏格兰草原上有没有这些啊？反正，弄得咱这内蒙古大草原更像异域。

到文水苍儿会去，则是一个小范围活动，有四五部小车自驾。

李国喜、于波（两届全国光板冠军）都讲，他们一年四季，都这样跑外面来，自个儿找山爬，找风景看，感受大野芳菲，天成自然（一般不进寺庙，不参观购门票的旅游景点），自带食物等野餐、野炊；春夏秋三季，自会跑得多一些，有时一星期就会出来一趟，间隔长些，也很少有超过20多天的。

李国喜说："不出来难受。受不了憋闷。"

有道再好的朋友，你也有不够了解的一面。这个交朋友也是。但李国喜这样多组织大家一块儿出来，基本还属于游山玩水这一类，呼吸一下天地日月精华。

苍儿会。找到了一条好流水，车停好后，大家顺着一道绿树成荫的坡沟，向上攀爬了一小时。中间大家用手机还互拍了照片。

之后下山，来到流水旁找地方围坐，准备野餐、野炊——还真的起了小灶火，加热了一些熟食，还炒了几大盘子素菜；还有让我始料不及的，是李国喜这台车的后备箱，竟然像一位魔术师的道具箱，这样讲吧，用以野餐、野炊的整整一大套东西，应有尽有，小桌子、小凳子、小地毯、活动阳棚、折叠帐篷，包括那么多的灶具、刀具、酒具、酒水饮料、碗筷、餐巾纸，像魔术师手上的扑克牌，还能往外拉，直到拉出花，拉出一地和平鸽子来，对，实际还有收放这一大套东西时，他那么折一下，那么叠两下，感觉它们原也是可以合并在一起的积木，又全被那魔术道具箱，吸了回去。我在边上有点儿看傻了眼。

吃的喝的都极为丰盛。四五部车里全带的有。

拉开阵势，将近20个人，男的不说了，数一数我现在还记着的美女啊：安晓英（原省体工大队的长跑运动员，银企高管）、张慧君（省电视台干部，奥力会员）、胡瑞玲（乒乓球冠军，省分行干部，奥力教练员）、张晓华（银企高管，奥力会员）、许燕（年轻母亲，带了她那十分有教养的小孩子，奥力会员，须加标记的可人儿），还有，记不准了。

兴奋吧。主要还有这吕梁山的好流水，波光粼粼，清澈见底。

待他们酒过三巡，咱自告奋勇，让群山伴我高歌了，一连唱了三首。

但以上这些，多就是大家伙儿的一时幸福、愉悦，特殊更在于我们起身准备离开，大家一时无言，全也在收拾身前身后但凡会留在此野餐、野炊的任何印迹，别说酒瓶子碎骨头了，包括一个烟蒂、一枚易拉罐拉片，都收在袋子里，放在车后；车开出去再回望，好像大家本也没来过。

回到乡土中国

一

李国喜到忻州老家西张乡鸦儿坑村建山西盛科奥力青少年乒乓球基地，我没能想到，多个好朋友也没能想到。

类似这种情况，写作的好朋友，首先是我的两位至交诗人，周同馨、雪野，倒常常和我讲起他们自己。周同馨老家，同在这忻州市忻府区西张乡，离李国喜老家这鸦儿坑村隔几个村子，开车一会儿就到；雪野老家在清徐县王答乡北录树村，他早先就爱带着太原的一帮朋友回村里，他这北录树村，是一个一直走集体化道路的岿然独存，村里办有好企业，有钱，几次为村民建新居，也给雪野分，起先是楼房，后来是小院子；另有老作家如王东满老师，则十来年前便回去弄了院子，到了夏天，天一热，人回去住了。

李国喜没有过纯粹的乡野生活，要说与鸦儿坑的实质性联系，还就因了2009年老父亲仙逝，为完成老父亲的遗愿，将老父亲葬在这鸦儿坑村。另外是村中大多数村民姓李，本家亲戚兄弟都不少。

青少年时我跟他来忻州，每次喝个大醉，第二天一早，我得赶回来上班。这叫醒我，骑车带我上忻州火车站，给我买回程票的，都是李国喜父亲的事了。

叔叔骑一辆加重老飞鸽。我俩走到街上后，我因半迷糊，沉醉未解，总是要追着车跳几次才能跳上后架上，坐稳。我身子老沉，也因此不会一下跳过去，跌在车架的另一边。只是这么迟滞，不利索，太不像一个少年郎了。照说，本应该我带他才对。可是，不然。

天那么早，完全处在下半夜月朗星稀之下，沿街没有一个人；这个时间段，别说咱忻州小地方了，即使在太原，那离扫街的环卫工人出来，也还有时间。

而这恰巧赶上的，多就是天寒地冻，北风卷折；即便我穿得厚，也会瑟瑟发抖，这也是一种大醉后的反应，仍困意昏沉，且头垂襟前，抖动着，半睡着。

记着叔叔有和我讲到过朝鲜战场上的奇寒，那是打埋伏呢，边上有战友倒没了，冻死了。我现在还能感觉到，他这匀速骑行时沉重的喘息声。爬冰卧雪，会对肺功能造成很大的伤害。

叔叔走出老家鸦儿坑村的契机，竟是他放羊把羊给放丢了，不敢回村里去了。他是给人家东家老财放的羊，羊放丢了，你人回去，人家能把你揍死。羊丢在咱系舟山里，就在禹王洞那边。

20世纪80年代，国家开始开发禹王洞，其中有说道，这是第一次被世人发现。

叔叔便告诉大家：“这是什么秘密呀。我们一直都知道。我小时候在山上放羊，遇到刮风下雨，就把羊赶洞里避起雨来了。”

可是他把羊放丢了。不能回他鸦儿坑村了。他从禹王洞这边的山上走去了阳曲。放羊娃李根旺，正是带着阶级苦、民族恨，在阳曲山上参加了地下抗日武装。

在延安的个人历史，首先就是给一位大将军当警卫员。他还跟过一位将军，打延安保卫战东渡黄河，他便紧紧随在将军身后。

延安保卫战之残酷、惨烈，我解放区军民众志成城之英勇顽强，以弱胜强，创出古今战争史上之历史性奇迹：我西北野战部队不足3万兵力，却抵御住了胡宗南集团整编的第1、第29军共15个旅14万余兵力的分两路北进。在最为著名的青化砭战役中，“我军以小部兵力诱敌胡宗南部五个旅进至延安西北之安塞，而将主力集结在延安东北之青化砭地区，待机伏击敌军。敌为保其侧翼安全，派整编27师31旅旅部及一个团沿成榆公路北犯。（1947年）3月25日，敌军进入我解放军伏击圈内，我军以六倍于敌的兵力，展开猛烈攻击，经一个多小时的战斗，全歼敌军近3千人，活捉其旅长。”此役也是我西北野战部队撤出延安后的首战胜利。

叔叔他本人呢，仅就“待机伏击敌军”这一环，便有过“两天两夜爬在那山中一动也不动”的坚忍壮举。说“突然出现于敌军面前的神兵天将”，正是从这样的坚忍不拔中，翱翔于灼灼长空的。

李根旺叔叔立过多项军功——我就看过叔叔的军功章，一袋子呢，一位真正的老英雄。

我最早去其忻州家里时，叔叔还没有被落实政策，“这他还是个老工人呢”（李国喜的话）。和他碰杯中间，我们问他打仗的事，他便说起跟在彭总身后打兰州、打天水两战。战斗进行得无比激烈，彭大将军，无畏隆隆炮火，常常带着他们直奔交战最前沿。“彭总爬山步子大，屁大，屁可大哩。”我们一听，咯咯咯都笑了，接住，干一大杯。

这两役，根旺叔叔得的都是大军功，具体荣立的是一等功还是二等功，我记不准了。

全国解放，他进了天水步校。他也正是从天水步校直接去的朝鲜。

从朝鲜回国，到了连云港，授上尉军衔，其部队为南京军区守备1师。

当此时，骑车带我行进在忻州城破晓之前的长街上，不多言语中，那就是长辈人于我这晚生的一片慈爱。

我这爷儿俩呀，不也是一艘和平宁静号吗？这种感情，多年里萦回于我心间。

二

老家鸦儿坑，在他们举家返回忻州后，根旺叔叔就带9岁的少年李国喜去看过。在村中，根旺叔告诉小国喜："咱家里是鸦儿坑最穷的，没房，没地，住在地主老财家，给人家扛长工。"

老家村中没有祖屋。李国喜则常会想起。尽管如此，也不能说明这是他"扎根鸦儿坑"的主要理由。我常常爱从情感上说，在村中没有过真正的童年生活，心上就没有那种与乡土中国千丝万缕的联系。童年的乡土，首先便是你衡量世间万物的一把尺子。说到底，他来老家村子里盖基地，还是多种因缘聚合。

连续几年，我跟着李国喜到过他这鸦儿坑村有5次。每一次去，也还是有说法。他这是要造大房子大院子了，前两次，一次是安根基奠基，一次是上梁庆典，这在乡里面都是最讲究的，还要请亲朋好友来哄人气，撑人场；第二次，这就是要正式吃席了，说"参加山西奥力乒乓球俱乐部乡村活动基地建筑封顶仪式，午间饱啖忻州乡村美食"，正是也。

这宴席叫"一条龙"，我查了一下，中国广大乡村，亦多用此名。

李国喜办席借用的是原村中的一所小学校（早也停办了），当年小学校还就因这里有一个古戏台而建。院子很大，院中还有两棵生长了300年以上的大唐槐，树高荫大。李国喜新起的院落外，也有株大树，是杨树，历时更久，有500年了。

还说原来的村小学大，这次李国喜置办了不少桌酒席呢，可看上去就没占了多少地方，两棵大树下，妥了。他新起的大院，还是要小些。

而就这么一所撤并后闲置的乡村小学校，我进来后头脑还飘过一个念想：村里该用起来做点什么才好啊？因大家都高兴着吃呢，我又是一个能吃的，最爱吃忻州乡间这"一条龙"，后来也就再未深想过。

一次，我和李国喜通话，又问起来这闲置学校的具体情况，都好几年了，包括他自己以及村合作社有无利用。得到的回话是：因其学校是教育口上的，资产不属于村里，否则，李国喜和村里合作，在此，一能办所养老院，二能搞一些农副产品的深加工，那对我们今天的乡村振兴，就大有裨益。可是眼下还不行。

三

李国喜在忻州，也是人气保障。朋友们自行组织来打打交流赛，他还得给他们颁个奖呢，送个球衣、球拍、弄几张好胶皮，鼓励多多，提振大家的参与热情，喜欢至上。

西张乡里也会有一些文体活动安排在此。最特殊的是去年乡里在他这儿召开了“党代会”。没错，是“党代会”。

西张乡的党委书记叫王答，这我记得很清楚。前面不是提到过诗人雪野的老家吗——清徐县王答乡北录树村，这样的“撞名”，恰恰会让你把两边都记牢。

西张乡王答书记和李国喜，如今在这乡里亦有共同目标，振兴新农村，为老百姓的艰辛生计找出路。

李国喜他们在西张乡就流转有1000亩土地，西张村600余亩，鸦儿坑村300余亩。

西张乡，还有忻府区，对李国喜提升了本地的文化形象，都有表彰，专门来挂牌匾，发锦旗，领导讲话，致以谢忱。

在他介入乡村经济发展这一块儿以后，有人又说他这是“新版搭台唱戏”：“体育文化搭台，农业科技唱戏”。

他们这边挂牌的公司叫山西忻农农业科技有限公司。他的第一合伙人（公司的主要投资者、法人代表）杜建伟先生，此前是忻州地界上有名的房地产开发商，在忻州开发有玫瑰园等高档小区，还投建有忻州城里最好的幼儿园，李国喜说：“他也是西张村人，也为子承父业，他父亲当年挣钱后，就对西张村的百姓们多有回报，是直接给村里人发钱发物呢；如他父亲，本身有乡土情怀，原也想着怎么能在西张乡这边做些事情。”

这倒好，和李国喜投缘，一拍即合，随之，企业转型，创办了这农业科技公司——他们的产品，科技含量是很高的，持有知识产权专利者（河南人）亦为公司合伙人，是占股份的；产品的终端生产，一般都为合作型；科研鉴定，技术认证，则依托于国内著名院校等专业研究机构。

现代化农业科技模式，也是互联网——物联网经济条件下的举国共生模式。

比如要把它做成一款茅台酒，是不是就得与人家贵州茅台酒集团进行合作？基本就是这么个道理。

近些年，下面跑的次数多了，一个大发现，是我们新乡土的新经济发展，更多依靠全国或者说全社会的力量。虽然咱是些村中的老百姓，那打出的却是一大套组合拳。如李国喜、杜建伟兄弟，那走的还就是咱农民伯伯蹚出来的路子。

其余，如土地流转，用工用劳力耕种养殖，这便是契约——与县里、乡里、村中合作社，一直到具体与每一个村民建立用地、用工关系，完完全全的契约型市场化运作。

是，没有他途。就现行的政策而言，没有人能够对我们村中的农民百姓进行盘剥。一分钱也不行。当代中国农村，问题虽说还多，但就发展经济而言，却是一个巨大的法制透明体：给钱吧，原定的，是多少天结一次？这个不含糊。

我们的农村是一个人情社会？是，没错；但是，契约精神，亦是贯穿始终的。

什么是中国社会深刻的变化？这一定是。

四

李国喜、杜建伟的农业科技公司，开发的是一种叫蛹虫草的东西。

首先，大面积利用村中的土地进行桑树栽种，之后，用桑叶来养蚕，之后，再把养出的蚕蛹变作蛹虫草。

我看，仅这个在农村实现收成环节——削蚕、接种、培育、生长、采草、烘干、封包，就非常复杂。

上面说到了茅台酒。那他们就有这样一款蛹虫草茅台酒正铺向全国，同时也铺向东南亚、日本、加拿大等国家与地区。这也是他们的主打产品之一。这酒瓶上，不能打他们的公司名，是打人家贵州茅台酒集团的。

我没细问李国喜他们的具体干法，简单分析，大致上和咱山西汾酒集团生产的多种带“汾”或不带“汾”的酒差不多，还有就是达到怎样一个标准的市场化运作。

投资总不会小。甩开膀子。撸起袖子。大干吧。对呀，倘若你在村里搞个小作坊，一天榨个十来斤胡麻油，小钢磨磨个一两袋高粱面，那人家也不会说你是“新版搭台唱戏”了。

五

有目共睹，是李国喜来鸦儿坑后这几年间村庄上下的变化。

我前两次来，都在村子里转过，简单说，人不多，牲畜鸡狗也少，荒凉、凄惶，仍是主要印象。那时路还没修好，尤其进村子的一段，坑坑洼洼。李国喜新起的基地建筑，兀立于村头，单摆浮搁，和整个鸦儿坑村，似乎调子不搭。

这就让我联想起：1988年左右，我和任志宏一道，到介休乡间为阎吉英先生的三佳焦化厂搞过一条电视报道。随后我们去村中阎吉英先生家做客，他新兴的宅邸，亭台楼阁，金碧辉煌，就和他们那样一个普通晋中农村村庄，形成了一个很大的反差。正由于他那新宅邸的存在，村子反而显得更老旧，没有生机。

记着那是刚过了春节，阎吉英讲起了大年下，他们为村里的老百姓买带鱼，买了一个火车皮带鱼，50吨，结果村里老百姓不怎么吃鱼，可惜的，全给倒掉了。

李国喜这边鸦儿坑村还好，很重要一条，就是赶上了全国脱贫攻坚与乡村振兴这个大好时机。乡村要振兴，那很多都是硬指标。

如现在村中的公厕，这是得改成马桶的。去年秋天，省地勘厅组织作家采风，我们到了武乡某村子去看水文测量，结果在村子里就看见公厕中换上了马桶。比咱村里原有那茅房实在是干净了太多。没蛆吧。苍蝇还少了。

我说了："这是文明的脚步。"

鸦儿坑村支书叫李文照。我们到过他家里。他那儿还好，一个不错的院落。待客喝茶，赶上了六月天，村里的杏儿熟了，人家能给咱端一脸盆上来。

鸦儿坑村多是沙地，杏儿成色稍差点，但是吃起来很甜。

第二年6月，我们几个好朋友，专门又去村里摘过一次杏儿。

当时李国喜就讲，这条大沟很快要开发。他还江山指点式地，描绘了一下这里的远景。

之后，一直到深秋，李国喜还给大家送了不少回他在村里种的新鲜蔬菜；还有大南瓜，大的，要占用一个编织袋。

李国喜说："用的全是农家肥，绝对的无公害。"

李文照支书，后来在村里就是一肩挑了。我再去，互相也熟了，知道我是作家，就领着我在村中转悠，讲他的一些规划，包括钱从哪里落实，路怎么修。

另外也要说他是从头抓起的，所谓一步赶一步，你今天再来，一看，都不大敢相信自己的眼睛：鸦儿坑村子里有公园，有小广场，都在村头这一边；不到黄昏时分，村里的妇女们，都来这公园和小广场跳起了广场舞——这个在新农村似已有普及的迹象。

"真格是好嘞。"原来咱地里多种玉米吧，现在咱地里（尤其沿公路这一带）经济作物种的就多了，比如油葵这些，看着就喜人。

李文照在村里大力发展合作社经济，村里人在家中就能有生计，挣得还可以，也不用再外出打工，这样一来，整家人在村里的，自然也增多了。在今日农村，我看，这一点恰恰是最难得的。

焕然一新新农村。很明显的人气。路灯又好。村里的广播，也都用上了。白日里，鸡狗们在公园里走，在小广场上跑；老人们则多聚在那些健身器材前，或锻炼，或“倒歇”家长里短；小娃子，还踢足球呢。

六

如今李国喜他们已经大干三年，且又在陕西宝鸡太白县那边签了协议，再开发一个蛹虫草科研基地，亦从当地农民手中，流转了100亩土地。

李国喜说：“我们第一次过去考察，就感觉那地方特别好。有点儿得天独厚。”太白山，秦岭第一峰，海拔高达3771.2米；光咱李太白就写过多少千秋名诗句：

西上太白峰，夕阳穷登攀。
太白与我语，为我开天关。

先往坏处想：“你们上宝鸡去，可是外乡人啦。”

“本也是和那边的朋友合作。你给他们带去的还有利益吧。”说得也是。

去年春天，我到陵川西河底采访一个现代化紫苏生产基地，因为这公司投资大，老板张智慧不是我们陵川人，是沁水人，我就问了一句：“你们这么好的地方，不会有流氓来寻衅，要点钱吧？”虽说咱陵川人老实，可哪一地方上，能少了一二害群之马呢？

但我这问题还是问蠢了。所得到的完全是相反的回答。

看啊，他们公司在西河底协议种的有300亩紫苏。拿地出来的这些协议户，也是紫苏的种植者，管理者，收获者。紫苏每年从春到秋是要收割多次的。公司这边，不但无偿提供籽种、肥料、农药、专业生产农具；种植技术上，还给予指导；另外，如遇倒春寒、干旱或者洪涝，所带来的经济损失，则由公司全盘负担，足额补偿给这些协议户。

从6月始，紫苏一茬一茬地收割，农人们再按一茬一茬不同的价格，将紫苏卖到他们公司去。

你说，这么个干法，农人们能不欢迎吗？

也因为此，就有了这些种植协议户，到了八月十五和春节，拿上自家的土特产来看望他们。

有协议户就说了："我种得少，协议了1亩，一年下来，得了9000元钱。"

继续向下讨论，你这矮小桑树种植不是变耕地为林地吗？

李国喜回答得很肯定："那不是。咱套种，本也是粮食。农田必须作为农田使用。"

对，你去流转土地，政策也不懂；国家全力保护耕地，你租来干其他，不说惩罚你，那土地收回，你的租金也休想退回去。

前两年，我因写《一生为农：共和国功勋申纪兰》一书，在这方面受教育很多。申纪兰连年参加全国人民代表大会，带到会上的（议案）和提案，最多的就是关于耕地的保护。发人深省。

关于农村土地流转，而就耕地这一块儿，的确也有很多反面的例子，此不举。

李国喜、杜建伟在西张、鸦儿坑两村的流转土地价格，每亩平均为700元。西张村的地，价格可能会高些；鸦儿坑村是旱地（沙地），可能会低点。

地里种他们那种不高的小桑树——最高也就1.6米，叶子又大又厚，要求间距可能是1.5米乘1.2米，这样，桑树栽好了，套种的纯绿色农作物，还能有一个好收成，第一年种什么，第二年又种什么，这得科学规划管理，否则，地缓不过劲来，首先影响到桑树的生长。

七

说套种，不说无公害蔬菜了，仅说几样农作物。

油葵，真的是太好看了，一到那地头上，你就想唱“社员都是向阳花”“赤脚医生向阳花”“油葵就是向阳花”。李国喜说：“这也是，早早就订出去了。我们自己想榨点油，都没有。”

油葵也和他们的豆子一样，品质一流，新品种。“定襄那面过来的粮贩子，消息灵通得很，他们有农科专家的微信，你要收割了，车就来到咱地头，等着咱的人收秋，直接从地里高价收走。”

油葵我真知道一点，前两年到屯留采风，其中就有参观千亩油葵项目。“油葵的葵花籽提取出的油脂，可榨出低胆固醇的高级食用葵花油，由于含有66%左右的亚油酸，被誉为21世纪的健康营养油。”

他们的豆子是个什么新型号，我记不住了。我们现在实际在豆子的转基因问题上争议最大。小崔只身赴美进行深度的采访报道，体现的就是我中华男儿的担当。回来讲这豆子的纯绿色，实则要的就是我们以前种在地里的，不只是没有转基因成分，没有高效杀虫剂氯吡硫磷、敌百虫，那日本尿素亦不渗入土壤，说有机，亦“无机”，“和咱小时候吃的豆子一样，就好了”。

这也不完全，也在于他们不施人工肥。而这主要就是为了桑叶的绝对绿色生长。李国喜说：“哪怕有一丝异味，蚕蛹就活不了。”看来是得小心翼翼，完全的科学养殖管理。

也因此，这些套种的农作物，产量就低。如留在他们公司加工成小米的精品21号，正常种植，人家1亩能打700多斤，而他们也就打500来斤就不错了。

“小米，我们三年里就套种了一期，可下来也好几万斤呢。”他说小米而不说谷子，也说明他从小没在村里生活过，没有种地的经历。

但他却很肯定，他们这精品21号，1斤的、5斤的，两款真空包装，现已进了超市。

李国喜说：“略微比正牌沁州黄价格低一点。这个袋子上打咱公司名。”

他又解释低这一点，一在为打品牌，一在公司并不以这为主，云云。

作为一个晋东南人，我总认为，我们晋东南的小米最好，沁州黄当然算了，更好的，还是晋城鲁山的、高平米山的，包括我们陵川西河底的。

晋东南小米，和我们国家的红色政权紧密结合在一起，小米加步枪，打走了日本鬼子，打败了蒋家王朝。所以说，天下没有比这个附加值更高的了。我们吃小米，吃的也是我们土地的血脉与情感。正因为此，我还真的不乐意说别的小米有多好。

实际上，山西到处都有好小米。他们这进超市价，你就觉得很了不得。我经常让陵川一家土特产批发商给我快递西河底小米，那包装也很好，多也是新米，价格就6元钱一斤。

八

再就是他们的糯玉米了。这个，我就能替李国喜——不，替忻州发布。

本来忻州的糯玉米，在市面上就供不应求。我国糯玉米几个最好品种，都出自忻州市玉米研究所。到现今全国做比较，也只有河北张家口的一小部分可与咱忻州的糯玉米一比高下。另还得加一句：忻州可不种水果玉米。这是榆次那边的。榆次那边也有一个玉米研究所。但研究糯玉米最好的农业科技人才，多就在忻州。

20世纪90年代，太原朋友只要一段时间不见我，肯定会说我去了忻州。回来见着了，有的就问：“你在忻州住哪儿呀?”

我就说：“玉米研究所的玉米地里。”而这并不只是开玩笑。

1987年年底，我岳父母从偏关调离回到忻州，找的临时住房，就在新建路红旗巷口，为市矿业公司家属院。那是个三层楼，站于窗前，对望过去，即当时的私人汽车站和向北一点的忻州市玉米研究所。有时，他们在大院里说话，你在窗上，都能听见。

每到一地，自有新客人进家。而这儿最早到访的4位客人，就是忻州市玉米研究所的玉米专家李丁元、刘祥盛、董存吉、王信，前3位都为晋南人，只有王信是晋中人，他们与我岳父母是同期毕业于运城农校，于1958年一起分配来忻州的，我岳父母去了原平，他们4人，留在了忻州，开启了毕生的玉米研究。后来他们几个的职称，也就到副高，你要称他们为农业科学家吧，好像也不能。但这好吃的糯玉米，就是他们这些人具体参与进去的科研成果。当然，玉米的品种很多，他们早先研究的就有“金皇后”。

他们学校为山西，为全国，培养了太多的农业科技人才。20世纪60年代，运城农校曾改为山西农业学院运城分校，当时太原有300多名大学生，运城分院有100多名大专生，学期也分别是四年、三年，实际就办过一届，分别由两位老的副省长王中青、卫逢祺兼任学院的书记、院长，之后学院便从太原、运城两地迁往太谷，在此基础上正式成立了山西农业大学。这个学院就是山西农业大学的前身。

大概在1992年春，岳父母搬家搬到岳母所在的地区干休所大院，红旗巷西头，院墙那边，便是玉米研究所的一大块玉米地，打南北成长方形，环绕有深井水水渠，顺着渠沿绕一周，不疾不徐，接近半个小时。只是我现在不敢具体说这块地是多少亩了，到了后来，有人把研究所城中这边的实验田全买来搞开发，大家说，总共是300多亩。

咱没有到过美国密西西比看过人家的玉米地，仅知道厉害得很。就有限的视域里，这块玉米地，那便是天下无以其极的了。玉米当然是很高了，油油的，浓绿浓绿，那么粗壮，密实，你站在地边上，呼吸会变得很深，随之生出一种仪式感，你膜拜土地吗？深刻感受的，还有就是玉米本身生长的那种庄重，肃穆。

玉米地经常会被他们锁起来。因锁的是铁栅栏，小孩子可自由钻进钻出。但也因他们要在地里干活，做测试，也经常不上锁。

他们几个呢，则多过来这地里劳动。有时在红旗巷碰着，都要打打招呼。他们干活儿，也穿那种老式劳动布工装，戴个遮阳软帽，偶或抱个脸盆，端些东西。而你把他们称为“中国优质糯玉米的缔造者”，并不会有错。

近水楼台先得月。忻州玉米研究所出品的糯玉米，我们就最早吃到。最初还未有真空包装呢。黑白黄三种，都非常好。在他们有了真空包装后，我自己就经常到他们那边买好多，我们爱吃，还要带回来送亲朋好友。

而李国喜、杜建伟他们套种糯玉米的故事，于公司言，就是没有收成。

李国喜还没有把事说出原委，我倒搞清楚了，地里的无公害蔬菜都长好了，咱朋友多呀，还有太原的一堆呢，都叫过来采摘吧，西红柿可好呢，南瓜可大呢，结果，就是掰糯玉米更多些，也没个手下会留情的。他们以为这套种得还不少呢，几拨儿采摘的朋友过去以后，所剩也仅够他们自己分分。

“咖啡玉米”（李国喜叫法），浓情一派，友谊花开。

九

2021年五一劳动节，布设于汾河两岸、全长75公里的滨河自行车道建成投入使用，太原人民欢欣鼓舞，我和李国喜也加入这支万千骑行者队伍当中。

我俩第一次在自行车道上偶遇，时值去年中秋。黄昏时分，夕阳熔金，两人这样迎面撞上，亦觉有趣。

我本来是向北骑的，也快到漪汾桥了，就掉头回来，再与他一道骑行向南；却也因两人聊个没完，最后径直到了晋阳桥下，哈，骑行了近20公里。

下来公交自行车说话，月亮可大了，照在“长江一样的汾河”（我的话）上，顿感天地茫茫，太原社会，变成了咱身后的背景板。

开始，他和我谈的，是那个时长8分钟介绍他们公司的片子。任志宏为其配音，张平给他们题写了片名“健康之宝，蚕蛹虫草”。他怎么找的他两个，等等。

继续骑行。过了迎泽大桥了。李国喜讲起来他和杜建伟怎么到河南那边去考察，开始和蛹虫草技术的知识产权拥有者初步拟定合作计划，包括股权的设置与分配。河南朋友自己也有研究机构，见他们之日，实已在蛹虫草的培植开发上花去了15年的心血。

“可不只在国内，是得到了国际上的认可。”

我后来看过多份国外的研究报告。其中有德国人的一篇，有好几万字。

现在，在车道上，过了南内环桥。

李国喜更加激情澎湃，侃侃而谈。

毕竟，原来他也没做过实业，尤其当市场已悄然推开，看见了事业的远景。我又让他讲了一下村里人在他们那儿怎么挣钱。

显然，这还是要通过合作社的。李国喜说：“百姓们把土地拿出来流转给咱，这钱是有限的。合作社派他们来务工，价格是透明的。农忙时节，活儿重，一天两百、三百的都有。一般平时锄锄草这些，一天就120元钱。毛算下来，在咱这边，一年能挣1万元的也有；一般，还就是大几千元钱。这在村里，就很不错了吧？这是咱这一头，人家还有别的干的呢。合作社里的，也有很多事情做。”

之后，便是很多的展望，如他正联系着怎么把一个大的光伏项目引入鸦儿坑村。

李国喜说：“那山坡上几千亩老经济林，原来种的果树，都老化了。”

道德的高地

大地恩情

——黄代小的六千个日日夜夜

20世纪90年代，刘雪莲成了山西省阳泉市矿区蔡洼街道蔡东社区居民黄代小大儿子姚志刚的媳妇。然而，不到一个月，这位24岁的新媳妇，便招致一场严重的类风湿关节炎侵袭。疾病在改变刘雪莲人生的同时，也改变了婆婆黄代小与其一家人的生活。

——题记

山　中

黄代小住在矿区的半山腰上。两间平房加不大一个小院，与周边邻里们的院落和齐整的红瓦顶排房为统一建构。初看去，有一种山地疗养所况味。较为特别的是，在这院前一站，虽不能说“风景这边独好”，那待到春暖花开，尤其碰上矿区的好天气，大可远眺悠悠桃河，瞭望烟霞邈远的阳泉市貌。不过这房屋院落不归他们所有。这是他们租来的房子。每个月要付人家200元钱的房租。那是在2004年，他们一家人从更远的地方搬到这儿。

因接到阳泉市文明办的电话，在我们到达时，黄代小人已等在了院门上。

2010年。黄代小63岁，还不能说是一位“老妈妈”；她人中等身量，微胖，一接触，便知是一位有着多年乡村生活背景的老姐姐。

走进屋中第一印象，是简陋和空空荡荡：几件老旧的家具，一台老电视机。唯有温馨，是她收拾得干净利落，家中闻不到有病人长年卧床那股子沉滞、衰败气味。

就她家的光景，有记者撰文：“贫寒人家百事哀，在刘雪莲得病初期，她虽然有了不好的预感，却不愿将本人的担心告诉丈夫。当时，姚志刚所在的阳泉市春泉洗涤剂厂面临倒闭，她所在的阳煤二矿挂毯厂举步维艰；姚志刚的弟弟下岗在家；家里只有公公姚胖孩一个人的600余元工资维持生计。全家5口人的光景，房租、煤、电、暖气各类费用，哪一样不缴都不行。为了维持生活，家里吃的米面是超市的促销品，家里吃的菜全是婆婆和公公在山上开荒所种，偶尔去市场买，婆婆也是晚上出去，买论堆不过秤的降价处理菜。当然，雪莲舍不得花钱。再说雪莲也知道家里没有看病的钱。她怀着侥幸心理，以为多休息休息就好了。”

后来怎么样呢？黄代小说：“孩儿们下岗；有活儿做，可是又常常发不了工资。”一家人的主要经济支出，还是靠她丈夫姚胖孩一人的工资。抛了房租每月200元，病人得花多少？雪莲首先得吃药。

各类报道中，都有提及黄代小为阳泉矿区蔡洼街道蔡东社区居民，我以为她也像大同的欧学联和太原的党素珍一样，同为老一代矿工家属。想四年来两届全国道德模范评选，山西出了四位模范女人，除了老劳模申纪兰，另外三位，竟然都来自矿上。事实在这里，我却有点儿想当然了。同行的省精神文明办的韩从武说：“黄代小只是住在矿区，她和她家里人，和阳煤集团并没有实质性关系。她丈夫和儿子是在那一带上班或做工，都不是矿工和矿上的人。”

我提起她成为全国道德模范后国家奖励给她的那5万元。这笔钱对她肯定派上了大用场。

韩从武说：“这次国家考虑得非常周到，怕像前一次那样，有的道德模范得到奖金后一下倒转了出去，不能为他们以后的生活提供相应的保障。所以，国家这次统一为他们买了更适合于他们今后生活的保险。”这是保障他们个人生活的好办法?

黄代小说：“我老也老了，不要保障，我要是能拿到这5万元钱，就能给俺闺女（指刘雪莲）到太原到北京好好看看病。俺闺女，她还不算大呀。”她眼眶一红，泪水串珠一样流下来。

而她闺女——前儿媳刘雪莲，就躺在隔壁：到2010年，她已瘫卧在床整16年；也让黄代小这位特殊母亲，整整照顾了她16年。

矿区文明办有位女同志，前一年秋天陪黄代小进京领的奖。这位女同志说：“黄妈妈最特别的，是整晚上都不睡觉。这16年里，她夜夜伺候病人，夜里不睡觉成了习惯。”（这是一个病人把她变成了非人？）实情是如此多年下来，她这个前婆婆也煎熬出一身病来。她不仅有高血压，有腰椎病和颈椎病，腿上还有严重的风湿病；从她那微红泛黑的面色中，透出的是因长期得不到睡眠与休养的衰弱。每次为雪莲翻身，扶她大小便，她都得憋住气，再利用惯性，猛地使劲儿往上抽一下。每天早晨，不等天亮，她便起床用热毛巾给雪莲擦身子，翻身，完了再擦爽身粉，换好干净衣服后，再喂饭。当自己病痛来袭，她靠墙或在雪莲的床边上坐下来歇息一会儿；再厉害，她就吃一颗止痛片。而当这一切过去，她常常累得反而吃不下早饭。瘫痪病人的衣服更是要勤换勤洗。她十个手指因经常泡在冷水中，已明显扭曲变形。另有隐忧，是她患高血压却很少吃药。我告诉她：“高血压病人每日都应该服药。”

倾诉衷肠

黄代小不大能说得了话。采访碰上她这样的主人公最发愁。尽管你会告知：“你不说，我就不知道。只要你说了，有用没用，写文章时总能留作备用。”但对她或他实也无济于事。说峰回路转，那是进隔壁走到瘫卧在床的刘雪莲身前。

床上躺着的刘雪莲，40岁左右，在她身上除盖了被子，身体下方，还由三四个专门为她缝制的小枕头支着——这些小枕头对减轻她的病痛有大用。雪莲虽身子和两腿都不能动弹，但她人面色红润，脸上甚至透出一种非常明亮的光泽，正如她言："看我的面色，就知道我妈对我咋样。"接着她说："我家人是真好。虽说命运对我不公平，经了这么大的磨难，可我这还是好的。因为遇到一家好心人，一家人捧得我，围得我转，一心一意对我，一心一意伺候我，从来没有一句怨言。16年了，每天三顿饭，俺妈一口一口喂；黑天白日，侍候屎尿；我生病以来，都快6000天了，俺妈一直给我喂水喂药，洗身，擦身，翻身；她自已，就没有脱衣服睡过一个囫囵觉。"一番话下来，你发现她脑子清醒，口才很不错。这样，我们正好让她和婆婆一并讲出她们的故事。

"1995年过元旦的时候，我突然感到脚心很疼，手指僵得拿不稳筷子，走起路来一瘸一拐。这时我刚过了门还不到一个月。我想挣扎过去。咬住牙把病情瞒了下来。可没能瞒住我婆婆。就三四天上，婆婆注意到我的反应，问清情况，当下劝我去医院看病。第二天上午，婆婆陪我到了二矿医院检查，结果一出来，是类风湿性关节炎，我俩就蒙了。尤其是我，心里隐隐担忧的就怕这个病。我老家榆社村里头，就有人得这种病，知道这个病比绝症还顽固，很难治好。治不好。"

类风湿性关节炎又称类风湿，早期有关节红肿热痛和功能障碍，晚期关节可出现不同程度的僵硬畸形，并伴有骨和骨骼肌的萎缩，极易致残。显然，刘雪莲是情况最糟的那种。

黄代小说："刚完了婚，进门就病，思想可是紧张了。白天黑夜睡不着。小子也愁，我也愁，一家子都愁，没有任何办法，只能到处给她看病。大儿子的单位破产了，不开工资，二小子那几年也不开工资，就老头子每月那五六百元钱。"

"病痛折磨得我生不抵死。我的心情也坏到了极点。我心想，自己年轻轻的，咋就得下个治不好也死不了的病呢？死了，倒托生了。见我这样，婆婆在背后替我抹泪，在我跟前又强颜欢笑，一个劲儿对我说：'雪莲，咱不怕，社区王大妈身患癌症还天天锻炼身体，20多年了，至今活得好好的，你这点儿病算个啥？你人年轻，只要配合医生好好治疗，保准能好了。说不说吧，妈还指着你生小孙孙哩。’婆婆就担忧我想不开，背上沉重的心理负担。可她心里清楚，我这病不停地加重，生小孩，肯定不用想了。”

黄代小说：“我就是一个人悄悄流泪。我也不和家人说。我怕家人心乱了。我哭也不对着家人哭，啥时候也高高兴兴。其实心情可是复杂了，可是苦恼了。我一哭，这家庭不是就麻烦了？再难受，嘴上哼也不哼。我就是出来，邻居们也看不出我发愁。他们都说，不是看见病人，你家根本不像有病人。啥时候你也高高兴兴的。”

刘雪莲说：“一家人的心都拴到了我这个病上。连我小叔子都到处打听治病的名医良方。为看病，阖家跑了不知有多少路：阳煤总医院，市人民医院，省里的山大二院，省人民医院，还有其他县里的医院，和顺，盂县，我老家榆社——哪里有好医生就去哪里看。哪一趟也少不了有困难。就说看出病来，搭了黑，误了班车，回不来家，经常弄得就没有地方住，只好在外面寻地方，能寻到火车站住下，算是有运气。跟上我，俺婆婆和志刚没少在马路上和村里头住。吃上也是，拿点干粮，开水都没有，带上些水，还主要是怕我干渴，想他俩能不受罪？为了节约，后来俺婆婆常跑太原为我批量往回买药。哪趟她也只花药钱和往返车票钱。婆婆说，有时肚里饿得咕咕叫，看路边有人吃盒饭，都觉得香喷喷，热乎乎，叫她眼馋。为了坚持住不买饭吃，她临走时往口袋里抓把花生，碰上这种情况，她嚼上几颗，饿和馋也就止住了。俺婆婆心里的一句话是：‘一家人嘴上少馋些，雪莲身上就可疼些。’说我的药，不知有多少，都是从俺婆婆和全家人嘴里头抠出来的。这16年，我吃过的中草药，少说能装一汽车，一拖拉机；用完的西药小瓶瓶，看也能装一两麻袋。”

黄代小说：“对我们这个收入不好的家庭来说，为给她治病只有省钱和借钱。说到省钱，一开始是我老头和俩儿都戒了烟。大儿志刚，连5毛钱的小巴也舍不得坐；三四年时间，他一直穿着一双旧皮鞋，鞋底磨得跟纸一样薄。他弟弟心疼他，替他买了一双鞋，半夜里偷着才把那双旧的换下。”

“1996年过年，家里只割了1斤猪肉，2斤豆腐，谁也没有添新衣服。因为肉和豆腐要用来招待客人。年三十，俺婆婆为全家准备了6个菜，可这6个菜，全是她戴着口罩，从十几里以外的蔬菜批发市场捡回的菜叶做下的。可人家给我吃的是小灶：婆婆用猪肉馅为我包了30个饺子，亲手端到我床前，哄我说全家人都吃的是饺子。”说到此，刘雪莲的泪水流了下来。她说：“婆婆平时喜欢打打扑克，自我生病，就再没有耍过一回。她只有上厕所或是等我睡着时，才脱身到外面晒晒太阳。有一天，我发现婆婆浑身长了红斑和红点点。我赶紧劝婆婆去医院。婆婆说：‘没事，没事，过几天就自动好了。’不是我细心，是她的红斑和红点点把我吓住了。我悄悄留意一下：她偷偷将前几天从山上采回来的两堆中草药倒掉一堆。这些中草药，都是她从山上采回来为我治病的。我问她为啥要倒掉一堆？婆婆说她自己太笨，说着说着，就流了泪。原来，婆婆对这两种草药认不准，就将两种都采回来，自己先吃下去做试验，结果，假草药喝得她浑身起了红斑和红点点。”一阵唏嘘，叹息。黄代小为雪莲擦擦眼泪。雪莲大喘几口气后，接着往下说：“人家讲，久病床前无孝慈，就套不到我这16年瘫在炕上。俺婆婆这样，俺公公也不越外。按乡俗，公公和儿媳妇，许多事要回避。可是，怕我长期卧床身上长褥疮，我公公经常帮俺妈和志刚为我翻身，往我身下支小枕头。我在姚家，人是病了，可是，人也重生了。”

黄代小说：“问题是咱孩儿的病越治越重。头一年年底，她就半瘫痪了。我和她在一个炕上睡，她疼了，我就抱住她，两人紧靠住，偎一黑夜；她腿疼了，我就搓热自己的两手，一遍一遍给她按，一遍一遍给她搓，拿小枕头一次一次给她支。那年，她病得真厉害，人常常昏迷不醒。到下第一场雪时，你不喂她饭，她也不知道吃，你喂她，她就张张嘴。这样整整熬了一冬天。”

阳泉记者荆升文（诗人陋言），是挖掘她们这人间故事的第一人。

他说：“尽管婆婆一家尽心竭力，四处求医为雪莲治病，但类风湿性关节炎就像一把割人肉的刀子，刘雪莲的上肢和下肢逐渐变得僵硬不堪，肌肉也一直在萎缩，浑身常常莫名其妙地疼痛。婆婆看在眼里，疼在心上。尽管婆婆变着花样为她做饭，几年下来，她的体重还是直线下降，由原来的60公斤，下降到35公斤，瘦得连邻居们都不认识她了。随着时间的流逝，刘雪莲最终全身瘫痪在床。”

的确，病痛把刘雪莲折磨得脱略了人形，你仅从她身上看，都能联想起某些好莱坞科幻片中的外星人，和一些牵线木偶。她是“风中烛火”。

最绝望的

“有人肯定会想，我是早先就有病，瞒着嫁到刘家的。凭良心说，我当闺女时，身上没有疼过。也许有病，可那是潜伏期，我本不知道。”

看她累了，我们让她稍歇歇。黄代小则把她的头抱住，喂了她些水喝。

“病人，最知道她是怎样生病的；病又是怎样加重的。”

这也像写文章，得失寸心知？刘雪莲接着往下讲：“人家讲，气死了，气病了，气绝身亡了，我可是真正体会了。我要说的就是我的亲爸亲妈——生身父母。”她显得很难过，气喘吁吁。“我和姚志刚搞对象的时候，他俩也没有多说啥。我们家和我本人的条件本来也很一般。可是我领了结婚证，尤其一完婚，两个人的口气全变了。人家嫌我婆家穷，嫌我没本事，找了个穷人家。我妈，对我是数落个不停；我爸，是边骂我边推搡我。弄得我心里头很是难过。我想顶撞不敢，可是哭也不行呀。我隐忍呀隐忍，想是隐忍过一段时间就好了。谁知道，隐忍着、隐忍着，病就来了。开头我想，我这一病，说不定两人会对我有个恻隐之心，也就不恨我，不嫌姚家人穷了。可有一个话是‘变本加厉’——人家俩就是‘变本加厉’。

“那是我类风湿关节炎刚诊断出来，一天一个大清早，我妈来到姚家门上。人家一来，就指着我婆婆和全家人破口大骂。骂我得病全是姚家人害的。见我婆婆、公公和志刚都给她说好话，我妈更来了劲儿，那是自清早7点半，一直骂到中午12点。中间骂累了，人家就叫我婆婆给她倒水。

“我能怎样？躺在炕上熬也熬不住，只能一直流泪，哭，都不敢哭出声来。我文化水平不高，也念过几天书，医生也嘱咐过我，我这病还是神经性的，最好不要生气，要乐观对待，生气病情会加重。我的病就真的加重了。”

听着，我心里也隐隐作痛。

刘雪莲继续往下讲：“我生病的第二年，天暖和了以后，我还能在床上坐起来。有那样两天，我很想回娘家住几天。我想，反正我就这样了，病都是婆家人给看的，父母从头到尾没管过，他们也不该再嫌我婆家穷，再嫌我婆家不好了。至于我，怎么说也是他们的亲生闺女，血脉骨殖都连着呢，对我再坏，大不了把我撵出来，反正，我的心是尽到了。

“志刚和我小叔子借了个小平车把我送了回去。我父母家住5楼，我小叔子打帮着，志刚把我背了上去。头一个没有想到的是，门叫不开。那熟悉的家门，叫了好长时间都没有人来开。到末了，还是我5岁大的小侄女嚷着‘我大姑来了，为啥不给开门，为啥不给开门’？第二个没有想到的是，这门一开，迎出来的是我爸那张脸，恶煞凶神一样。一见我让志刚背回来，我爸抄起门后的拖把，劈头盖脸，照着我三人就打。志刚和我小叔子以为我爸是在打他们解气，把我放门里，掉头赶快跑到楼下。最没有想到的，我爸对我这个生了病的亲闺女，也照打不误。脑袋上那一下，我眼晕得觉着就要昏迷过去。

“这天打五雷轰的。是因为甚？因为甚？你们当然也猜得到，我爸他是怕我一回来，再也不回我婆家，我成了他后半辈子最大的麻烦，最大的累赘。这就是我的生身父母？他们当初何必要把我带到这个人世上呢？这时我爸再打我，我人醒着，可就没了知觉。由他打吧。他打死我才好呢。

“我小时候，在玉米地里见过野狗叼着弃婴跑。那弃婴是先天性残疾。

后来真让野狗给吃了。我爸打我时，我就想起来那个有残疾的弃婴。我想，她不也是我刘雪莲？那不也是我的归宿，我的命运？”

刘雪莲说：“我娘家和婆家离得不算远，有几里地，隔一个庄户，一道河滩。婆婆听到我让我爸打了，是一路小跑赶来劝我爸。婆婆一来，我拱到她怀里，才哭了出来。我哭呀哭，直哭得嗓音也哑了。婆婆到厨房帮我倒了一碗水，还没等端出来，我爸就喊：‘这是我家的水，不准你喝，’冲我婆婆一挥拖把，婆婆的门牙，让他打落一颗。

“见我爸如此绝情，婆婆气得浑身发抖。这时，婆婆不管自己已上年纪，满口流血，不知从哪来了那么大的劲儿，干脆从地上把我抱起来，拉开门，往楼下弄我。她一边落泪，一边宽慰我：‘咱回家。咱回家。’我爸跟着出来，站在楼口上，指着我吼：‘我就等于没有你这个闺女，你死了，我还有一个。’婆婆口里流出来的血，都滴在我的肩膀上。”

刘雪莲说：“因受不了这个打击，从娘家回来后，我就再也坐不起来了。哀莫大于心死。我心如死灰。有那么几天，我米水喂不进去，眼睛也睁不开了。婆婆见我实在病得不行了，怕我真走了，不见见我亲妈，成了千古遗憾。婆婆就叫志刚把我背回娘家楼下。婆婆弄住我，让志刚上楼去叫我妈下来，见我一面。可我妈却说：‘没有工夫。’黑了心的生身父母，他们是怕最后打发我还得花钱。

“我半昏半醒，迷迷糊糊。志刚背着我往回走。路上，我听见我婆婆说：‘孩儿，你不要难受，你亲妈不要你，我要你，只要我活一天，有一口气，能伺候你一天，我就伺候你一天。’我婆婆一直喃喃地往下说，直到我三人回了家，我在炕上慢慢苏醒过来。

“我睁开眼，看见她红鼻头，红眼睛，脸上的泪一道又一道。我说：‘妈，你哭了。’婆婆说：‘妈没哭，妈只是想流泪，就流泪了。’这以后，婆婆也就不再避我，有时候我俩对望着一起流泪。有时外人来了，婆婆就进厨房洗一把脸，别人就以为她刚洗过脸，看不出她刚流过眼泪。

“病魔与精神上的双重打击，绝情父母和善良婆婆对比，让我产生了轻生的念头。我不止一次地想过自杀。一、我想为婆婆和志刚解脱我这个负累；二、也为自己解脱病魔不休的纠缠；三、(说来自私，可也是实际想法)，我想用自杀方式叫我的生父生母活在今世良心不安。

“可每次我但凡有个小举动——有时还只是一个念想，当下，就让我婆婆发现、识破了。怕我寻短见，婆婆白天陪着我坐，晚上陪着我睡。家里的菜刀、剪刀用完后，婆婆锁起来，钥匙则时时刻刻挂在她腰上。有一天，家里来了几个安防护网的，(那时我们还住在楼房里)，我问婆婆，婆婆说是为了防小偷。家在最上面一层，小偷根本爬不上来；再说我病着，家里一直都有人。我知道，这是婆婆找托词，她安防护网，是怕她万一走开，我从楼窗上跳下去自杀。

“婆婆怕这种绝望心理加重我的病，操劳忙碌的中间，总不忘为我讲一两个笑话。她还找人专门给我借来过一本《笑林广记》。有时逗得我乐了，她也高兴，就和我交心交底，她说：‘知道吧雪莲，妈心里啥也不想，就想着每天伺候你，能弄上你去看病；现在，不是孩儿你离不开我，是妈离不开你。雪莲，我和你说，咱俩人吧，不要比人家那些享福的，咱就和街上那些讨吃要饭的比，至少饿不死，冻不死。你属猪，我属猪，这就是大猪喂小猪。’我生病以来这16年，婆婆和公公没有过一次生日。可每到我生日，家里就要吃顿好的，热闹一下。全家人——包括嫁出去的闺女和她们的小孩都来祝福。”

从婆媳到母女

面对恩重如山的婆婆一家，刘雪莲放弃了自杀的念头，但却下定决心要以离婚来解脱婆婆一家的苦痛烦忧。她说：“我的思想很坚决，离了婚，我就不是你们家的媳妇了，婆婆总应该有理由放弃对我的监护。我对婆婆说：‘妈，靠我这身体，您抱孙子是没有指望了，志刚他还年轻，我不能耽搁了他，无论如何，我都得和他离婚。’”

黄代小说：“雪莲这孩儿拗起来，也一根筋，谁也劝不住。一开始，她是天天和我说：‘妈，不能因为我耽搁了志刚。你姚家对我恩深似海，我不能反过来赖在姚家名下。我不和志刚离婚，志刚就不能重找对象。我是没希望的人。可人家才30多岁，正在当年。’雪莲见说不动我和我大小子，她就硬哭，硬闹，不吃饭，绝食，还要咬舌自尽。一时间愁得我呀，黑明白日，滴溜溜瞪着一双大眼睛，只怕她出个啥闪失。

“后头没办法，我三人拗不过她，我知道家对面住着一个居民区委员，我就叫人家过来，让人家跟雪莲和我三人都说说这事。人家很热情，帮助我们把材料送到了民政局。民政局的好心人看见材料后很感动，就专门派上办事员来家里，帮老大和雪莲离了婚。这办事员说，我们这是头一家，他们从来也没有上家里给人家办过离婚。”

办理完离婚手续后，刘雪莲是喜忧参半，喜的是，从此以后不再是姚家的儿媳妇，可以不再拖累这家好心人；忧的是，身患重病不能自理，除姚家人以外，天底下就没有人愿意接纳她。自己今后该怎么办？不如从家里爬出去，爬到哪儿算哪儿。趁家中人杂，她让人帮着把她抬到楼下，说是想晒晒太阳。可是，下了楼，见人不注意，她就匍匐着向前爬起来。至于往哪爬，她也不管：爬到什么地方算什么地方，死到哪里算哪里。已不再是婆婆的黄代小忽然发现不对，冲到楼下，就追上前去，一把把雪莲抱住，号啕大哭起来。

“孩儿，你的心思我知道。不能当儿媳就给我当闺女。权当我生了个残疾闺女。从今往后，妈去哪儿都带着你。只要妈活着，妈就照顾你。放心吧，孩儿，这辈子有妈吃的就饿不着你，有妈住的就不让你住在野外。”

雪莲又回到了那个温暖的家。家还是那个家，人也还是那些人。只是，那个时时处处需要人照料的姚家大儿媳妇，这时起变成了非血亲非姻亲的姚家闺女。

阳泉记者荆升文说：“与雪莲离婚后，大儿子姚志刚经人介绍于2004年元月再婚。公公和婆婆为了最大限度地给新来的儿媳提供方便，领着雪莲寄居在一间简陋的旧房子中艰难度日。但新过门的儿媳怕丈夫与雪莲藕断丝连，加上对两位老人照顾一个离了婚的儿媳极为不满，竟隔三岔五过来寻衅滋事，指着雪莲的鼻子骂。为了还雪莲和父母清静，姚志刚再婚4个月后又一次离婚。如今，又一次组织了新家庭的姚志刚夫妇，还不时来探望刘雪莲。这让黄代小夫妇很欣慰。”

黄代小说：“人总得有良心。这人活一辈子，不容易。人只活一次，不管是不是咱养下的，咱救救她，比什么都强。”

雪莲说得最多的是她拖累了这家人。“我的四肢不能动，眼看着蚊子在脸上咬，苍蝇在身上飞，撵一下都不能，夏天出汗流到嘴里都无法擦，全靠俺妈伺候。现在俺妈年纪大了，又有高血压，又有腿病，又有腰椎病，颈椎病，想有一天俺妈没有了，我该怎么办？我真的不敢往下想。我多希望社会上的好心人能伸出手帮帮我，帮我治治病，我还年轻，现在治好了，还能回报社会，回报帮助过我的人。”

已近中午，黄代小开始做饭。饭好了，不见荤腥。“虽说现在比前几年生活好了，我老伴收入增加了一些，雪莲也有了低保，可为了给雪莲看病，家里到现在还欠着外债。每月除了给雪莲买药，省下的钱刚够我们三人吃喝。”黄代小指指窗外空地上的小梯田：“赶春上，能种些黄瓜，西红柿，豆角，省一点是一点。就盼她早点康复，她要是好了，给她找一个对象，咱不是又多一个亲家？一天说，你要是好了，给你找个对象，这妈家可不是你那妈家，不是说伺候你16年，会问你要这要那，你们好好的，比什么都强。你不要挨打受气，这我就满足了。这就是我最大的心愿。”

在我这些年的采访中，所见人物，最特殊不过，便是黄代小这位老姐姐。她对于荣誉感的超级淡漠，甚至于完全没概念。她流着泪，把得到全国道德模范之后又获得的一系列奖杯、奖章、奖牌等抱在床上，说：“这些对我和雪莲有甚用？我就希望把它们都卖了，卖成钱，好给俺闺女去看病。我和我老头儿都一把岁数了，不给她看好病，我俩不在世了，谁来管她？”筹集给雪莲看病的钱，对她而言，最是重大而艰难的晚年命题。

邯郸李国琴

一

从邯郸城出发，驱车赶往李国琴所在的肥乡区城，仅需半个小时。因邯郸市文明办事先做了安排，在我们出现在李国琴那万宝全杂粮店前，她和丈夫晁薛宾已等在了门上。杂粮店，自然囤积有很多杂粮，经营品种，亦可说是五花八门，应有尽有，进去后迎住你的，便是一股浓郁、淳厚的粮食气味，温暖而深沉，拉近你和两位主人的心理距离，上得二楼他们的起居处，生出一种坐在田间地头和他们拉家常的特殊亲近感来。

我对面的李国琴，一位55岁的农村妇女，虽说是在做这小杂粮生意，也算一个买卖人，但在她那张憨厚的脸上，却找不到一丝日日唱生意经的狡黠与精明，采访中她甚至讲不了什么。

她是一位特别的孝女，在她第二次婚配以后，这20年时间里，她供养了生母、婆母、继母、继婆母四位母亲，也正因为此，我们才找来了这里。

近些年来，她相继被授予“爱心妈妈”“十佳文明母亲”“中华孝亲之星”等荣誉称号；2007年当选为肥乡区第七届政协委员；2008年当选为邯郸市第十三届人大代表；其事迹曾被全国数十家新闻媒体报道；2008年中央台专程到肥乡区拍摄了《继母》专题片在全国播放；2009年被河北电视台评为全省八大“孝心人物”；同在2009年，她又喜获第二届全国道德模范提名奖。

二

说来有缘，一听我是来自山西的作家，电脑前忙着为我找图片的晁薛宾乐了。原来，他是一位老退伍军人，20世纪70年代当海军没去向大海，却在内陆城市太原海校服役了4年。生命中有段当兵的岁月，对一个人可说是一笔终生财富。然则，当你回乡，尤其长年累月浸泡于贫穷与苦难之中，人的肩背一样会压弯。这里不同，是晁薛宾老哥的腰背挺直，走道、说话，像一个风风火火的小伙子。

听听他怎么夸他的好老婆李国琴吧。

“我和国琴是半路夫妻。我们都经历过不幸的婚姻：国琴21岁时嫁给了本村一个男子，因感情不和，1991年离异；而我妻子在一场车祸中丧生。在好心人撮合下，我们在一家小饭店见了第一面，彼此都留下了美好印象：国琴很通情达理，她是邯郸那边的人，可一点儿也不小觑我这个肥乡乡下人，也觉得我比较聪明，当过兵，见过世面。两个人初次见面很成功，也让我发愁，毕竟我有两个孩子的拖累，儿子兆丰10岁，女儿丽娟5岁，家里还有三个弟弟，两个妹妹，我是老大，当时弟妹多没成家，国琴能接受我吗？

“我和国琴一起去集市购买新婚用品，国琴只买了两件加一块儿才8元钱的衣服和一条10元钱的被单当嫁妆，她把自个儿攒下那一点点钱，后来都用在我们共同组成的这个家庭中。”

晁薛宾老哥说：“对待亲生母亲，李国琴在生活上处处体贴，总是把好吃的留给母亲，家务活儿也总是抢着干，母亲病了，就端屎倒尿在床前伺候。和我结婚以后，她总是挤出时间常回娘家看看。2002年春天，我岳母病危，家人都认为已无挽回的可能，决定放弃治疗。可国琴说只要有一线希望，就要尽全力医治。她说服了我们全家人，请来名医，把脉开方，抓药煎药，在她的精心照料下，老母亲转危为安。老人家开心地说，多亏有了国琴这个好闺女，才有今天。”

李国琴把话接下来："我深受父母影响，我父亲是老党员，母亲是个善良人。小时候，看到父母和人打交道就一个标准：这个人孝顺不孝顺。小时候，唯一一次让父亲打，是我和大爷去镇上赶集，身上装了七八元钱，碰上一个老太太在镇上大哭，我问咋了，她说丢钱了，我就把那点钱掏出来，想也不想，全给了她。可我回了家却不敢说了。父亲问我，我一会儿说买东西吃了，一会儿又说丢了，结果弄得让父亲狠狠地打了我一顿。当时，七八元钱对于我们可不是小数目。大爷知道了，赶快过来告诉了父亲原委。这下，父亲觉得冤枉了我，转怒为喜，还说了一句我记了一辈子的话：'有话给了知人，有饭给了饥人。'"

三

晁薛宾老哥说："俗话说，后娘难当。走进我晁家门，国琴发现很难融入我们这个家庭：两个孩子整天跟着他们奶奶，对她不理不睬，只是用警觉的眼光在后面盯着她。看着两个失去母爱的孩子对她这样冷漠，国琴很伤心。她总在心里说：一定要像亲娘一样待他们。主动亲近兆丰、丽娟，给丽娟梳头，买糖，洗手；给兆丰买好吃的，买本子，买笔，买书包。丽娟年龄小，慢慢不再和她生疏。一天吃完饭，国琴让丽娟出去和小朋友玩，她不去，国琴问她为什么，她说：'奶奶让我盯着你，怕你拿了我家的东西跑了。'她非常吃惊，非常失望。

"我前妻因车祸身亡，获得了几千元的赔偿，这就引起了我母亲和乡亲们的猜忌：李国琴是为钱来的，她会卷了我晁家这笔钱跑了。闻听此言，国琴哭着回了邯郸娘家。她母亲劝她说：'国琴，你一个生人，到了一个新家，人家一时不会认你；只有你心里装的全是他们，相处时间一长，见证了你的一颗心，你们才能成为一家人。'化解了国琴的委屈。

"我当时在村里当村干部，不开会了就出去收破烂，是当地有点名的'破烂村官'；加上我爱文化，还会写点啥，国琴对我很倾心。国琴从娘家回来，就和我说：‘我一定要让这个家庭接纳我，把我视为亲人。’国琴辛勤地和我一块儿下地干农活，更细心地服侍我母亲，精心照料兆丰和丽娟，对我的弟弟妹妹，也是关心备至。

“我和国琴承包了两亩桃园，她常在果园里满身泥土地打拼。我也就更加地信任她，凡事和她商量，孩子要钱交学费或买东西吃，我都把钱悄悄塞给她，再让她给孩子们；还有，自从国琴进了我晁家门，我再也不动手打孩子，我怕孩子们误以为那是后娘指使的。”

四

晁薛宾老哥说：“国琴努力亲近我母亲：做了好吃的，一定亲自送去；每天忙里也挤时间出来，帮我母亲洗衣做饭。一次，我母亲崴了脚，国琴骑车送我母亲到医院，背着我母亲楼上楼下检查。后来一次，是我母亲后背生了毒疮，当时我不在家，国琴先是在乡里县里给我母亲看，见治不好，又四处求医，找到魏县一个老中医。炎炎夏日，国琴蹬着三轮拉着我母亲，每一趟魏县往返，都需五六个小时。怕我母亲路上吃不消，她中途多停下来帮她擦汗，喂她喝水。我母亲因为毒疮不能走路，国琴就抱着我母亲看医生。别的病人家属说，你的闺女待你真好啊，我母亲说，是我儿媳。

“再后来的一次，是国琴给我母亲抓药，路遇大雨，乡间土道，泥泞得不能骑车，国琴就扛着车子往家赶。为了不把药淋湿，她将身上的塑料布扯下来包了药，结果回了家，她变成了一个流汤的泥人。因为淋雨着凉，国琴当晚发高烧。我母亲对她说，要不是因为我，你哪能受这大的罪呢。

“兆丰与国琴的隔膜消失，则通过一次意外事件。有一天，兆丰和几个孩子在地里用农药瓶子灌水洗头，回到家发起来高烧，经询问，才知道是中了毒。当时，我在外地，邻居们还以为那是后娘下了毒。国琴向邻居们借钱，哪家都不愿意借，都怕她拿着钱跑了。国琴赶紧找了一辆拖拉机，向我一位同姓的兄弟借了几百元钱，为了借到这笔钱，就差给对方跪下了。由于抢救及时，兆丰脱离了生命危险。医生说，如果再晚5分钟，可能就没救了，因为兆丰送到医院时瞳孔都放大了。等孩子醒过来，国琴搂着孩子说，是妈妈没有照顾好你，是娘没操到心。兆丰也哭着说，妈妈我错了，我再也不玩农药了。这是兆丰第一次喊国琴妈。

“为了供我这两个孩子上学，国琴省吃俭用，从来舍不得穿一件好衣服，而是把省下来的钱为孩子们添加穿戴；国琴再苦再累，也不会耽误孩子们的功课。有时，兆丰和丽娟淘气，犯了错，她也只进行和风细雨式的教育。我这两个苦命的孩子，重新有了开心的笑容。”

回顾这段家庭史，李国琴深有感慨：“当时家人都不了解我，尤其是婆婆，咱可以理解，毕竟老人是为儿子负责，我也就没了怨言。我的直心肠是，只要我做得好，家人就会接受我。好多人说，有后娘必有后爹，可我不这么看。我除了对孩子们好，我还很尊重丈夫的前妻，经常带着儿女去给他们的妈妈上坟，奠祭，烧香。人心都是肉长的。这样以心换心，家庭内部，有多少办不好的事情?”

晁薛宾老哥说：“我们结婚后，国琴没有要孩子，她对我说，你这里有两个孩子就够了，我把他们当亲生的，我就是他们的亲妈。冬天，她早早给孩子们做好棉衣棉裤，放学后端上热汤热饭；夏天，她为孩子们准备好绿豆粥，清热祛火。孩子们的命不苦，他们有‘娘’。”

五

晁薛宾老哥说：“结婚后，我告诉李国琴，我是母亲改嫁后跟到晁家的，我的生父姓俞，家在县城南街村，几年前过世了，留下继母和两个弟弟一个妹妹艰难度日。

“听后，国琴说，这个亲得认，继母咱得管。法律上咱没有赡养义务，可毕竟她是咱亲爹的老伴，弟弟妹妹，也和你晁薛宾有血缘。

“瞒着我母亲，国琴和我去认了我这位继母。到这时，我们承包的桃园，因修国道被征用，拿到了3万多元钱的补偿款，我们在肥乡区城购置了房屋，国琴和我也就开始做起来推车经营小杂粮买卖。开始，国琴上我这位继母家走动，他们都以为国琴没安好心，想是照《继承法》来分他们的房产的，对她很冷淡。我这边的一个弟弟，一次还专门向国琴挑明，讲我生父可没有留下什么一类的话。为了打消他们这念头，国琴拉上我专程过去做解释：大家相亲相敬，只为尽孝；她老人家毕竟也是我们的继母。

“就这样，隔三岔五，国琴就会带些米面粮油探望我继母。关系越处越融洽。国琴也成了老人家最离不开的人。

“后来，我这边两个弟弟一个妹妹结婚，都由我和国琴操持办理。我们兄弟姊妹相亲相爱，没有一点隔阂。

“后来，我这位继母生病住院，国琴在短短几天内，东挪西借，竟凑了1万多元钱。

“当初为救兆丰的命，她在村里借几百元钱那么艰难；为这边老太太能活命，她却能在短时间里凑1万多元钱，这正是说明别人和亲人们都见证了她的心。”

六

晁薛宾老哥说：“国琴她不但认下了这位继婆婆，前脚后脚，她还认下了我前妻的母亲——我的前岳母。

“一开始，也如去见我继母一样，这位续妈妈，不愿意接受国琴这个续闺女。她认为，后妈没有一个是好的。我续了弦，自己的外孙外孙女有了后妈，要遭罪。国琴去探望她，她认定那是黄鼠狼给鸡拜年，没安好心。

“要说，国琴就一个主意：多跑多去，做好了老太太心烦她的准备。手里从来不空是肯定的。去了，忙里忙外，帮着老人洗衣做饭，嘘寒问暖。加上她的外孙外孙女和这位继母相处得非常好，老太太先从挽留国琴吃饭开始，一直发展到像对待亲生女儿一样。

“国琴夏天给续妈妈买电扇买蚊帐，秋冬帮着做衣缝被，添置新衣，还买来收音机为老人消愁解闷儿。1994年冬天，这续妈妈下半身严重烧伤，国琴赶去照料老人，一住就是40天，端屎端尿，换药喂饭，寸步不离。

“2004年老人去世前搂着国琴说，你比俺的亲闺女还亲，我的亲生女儿对我也不过这样。”

七

采访至此，邯郸市文明办的崔海山处长提议，我们应该去他们夫妇原来生活的村子里转一转，找找写作灵感；崔处长甚至还和我商量：有没有必要到国琴娘家走一趟？因国琴父母辞世，在这儿我们又没见到晁薛宾老哥的母亲——老人家就是这天一大早让薛宾开车送回了村中，薛宾的小弟弟在村中盖房子，老人一直放心不下。这样，我们首选了到他们原来生活的村中，赶过去见见国琴的婆婆。

路途不远，驱车十多分钟的路程。路是新修的，十分宽阔平展，更像大城市的路。整个河北省都在大拆除大建设之中。据他们讲，三年即大变。肥乡区里当然也不例外，大拆除工作正进行得如火如荼。特别值得借鉴的一点，是责任到人，如来肥乡后陪同我们的区文明办副主任魏淑瑞，她的头上就有一等一的大拆除任务。而于我这个山西作家，在车中最深感受，莫过于丰饶的冀南平原，她是如此的平阔，肥沃，一望无尽——肥乡区是不是也因此而得名呢？古人为什么要逐鹿中原，这里遍地都是答案：这就是中国和她的膏腴之地，占有她，便意味着天赐锦绣，这土地什么样的好东西长不出来啊？

晁薛宾老哥没有陪我们回村。他要为我们去刻录一些有关孝道和儒教教育的DVD光盘，如细讲《弟子规》《伦理道德与身心健康》。老哥讲，传统道德教育，在民间重新扎根，这样的讲座，自发参与进来的人并不在少数：蒙以养正，圣功也。

这时在车中，崔海山处长就国琴的事迹发表了他的看法：“李国琴孝敬了四位妈妈，在常人的眼里是不是很难理解，我说不大清楚。事实上有一点我们比较明白：像李国琴和晁薛宾夫妇这样的家庭，在我们的社会中并不少见，关键就在于，对续婆婆续妈妈这样的亲人，你会不会也像李国琴、也像他们夫妇一样，多去走动，愿不愿意也如他们夫妇那样，为她们去尽一份孝心和义务。李国琴再三强调的一点，最应引起重视：对孩子和老人付出爱心和孝心，是有回报的。李国琴就是最好的例子，她这人生过得充实，快乐，老人疼爱她，儿女孝敬她，弟妹爱戴她，老公离不开她。”

曾做过中学校长的魏淑瑞说：“丈夫与她相敬如宾，4个娘家，近20个弟弟妹妹都视老嫂如母，这些弟妹的婚嫁、盖房、立业都少不了她的帮衬，他们的孩子们也是，侄子辈的孩子有几十个，这些侄子外甥们有的都有了自己的孩子，都时常来她的店里，笑语欢声，天伦之乐，真个儿孙满堂。4个母亲家的娘家亲戚，她也按我们当地的礼节走动，过节、赶会，都携了礼品探望。几位母亲在她的联系下都成了贴心姐妹，每当把母亲们都接过来，看她们幸福的样子，她就特别开心。这10多年里，李国琴在4个妈妈家穿梭操劳，她却说，这是我的福气呀。她儿子说，十几年没见妈妈和任何人红过脸。国琴说，做好人最沾光，你对别人好，别人对你更好。国琴不仅这样对待她的父母和亲人，凡听说鳏寡孤独，她必伸援助之手，施以接济，力所能及帮他们充饥挡寒。她常说，天下的老人都是我们的父母，天下的孩子也都是我们的孩子。”

我们来到了村中，见到了晁薛宾80多岁的老母亲。老人善眉慈目，耳聪目明，身体健旺，心情愉悦。但在这不大的老院子里，最引起我注意的，则是屋里屋外竟然插有好些盆颜色绚烂的绢花。而在城中他们那起居处，电视机前一张长条桌上，也有这样几盆颜色绚烂的绢花。我一问，才知这是因了老人十分喜爱花朵怒放，李国琴就专为婆婆摆放了这些。人间的殷殷祝福。

太行怀抱

一

许国生，福建人，中国人民大学毕业，当年到西沟插队锻炼，应该是大学生中最早的“插队知青”；后来，许国生当了山西省委党校常务副校长。

因为对他的情况不是太熟悉，也因他英年早逝（于2000年夏驾鹤西游），写作中间，我又做了一些寻访。

为什么这样？在我看来，申纪兰、李顺达以及更多的西沟人与他的关系，是非常有意义的；对他而言，当初来西沟，是对于中国北方农村、农民、农业的融入，所谓“知识青年到农村去，接受贫下中农再教育”，而另一边呢，就是我们太行山人对待知识分子的态度，在那样一个严酷的阶级斗争年代，仍不失中华传统礼遇，是春风化雨，也是春风化育，我们看啊，当时许国生跟着申纪兰在养猪场干活儿，只要能抽出时间，他就要申纪兰给他讲西沟故事；还有特别处，是他从始至终都叫申纪兰老师。

“小许就当我是个老师，一直叫我申老师，我也不知道，我是个什么老师?”这多少年里，申纪兰还疑惑不止呢。

在申纪兰眼里，那时候的大学生是很有水平的，也特别成熟，不像现在一些大学生，对自己所处的社会就没有一个相应的了解。

“许国生就很懂得艰苦奋斗，学历深是一个，认识问题水平也很高，特别是干事情，尤其认真。李顺达对他也很好。所以，有些人就嫉妒他了。他给大家起带头作用，有人就讽刺他，他穿个小大衣，上面有很多补丁，有人就说：‘哎呀，你瞧这个人，就是发扬艰苦朴素哩，是抓表面工作吧？’先进也不好当；你先进了，就有人反对，因为总有人跟不上。但我们能正确对待，谁好我们就表扬谁，教你们大家都往好的地方学，大家都好了，多好。什么时候，也得有带头人，知青也一样。”

二

据许国生夫人张淑兰大姐讲，他们在西沟一共有17个大学生，其中有北京大学的，有北京林业大学的，有北京师范大学的，还有咱山西的，张淑兰大姐就属于后者，1969年毕业于山西农业学院运城分院。

要插话进来，是有时感觉世界真的很小，我到张淑兰大姐家中采访，说起运城分院，原来正是我的岳父母的母校，我的岳父母于1958年从这里毕业，也算南辕北辙吧，双双被分去了忻州原平。山西有不少农业科技人才都出自这里。

世界很小？是，在此之前，那我是一点儿也不知悉，这位曾插队西沟的许国生校长，竟是我们的女诗人、黄河电视台总监许凌云的父亲。我们都知道，许凌云上山西大学期间，出任过一届“北国诗社”的社长（第十届），省城诗歌圈，许多诗人朋友都和她相熟。

所以，许凌云和申纪兰也就不是一般记者和名人采访对象这么个关系，她直呼申纪兰“申奶奶”，是那种亲亲的“申奶奶”，而非带有社会属性那种泛泛的“申奶奶”，当然，这后面有更多的故事。现在，先说去年冬天，亦即在申纪兰获得“共和国勋章”之后，许凌云是包揽了多个角色，作为总策划、总导演、讲述人、现场采访记者等，率台里一众精英，奔赴西沟，展开工作，特别为申纪兰拍了一部时长约40分钟的电视专题片《本色》。该专题片首播于2019年12月30日黄河台黄金时段，随之便获得了“山西新闻奖一等奖”。

我几次写申纪兰，在准备材料期间，都会看一些有关她的纪录片、专题片，应该说，给人印象深的并不少；许凌云的这部《本色》呢？当可列入其间，拍摄所围绕的申纪兰的几个“本色”，如劳动模范的本色，人民代表的本色，共产党人的本色，中国农民的本色，也是我和多位好朋友讨论过的。

2020年4月，老友郭新民带我到榆次山中寻访当年的长治市委书记吕日周，来去途中，郭新民就激情满怀地展开此话题，最后总结出来申纪兰身上6个主要本色，如以上之外，还有中国先进妇女代表的本色，中国农村基层干部的本色，皆是我写作申纪兰的根本，这是思想层面上的。

无独有偶，宣传申纪兰，正可谓他们这样的共产党人的共同事业。

郭新民当初在长治市任市委常委、组织部部长，专门组织拍摄过一部纪录片《走近申纪兰》，连稿子都由郭新民亲自操刀写就，这也是一部很好的党员教育教程，据郭新民讲，不但拍摄得早，片子还上了央视。

在许凌云的《本色》一片中，则再一次验证了“技术也会让你异军突起”这句话。片中处理申纪兰的一些老照片，那么清晰，活灵活现，感觉和你有呼吸的对应，真是让人称奇；而就当年那些发黄的老照片，当然了，高科技是一个，另也要说，技术人员在处理上，要下多大的工夫？一帧一帧，都是艰辛。

不同于一般这类政教宣传片子的地方，是片中的人性化结合亲情化拍摄，许凌云就把她母亲张淑兰大姐接到了西沟，让一个大学生老知青在西沟这块热土上与申纪兰重逢，场面尤为感人。

许凌云和我说：“这也是我爸2000年去世以后，我妈和申奶奶的第一次见面。”

三

前面说了，许国生是大学生当中最早的“插队知青”，通过对张淑兰大姐的采访又了解到，他作为中国人民大学的一个高才生，班长，学生会主席，1968年国庆，还作为首都大学生代表，登上了天安门城楼，同毛泽东、周恩来等党和国家领导人一起，参加了盛大的庆祝活动。

在毛泽东主席发出“知识青年，上山下乡”的号召的第一时间，许国生便率先报名，选择了西沟：“到最艰苦的地方去。”

“他下来是进行全面锻炼的，学农，学军，学工，走的是这样一个路线。”尤其对他们这样的大学生，应该说指向性很明确。榜样的力量是无穷的。

许国生生于1942年，在他的简介中，首先写明：“1968年中国人民大学毕业后，在农村、部队、工厂锻炼5年，在工业局工作3年。”他从西沟当兵，用张淑兰大姐的话：“他都要29岁了。”情况较复杂，当然属特招，当时的晋东南军分区司令员吴天明还给他写过一封推荐信。他人到了部队后，搞的是坦克修理。两年后回到地方，他又通过李顺达的安排，到了阳城农机厂，当了工人，也是在修理车间，驾轻就熟吧。

看他这情况，特殊就在于，非一般的书生意气，萍踪漂移，壮志图取，有意而为之。所以，他得到的锻炼，恰恰是当年更多的知识青年所不能有的。

多年后，有受过许国生教育的党校学生写怀念文章，对此种情况，就有表述：“我记得给我们代课的一位老师，是社会主义教研室主任，他说他和许校长在人大时是一个班的，许校长那时是班长，而他是一个普通学生；后来一同来到省委党校任教，许老师荣升为校长，他还是一个普通教授。”相信人与人存乎有差异，不会有错；但非同一般的青春生命历练，是不是也会在今后的人生路上显示出来？

四

回来讲他们的西沟故事，那一开始，许国生是住在老西沟那头，也是在那边参加劳动生产的。张淑兰则住南赛，是她先到的养猪场当的饲养员。他们这些大学生知青聚在一起，许国生讲他希望到更艰苦的地方；张淑兰说猪场养猪就很艰苦，提醒他可以到养猪场来进行锻炼。他就找了过去，后经李顺达、申纪兰同意，当了这“又脏又累又苦”的饲养员。

那栏圈里是150头大猪；猪场并没有多少人；猪的饲料还远远不够。他们必须自己想办法，挖野菜，无非是其中一种；再者，冬天怎么办？倘若猪有了猪瘟呢，又怎么办？还有，山上有狼。

我们说大力发展养猪事业，当年我们家多时养过三四头大黑猪，那一家人那个忙和累呀，说到底，是很不容易的。

如申纪兰说，许国生家庭也贫困，他们这些大学生知青，每月到县里能领25元钱（实际工资是45元，另一部分和在村中劳动的工分等结合，到离开时才能领取），他仅会给自己留一点儿生活费，多数寄给母亲。

其中有一次，他们这些大学生集体上县里领钱，出来后时间已经到了中午，商议了一下，最后说到县里唯一的饭铺吃饭，去后大家要吃3毛6分钱一盘的炒面，他却要吃5分钱一个的饼子；是张淑兰说动了他，结果他也跟着吃了炒面。由于这炒面炒得太差，“太难吃”，完了都说难吃，许国生更甚，不但抱怨连连，还赌咒发誓：“再见，再见，我再也不吃炒面了。”

数次反复，实际是很心疼那多花去的3毛1分钱：“5分钱一个饼子，就能顶一顿啊。”

西沟的冬天很寒冷。许国生除了那个摞布丁小大衣外，简直没什么御寒的冬衣，以至于到了天气冷得厉害的时候，他会把一个裰满补丁的长围巾系在腰间。

就在这次领了钱回去的途中，张淑兰说：“你下月领了钱别再往家寄了，你把这25元钱都给了村里的干部，让他们为你全买了毛线，我给你织一件毛衣。”

唉，许国生竟然听了张淑兰的话。到下一个月，村干部真就替他在县上买回来1斤6两好毛线。张淑兰紧赶着，帮他把毛衣织出来，让他穿在身上。

五

许国生和申纪兰还有一个相同的地方，他们两个人的父亲去世都早。也因此，申纪兰在说他穷的同时，还会说“但是，他对党的感情就不一样。他下了乡以后，也真正是按照党中央的要求”来锻炼、改造自己的。

申纪兰说：“赶着过年了，咱这职工们都回家了，我就在猪场，跟许国生两个人忙。他也是真心不怕苦累，干甚也能像咱个农民，踏下身来。

“冬天很冷的时候，我们要去垫地吧。这许国生也是，推上个小车，一车土、一车土地往地里推。那么冷的天呀，他也是系了毛巾，把脸捂住。

“我们中午不回来，自带干粮，‘土暖气’就是在地头烘烘火，烧烧干粮，吃完将将歇歇，起来就干开了。到晚上5点多，日头也没有了，这才要下工回来。垫地是任务，冬天必须干下来。许国生问我：‘申老师，这是不是愚公移山?’我说：‘一直得干，才能移山哩，可不是推上一天土，就能移了这个山。’那会儿，学习毛主席的愚公移山精神，大战石匣沟，就是南赛那儿的地，一块儿、一块儿的，都是我们垫起来的。”

同在那个大过年下，有村里一个农民，央求申纪兰给他孩子上一双鞋。“我本来是忙得不行，可他家孩子过年没新鞋穿，做了一双，还上不了，就央求我帮忙。”这样，在猪场得空，她就一边给许国生讲西沟故事，一边为这家人的孩子上鞋。

许国生说：“申老师啊，你真是跟群众的关系好啊。”

申纪兰说：“他给孩子买不上鞋，做了这么一双，还连不到一处，我给他上上，让他孩子过年能穿上。”

申纪兰回忆与许国生在猪场最有趣的一段，那就是同在这大年夜，天还且早着呢，他就喊：“申老师，咱给毛主席鞠躬吧?”这时正处在“早请示、晚汇报，‘三忠于、四无限’”这个阶段，连申纪兰都说：“可真是热闹呀，学习《老三篇》，许国生也是一直教我讲。”申纪兰看了看时间说：

“等天傍明了吧，这才三四点呀。”

大年下，就他两人在忙碌栏圈里的大猪。本来许国生晚间还是要回去的。可是正好有大母猪要下小猪崽了，这样两人就一直忙乎到凌晨两三点。给大母猪接了产，小猪崽子一堆，都弄好后，许国生没有了睡意，就叫申纪兰和他一起向毛主席鞠躬。

领袖像，红书台，全国上下，政治挂帅，养猪更不例外，诚如申纪兰言，发展养猪，支援国家，换来钢铁。

咱这就是政治猪呀。养猪是，杀猪也一样。1966年国庆日，《人民日报》头版，曾登载过一篇山西省原平县食品公司屠宰场徒工杨美玲的讲话用稿《用毛泽东思想指导杀猪》，这个十六七岁的女孩儿，一时便成为活学活用毛主席著作的先进典型：她于1964年进食品公司当徒工，女孩子都不愿意学杀猪，她学习毛主席著作，破除旧思想，苦练杀猪技艺，很快就掌握了“过命、吹涨、刮毛、剔骨、洗粪”一整套杀猪技术，成为原平当地有名的杀猪能手。

旧事重议，批评之声，不绝于耳，如我省著名报告文学家毕星星写的文章，就很犀利，不但如此，另还言及：“就在杨美玲杀猪的年月，我在一家兽医站，遇到几个刚参加工作的姑娘，她们的工作是给大牲口配种。她们每天都要伸出胳膊，通过一个长长的肉体甬道，探进草驴母马的体内，揉摸卵巢测试牲口是否发情，然后施行人工授精。她们也是学毛著的积极分子，讲用题目是《为革命甘愿掏一辈子马屁股》。”

实际是付出了很多的艰辛与汗水，做他人所不能。可谁能想到，你就会赶上这样一个时代：不爱红装爱武装。

他们在西沟呢？自然也是吃苦受累了，可是他们心里不受罪。

首先，对于李顺达、申纪兰，主要还是把他们当成孩子待了。有人就说：“李顺达、申纪兰关心他们这些知青，更胜于关心自己的孩子。”

六

许国生、张淑兰在西沟完婚成家，正是申纪兰为他们做的牵线月老。

申纪兰说："女方是晋南人，我觉得挺好，撮合了他俩。"

对申纪兰这个红娘月老，张淑兰大姐又有自己的开解："她是在旁边观察你呢，不像人家说对象那样，把你们叫在一起，讲明情况，可是她能影响了你，她和我讲许国生，就没说多少话，也不挑明这是帮你俩找对象；许国生那头，至今我都不知道她是怎么讲的。可我两个走在了一起。"

赶在那年春天，他们在西沟一个小平房中举行典礼，申纪兰作为他们的证婚人，还专门讲了话。

过大年放假，张淑兰也没有回家。这倒不只是因为许国生没有回福建老家过年，她要留下来陪他；而是她弟弟在外当兵，过年有探亲假回山西，写信说想先来西沟学习参观一下。"那时来西沟参观的人，一直很多，全国各地，到处都有。"特殊的地方，是当时村里杀了猪，要老百姓过年，她自个儿呢，就拿钱出来，买了一副猪头和一整套猪下水，心肝肺肠子肚子，"整一大筛子"。当年，长治这面的饮食风俗，百姓不吃鱼，很少吃鸡，尤不吃下水。所以，她买来这么大一堆，花出的钱却很少。

她要用自己亲手卤煮的整猪头和整套猪下水来招待弟弟。

张淑兰说："这洗呀煮呀，最后都是在饲养场弄的。饲养场洗有大盆，煮有大锅。"

大猪头和整套猪下水卤煮好后，在外当兵的弟弟却没能来成西沟。

当然，她自己是不舍得吃的。几乎是全部啊，都由许国生饱了口福，看这大年过的。"等大家过完年回来，我们就宣布领证结婚呀。弄得他们好几个人都不敢相信。就这么快。"

许凌云说："我爸生前，多次逗我们，说我妈是拿一颗卤猪头把他换过去的。"

这是第一件事。第二件事，是他们赶着举行典礼，把新房都布置出来了，南赛这边的房东变了卦，不让他们用自家的房子了。

无奈，他们只好准备离开西沟，回张淑兰临汾的家去办喜事。申纪兰知道后，先是拦下他们不让走，接着又赶紧在村里帮他们找房子，找好后，又是帮着一番布置，也是全部糊了墙纸这些，等于重新给他们安了个新房。

所以，我在前面用了“春风化育”；许国生叫申纪兰“申老师”，叫了一辈子，那他就是有道理的。

七

许凌云说：“我爸和申奶奶，他们在可多地方，都可像呢，他们就是一种人。”

而这第一个，还是许国生在村里当饲养员期间，经县里和村上共同研究，抽调他到西沟接待站工作，这机会多好，肯定在西沟是最好的地方，可他不干，非让出去。“我去了西沟接待站，不就有违我来学农锻炼的初衷吗?”机会让给了另外一个大学生。

其二，他在部队上，同样表现得很优异，部队要直接提拔他为营指导员，这弄得他赶紧退伍，他说他学工的目标，还没有实现呢。

再一个，就是调他来省委党校。当时，他在晋东南地区工业局，也是把自己的那一套搞得风生水起，似乎已然成了我国工业系统很少有的经济管理专家了。他不愿意上调党校来当老师。

要说，调他的领导有能力，最后说服他的话是：“你在地区工业局干得再好，成就的是你一个人；你到省委党校来，通过你的努力，而能造就一百个、一千个你这样的栋梁材。”

问起几个当年在省委党校学习的老友，他们首先说许校长课上得好，做大型讲座时，校园里常常无人。其中还有位老友说，可与当年刊授大学搞的那种大会堂式授课相提并论，是在全社会上产生了影响。

清明节来了，我的思绪一下回到18年前，那是我思想成熟的黄金时期，我在山西省委党校学习，领略了理论阵地高知们的精彩演讲，遇见了山西最著名的经济学家许国生校长。

我虽然和许校长只近距离接触过两三次，但我对他的人格非常尊敬。许校长的讲座我也听过不少，非常生动，直击人心。他是福建人，那带有闽南口音的普通话，也很好听。

写怀念文章的，是一位河曲籍党校女生，她大概也是省党校史上最特殊的一个。

我于1989年考入省委党校，刚入学，也不知我那时正好怀孕在身，过了一个学期，又上了两个多月的课，同学们也看见我怀孕了，这样，我只好休学回河曲，生下我的孩子。

孩子满了三个月后，我就带着他，踏上了返校路。到校后，关键得为孩子觅一个单独的住处，我不能带孩子住在宿舍里，这我就找到了许校长。许校长没有一点架子，听我讲明情况后，他满口同意，并让我去找房产科科长，最后，在党校招待所给我找了一间房子，我在那里度过了半年的学习时间。

带着婴儿宝宝上党校，不是她这样写出，你大概都不相信。

这里，有没有当初西沟的春风化育呢？

八

离开西沟多年后，许国生当了党校校长，他就要妻子张淑兰到西沟去接申纪兰，要她来他们太原的家里住住、歇歇，他说：“太原再不好，也比西沟强吧。”又说：“申老师，她可是受过大罪，吃了太多的苦。”

申纪兰说：“许国生很体贴我，我这会儿还想念他，跟他很有感情。那次我上去，到党校他家里看了看他和孩子就走了。我哪能在他那儿住呀？我和他说：‘你有这个心意，我就很感谢你了。’”

而那之后，许国生又两次请申纪兰来学校上党课。两次都搞得很成功。

在党课上，她也评说了许国生。她说：“许国生没有靠山，他的靠山，就是人民群众。”

也确乎是实情。1994年5月间，《山西日报》于头版头条连续发表了五篇分别由工人、农民、大学生、知识分子、老干部撰写的时代评论。他看后，欣然以他省委党校副校长名义给报纸写了来信：

> 我出差回来后读了这些评论，感到这是一种以正确舆论引导人的好形式。这些评论，用工人、农民、大学生、知识分子、老干部自己的话，纵论天下大事，表达自己的思想和感情，读罢评论，工人阶级与改革风雨同舟的高大形象、农民兄弟稳定国家大局的奉献精神、知识分子高举爱国主义大旗的勃勃雄姿、大学生们与祖国共命运的拳拳之心、老干部永葆共产党人本色的高风亮节跃然纸上，充满着民魂、国魂、党魂的浓烈感情。这种宣传方式，对于理顺民情，解决思想问题，维护社会稳定，将起到积极作用。

所谓“扎根才有方向”，他和申纪兰也是一致的。

申纪兰说：“许国生去世也比较早。他去世时我还去来。这人都是个感情问题。他是到了党校以后，受了一段挫折，瞧见那个不正之风，像有的是卖文凭啥的，他看不惯，还有人抢着分房这些，他说这不对，跟人家有点闹别扭，跟住得了癌症。他病逝以后，我心可难过来。”是这种感情。

案牍劳形，积劳成疾，也是许国生患病的一个主要原因。河曲那位女同学，当年找到他办公室后最震惊的，就是“许校长办公桌上的书籍和资料比他人还高”。治学，还要治校。我在《经济师》杂志的一位朋友，当年搞过一个系列“校长访谈”，而对许国生的访问，正是他这个系列里的大部头，洋洋洒洒万余言，山西省委党校的今天，已经在这个大型访谈中清楚地描绘了出来。

现在，我们大体也就猜到了，西沟情感仍在发酵，许国生、张淑兰的大女儿许凌云，正孕育于西沟。

许凌云通过微信给我发来一张她和申纪兰的照片，并在下面注明：“这是2015年我被授予全国先进工作者，与老劳模纪兰奶奶携手走向人民大会堂。”

风中烛火

草根，草根

受伤的芦苇

我们今日讲的这一位，岳建英老先生，出生于1934年，是土生土长的原平柳巷村人。

讲他的故事，得从他小时候说起。他4岁摔坏了腿，人生之始，有了这样一个大变故。

这是1938年的事情，始在日本鬼子打进来以后。在他最早的记忆里，那时他还未摔坏腿，一个3岁孩子，跟着村中的乡亲父老，从柳巷到原平再到张村——现在原平高速路口那块儿，前后相距5公里。

忻口战役，国军浴血奋战，最后失守，日军大举围攻原平，他们那么多人跑在路上；飞机在头上盘旋，不停地往下投炸弹；之后他们看到的原平城全部被炸毁，他们跑到山上去，还能看清那一片火海，熊熊燃烧，浓烟蔽日。

在这片火海当中，就有原平大寺庙被摧毁烧光，夷为平地。

那是一座佛教寺院。照说，他这个小孩子，就是“寺庙上的人”。可是寺庙没了，他的“历史”也由此而改写。

那时家里人都是信神拜佛的。小岳建英生下来以后，有个算卦先生给他掐八字，说他的命太硬，家里伏不住，最好寄养出去。他姥姥问，能否寄养到庙上？先生说，也比较好，孩子到了庙上变成佛家人，命就比较长了。所谓寄养到庙上，其中一种，便是把他的佛名寄养上去。为他所取佛名：岳宝光。

现在，寺庙让日本人炸毁了，他被动还了俗，取名岳建英。

在日本人打进来之前，由于他父亲在崞阳商行里当伙计，他们家的生活虽不能说有多殷实，家里总还是有些零用钱，比起死板板从土里刨食的人家，总是好那么一些。

日本人把这一切给毁了。家里的吃喝用度，全被掠去抢光。他这一经记事，即又饿又冻，嗷嗷待哺。

关于这一段，原平就有老百姓编下的民歌，唱起来很粗犷，也很诙谐，笑中带哭：

上一次鬼子来“扫荡”，
狗日的好厉害；
偷了老汉两双鞋（hāi），
还有大烟袋；
烟袋——

作家老友彭图，曾经的《五台山》主编，正是原平人，最会唱此曲。

这样残酷的生存环境，也是他摔坏腿的一大原因：本来小孩子纯阳之身，可严重的营养不良，就是两码事了。

岳建英老先生说：“我就是从炕上往下那么一跳，胯骨倒戳出来了。”

这已到了日本人打来后的第二年秋天。那天他母亲不知从哪弄回来一点点黑糖，给他吃了一颗，出去时放到了炕上，想也是为了防止他偷吃。因为他母亲认为他爬不到炕上去。可是他母亲出去以后，他就是爬到了炕上。这一点点黑糖的诱惑，让他付出了一生的代价。

这里还需强调，它就是一点点黑糖，而非后来才有的水果糖。

这时外面门响了，他母亲又回来了。他怕挨打，小手手抓着这一把黑糖，一下跳在地下，胯骨咯巴一声，戳了出来。

即使这他也顾不上疼。他先藏到门后，又偷着爬了出去，躲到了家院外一个高粱秆堆里，趴了一夜。

“当晚，家人一直在找我。我在那高粱秆堆里藏着，也看见他们了。可就是不敢出来。我偷黑糖吃，闯了大祸；这又摔坏了腿，不是祸上加祸吗？我很害怕，胯骨戳出来那块儿疼得要命，也烧得要命。我咬牙支撑着，也渐渐犯迷糊；秋夜下霜后非常寒凉；我并不知道一整夜我是否睡着过。我只知道害怕，幼小的身体里全装的是恐惧，根本体会不到大人们找不到我的那种煎熬。”

第二天他发起来高烧。烧得很厉害。

腿是断了。大人们也这样说。家里也不是没有请过大夫，“值贵”（原平话）的医生看不起，就找些一知半解的土郎中，结果越看越糟。后来，戳出来那块儿开始溃烂，一直流脓。

“我的胯坏了，不能直起腰走，只好爬在地上，爬着走。”

这真是痛苦。一个在地上爬着走的孩子。有些捣蛋孩子就欺负他了：“你不是不能走吗，他们就骑在你背上，还要你驮着他们走；你这样爬着走得好好的，忽然间有脚踹来，把你踹得全身扑倒，脸贴在地上；有时又从旁边踹你两脚，然后哈哈哈笑着跑开了；再不然，拿石子从远处投你，像糟害那些精神有问题的流浪人一样，有时甚至是多个孩子一块儿作践你。”老人岳建英说。

这是他7岁前在村里的情况。随后他上了学。正因他这样爬着在学堂上，有些名义上的同学，反而变本加厉，更甚于此。

他常常受伤害，受歧视，一言难尽，他也不想说，反正屈辱与痛苦，全咽到了肚里。

不过，有一点要说明，那些欺辱他的孩子，大凡家境还可以。所谓愣头青，则是少数。

“所以，我儿时的玩伴，大部分都是放羊的子弟，种地的子弟，当长工的子弟。”他们相处得很好，很友善，在一起，非常开心。“还是那句话，有钱家的孩子欺负人，穷人家的孩子最淳朴，最善良，这我体会得很深。”

最是有趣，那是他们跟着大人到地里去逮黄鼠。他说：“逮黄鼠的方法挺简单：我们在地上挖一个很深的坑，黄鼠出来后，一下就掉了下去；黄鼠掉进我们挖好的深坑爬不出来，这样便让我们给逮着了。黄鼠也叫地鼠，地黄鼠。”

还有就是用夹子打鸟：“我们做一个夹子，上面拴只虫子，鸟飞过来吃虫子，就被夹子夹住。这夹子要做得正好，能把鸟的脑袋夹住，却夹不死它，你用线拴住它的腿，它在你手上还能飞。

“由于饥饿，我们也有过偷玉米、偷杏吃的事，紧紧张张，心跳嗵嗵，面红耳赤。”

孩子们之间也玩开仗游戏。他的情况，自是很难参加进去。

他这腿断了，多年以后，才知道发展为骨结核病。他这一生都有它伴随，也一直在和它做斗争。

“我爬着走这个阶段，有两位亲人，给了我最大的关怀。”

一个，是他姐姐，比他大6岁，经常背着他，直到她离开故土，到太原学了医护。他姐姐投身医护工作，就和她有这个残疾弟弟不无关系。“姐姐最理解病患之苦。姐姐可怜我，我们心心相印。”

一个，是他的表兄弟，他大舅的儿子，叫郭运卯，他叫他二哥，他也经常背他，又常常防着别人欺负他，为他撑腰，保护他。

“二哥大我一两岁，我们是同学，日伪时期一同在原平读书，他和姐姐轮着背我到学堂去。

“那最难忘的，还就是运卯二哥背着去上日本人的小学堂。当时我住在我老娘家，老娘家在原平旧城街。旧城街在原平城外，小学堂在原平城内，里外被城门隔开。运卯二哥背着我，每天都要等在那城门下，等日本人把城门打开。

“我二哥每天早早地背上我，从旧城街到城门口，可是日本人就是不给开城门，老等指定时间才开；这一开城门，我们跑到学校倒迟到了，这一迟到，日本人就要打你手板，这个你躲不过，天天挨手板，那手板挺长，等于每天打3个，疼成那样子，你还不敢叫，有泪也只能往心里流。

“运卯二哥活到十六七岁就死了。他让国民党部队抓了壮丁，后来解放军攻打太原，中弹，死在牛驼寨。”

这一度，让他伤心欲绝。

“到了我11岁上，我重新能站起来。开始拖着一条腿走路。我从4岁上爬着走，于此，竟有六七年之久。”

对此，他自己亦有戏谑：“我这是一直在拥抱地球母亲。”

另是到了晚近，还有一些专业养生的人士，说他这种早年爬着走，对脊椎有很好的锻炼保护作用。他的身体好，人也硬朗，这便是一大原因。

他说：“我老汉因祸得福了。具体对与不对，由人家说吧。至于我能拖着腿直起身来，那是人的大腿关节那儿有一个可以转动的小骨头，我的这个烂了，接近于无，不起作用，也不起大的副作用了，我爬行了六七年之后，直立了起来。”

崞阳，跟着父亲做买卖

岳建英14岁时，母亲去世了。这是他断腿后又一人生变故，受的打击很大。

“我妈去世是因为坐月子，没休息好，背上受凉了，咳嗽了一冬天就死了，死时43岁，生的小弟弟给了我二舅。

“我母亲名郭水仙，原平太平街人；我的性格像了我母亲，温和，心强，能干，肯吃苦。”

他母亲突然撒手人寰，他心里没一点准备，十分悲伤。

“我这半大孩子，上学或留在村上，没了人照顾；这时大姐已经从太原的护校毕业后分到了太谷。我只能退学，跟父亲到崞阳，开始学做买卖。”

前面讲他父亲是当伙计的，这时还没变，所以他去后也跟着父亲看门市。不过这个时间不长，因为很快实行了公私合营，他们无须再侍奉哪个老板，就在原来的门市外面摆了个小摊，他们父子一起照料，卖些烟卷百货，零七八碎。小本买卖，够养家糊口。

岳建英说："我父岳谦和，本柳巷人，写得一手好字，开买卖最讲诚信；他人话少，相当节俭。"

应该说，做买卖对他这少年人是多有锻炼的。她母亲当初在家里开小铺，他就能搭把手，像个小伙计、小掌柜。和父亲一起来到这街上摆摊子，也就更多知道了些人情事理，甚至懂得了吃亏。

"我心眼活套，账目记得清。"不像那些懵懂孩子，光知道玩耍。

他父亲虽因他母亲的离世，伤感、失落，但在做买卖上，并不曾怠慢。

父亲和他说："我们是门市上出来的，买卖规矩，向来不蒙人，交易公平，童叟无欺。我们摊子虽小，可诚信不能小。"他知道，父亲的那张脸，就是信义，如赊账这些，还能替对方着想。"做买卖谁愿意赊账？可有些贫寒人家，也是没有办法。"不过，这种事碰到了肯定吃亏。"吃亏就吃亏吧，有赔有赚就行。"他父亲又常常这样讲。"人，心性淳厚是一方面，另一方面，也在于教育和培养。否则，如咱这摆个小摊儿，很容易弄得唯利是图，光知道个蝇头小利。"

但他父亲也确实是一个行家里手，把个小摊子打理得井井有条，小商品归类，每一项都建有账目。他也跟着他学会了记账，打算盘。

这时期，对他本人，他父亲讲得最多的，还是："男儿当自强，尤其你这样，拖着一条腿，处处受歧视，必须有真本事，才能活下去。"

这话他记得牢牢的。"父亲是这样说的，也是这样做。他就是要锻炼我，让我尽快长本领，一个人能独立生存。这里有个最好的例子，那是到1949年春末夏初，太原刚一解放，他就打发我上去，让我独自去办货。这时我刚15岁。说穷人的孩子早当家，咱的确也懂了点儿事。"

太原，山西省省会，山西的政治、经济、文化中心。

他就去了。上省城太原去办货。

主要办什么货呢？文具类有铅笔、钢笔，小本；小商品之类有抽烟用的烟嘴、烟袋，有袜子、毛巾、肥皂、香皂等，主要贩卖这些，每回都弄那么大一个纸箱子，上车下车，正好能背动。

每次办货并非一样，紧俏、滞销、成色、价格，皆需要自己定夺。一趟货办得好不好，影响生意好一段时间。他从小受做买卖的熏陶，用现在的话讲，很会发现利益增长点，外边办货门道虽多，但跑一两趟以后，已然摸出个七七八八。他进的货好了，他们的买卖自然就好。当年崞县城里摆摊子的不少，他们本不大，可做得较好，逢节过集，还挺红火。

去太原的火车票2元4角。去了就奔原平人开的大盛货站。

有个孩子叫冯银洞，这小子和他关系好得很。他们两家人卖的东西也差不多。到太原去进货，他们两个相跟的次数最多。坐火车到太原下车，他俩再坐两毛钱的人力车，不大一阵儿即到大盛货站。这两轮人力车，就跟电影里看到的一样，前面两根长车辕，后面大大的两个轱辘，跑起来又出路又轻便。

但刚去时什么也不懂。毕竟是小孩子，住下后就往外面跑。

入夜，见柳巷有个灯火通明的理发店，他就说："咱们也留个分头吧。"当时可时兴这个发型呢。两人商量好进去，理发员就给推了分头。人家问他俩，说上蜡不？他们也不懂，就说上呢；人家问他们洗头不？就说洗吧。结果，完了后算账，1元2角。"哎呀，这还能行。这么贵呀。"

非掏钱不行。一些办法没有。人家逼他俩说："是你们自己过来的吧？这发也理了，你们掏钱吧。"冯银洞很舍不得，把怀搂得紧紧的。小建英是个残疾人，怕人家收拾，人家要多少，只好给多少。

可是，趁建英给人家掏钱，冯银洞竟一下跑出理发馆，想跑掉，岂料人家早有防范，大步追出去，把他拽了回来。

"掏钱吧。"他只好掏钱，谁知一紧张，掏了1元5角，忘了要找零的3角，再返回去跟人家要，人家不给了。

他路上哭着，埋怨岳建英：“谁让你说要理发推分头来。”

“弄得我心里也不是滋味。我们在崞阳理发，一次是2角钱，这要1元2角；冯银洞还又多掏了3角。两个人难活的。

“这贵到1元2角、1元5角不说，还有一个大问题，是我们理完发变成分头以后，我们的头发不再是毛茸茸的了，这头发变成了硬块，就和黑炭似的，是一整块儿，就因为打上蜡了。也不知道打了有多少。这可怎么办呀？

“我就和他说，咱们洗澡去吧。那时太原洗澡2角5分钱，我们住的旅店出来就是洗澡堂。可是，这个头发怎么也洗不下去。洗了半天，稍塌了些，成了一整块儿硬片片。这可怎么办呀？买帽戴吧。两个就去买了帽戴上。出去老戴帽子，天热的，也不敢摘。”

这是第一回出洋相。第二回也在街上，也在晚上，是他俩跑黑房子里去了。黑房子里有个自来水井，他俩以为是厕所，跑进去撒尿，结果让人给逮住，警察也过来了。警察问他们：“谁让你们在这儿尿的？”这回又是，冯银洞一滑溜，撒腿跑离了黑房子。可能是接受了上次的教训，这回不再犹疑，一下跑得没了影子，藏了。建英的腿跑不了，只好硬着头让警察训斥。吓得够呛。“那时警察不说罚钱，就训你、推搡你一顿。随后把我放了。”

从黑房子里出来，可冯银洞找不到了，转半天，他都快哭了。

“是呀，他学精了，藏在暗地，能看见我。直到人家走远了，他才出来，叫住我。”

另外，是两个人进货买袜子，也有小故事。就是你花10双袜子的钱，人家说卖给你一打12双。

卖袜子的人，穿个大衣服，袜子在衣服里藏着，不让你看见，就露出袜子头让你看。他说：“我这袜子是偷来的，卖得便宜。一打12双，卖你10双袜子的钱。”他俩一想，咱们买别人的是多少就是多少钱，人家这个便宜，那就买下吧。“接着交易，到一个背地圪廊，你拿钱过去，拿住袜子，人家一下就走了。咱也怕人看到，逮住咱是偷袜子的，说不清楚。回旅店去才数，结果，两人的袜子都是10双，不是12双。”

哎，上当了，掏了12双的钱，买回去10双袜子。图小便宜，让人骗了，吃个小亏。以后就懂得了走正道好。

他说：“在外面，不懂的事多问问，弄清楚再做决定。”

另外他人小心灵，适应性强，时间一长，太原话都学会了。尤其原平来人，不懂的地方，他就给他们指指。如路灯怎么过，汽车的指示灯往左往右，全不在话下。他带着他们就好。他们还很惊奇他怎么能和太原人说太原话。

这就是他去太原办货的一些事。崞阳，他跟着父亲做买卖，前后时间大概有两三年。“我挺喜欢这地方，当初毕竟是咱县城，又算我人生的一个起点。

“记着早年，邻县人爱说崞阳人小气，爱财。常听到这样一段：你是哪里的？崞县城里的。吃的什么窝窝？谷面的。给我一个吧？那可不行，老婆数见的。但崞县人对这挖苦并不在意。新中国成立前后，如我们这样在外做小买卖的很多，赚钱养家不易，自是精于算计。”

那时崞县城挺热闹。四面城墙齐整，中间城墙又把城分为北城、南城。城门洞上架口大钟，不时有浑厚的钟声传来。城门洞里还有许多鸽子。崞县城里的广场叫瓮圈，坐南朝北有一个戏台，戏台很高，踩上梯子才能上去。这东面还有一片湖水，湖边围着粗大的垂柳。

他们摆摊的南城蛤蟆桥一带最为繁华，那是个丁字路口，各种店铺大多集中在这一带，除这些小摊外，这里还有开饭店、卖小吃的，打制锡壶的，开银匠铺的，锯锅的，钉碗的，卖艺的，不一而足。

顺着桥再往南，是机关所在地。县政府在一个大宅院里，门楼很气派；隔不远是县委和文化馆。到文化馆，他可借小人书看。公安局和派出所也在这条街上。“赶上镇压反革命和取缔一贯道，隔两日便会有人从看守所拉出来，五花大绑，插上亡灵牌，跪在马车上，拉到西门外枪毙。这看的人很多。”

每年一到正月初五，瓮圈的戏台上就开始唱大戏，街头同时闹红火。到夜里，街上人山人海。耍枪弄棒的社火队，穿着戏装的高跷队，龙灯、旱船、小车，一队接一队，都有锣鼓和唢呐笛子伴奏。队伍每到店铺前，就喊“掌柜的，加油”，掌柜的就拿铜勺往旺火上泼麻油，一时间旺火冲天，红火进入高潮。

最早的股份制

2003年，中央台播过一部系列电视剧《富起来的人》，这也是央视剧中心出品的片子。我有幸参与了两个系列《阿强》《梅子》的编剧工作。其中《阿强》这个单元，讲述改革初年东海渔民的故事，而这里面就有提到股份制：几个青年渔民搞了个制冰厂，他们不想把企业变为乡办或社办，就向当时的社队局（实际就是后来的工商局）申报了股份制，并得到了批准，结果他们是“中华人民共和国历史上第一家股份制”，是“开了先河”“吃了第一只螃蟹”。为什么会有如此表述？这是我在重写这部戏之前，又到了故事发生地浙江温岭去了解情况，他们宣传部的两位同志，不只陪我下了渔区，还给我提供了很多有价值的素材。温岭就有改革之初股份制的事，那是一个小制镜厂，当时注册，不要村办社办，就希望小企业是他们个人的，这社队局真就按股份制给他们注册了。写在戏中的制冰厂，无非张冠李戴，却不是纯属虚构，空穴来风。

在原平，采访岳建英老人，他谈到自己20世纪50年代初即注册了一个股份制企业（公司）。我悄悄笑了。我倒不想说自个儿不开眉眼，不懂新中国成立之后的这段历史；实际，我还知道北京有一家商场搞改革，变更为股份制企业，那都到了1984年，他们自己也讲是“新中国历史上最早的股份制”。确乎应该批评这样的表述不准确。你至多也只能说是“改革开放以后”，而非“中华人民共和国成立以来”。

1950年，岳建英本人还是少年，就在原平（崞县）注册了股份制企业（公司）。

中国历史上最早的股份制企业，是咱晋商大盛魁。股份（股俸）有正本、副本之分和银股、身股之别。所谓正本，即财东的合约投资，每股几千两到数万两不等，可按股分红，但无股息；副本又称护本，有两种：一是财东除正本以外存放在商号或票号的资本；另一种是“统事”或“获本”即东家、经理及顶身股伙计在结账期从其所分到的红利中，提留一部分存入号内只领息而不分红。银股称财力股，是财东出资并按一定的单位额分股利的股份合作形式，银股的多少决定着投资者在将来红利中的份额；身股，又称“顶身股”，俗称“顶生意”，即商号伙友不出资本，除每年应得工资外，根据其资历、表现以及对商号的贡献可以顶1厘到1分（10厘）的身股。出资者为银股，出力者为身股，每逢账期，身股和银股共同参加分红。

中国近代最早的股份制企业则为轮船招商局。1872年由李鸿章创办。这是洋务企业由官办转向官督商办，由独资经营转向合资经营的第一个企业。无论在集资、组织经营管理、盈利以及分配等方式上，轮船招商局都已经具备了近代资本主义股份制公司的基本特征。“轮船之有商局，有外国之有公司也，原系仿照西商贸易章程，集股办理”。招商局采用入股形式，即把资本分为若干份股份，面向社会招股集资；招商局实现了所有权和经营权的分离，其章程规定局务的具体管理和实施者是商总和商董阶层；在盈利分配方面，实行按股付息分红，股票持有者凭证取息。

岳建英说：“我17岁了，算个小伙子了。这头一年，我上太原认识了一个叫刘宝玉的小青年，他比我还小两岁，当初只有15岁。刘宝玉是寿阳人，那时在太原当学徒，他的师傅是咱原平人，也正因为这个情况，出徒后经师傅介绍，被请来原平，在一家小铺子里当补轮胎的伙计。请他来的人叫李连众，一个月发给他15元钱工资。”

而他和刘宝玉时常有接触，算是好玩伴，他又很想向他学技术。

少年岳建英学本领、要生活下去是一方面，还有一条，是他天生对技术活儿就有一种向往。“如有的人特别爱破坏，偷着给人弄坏东西，以此为乐；我呢，恰好相反，打心里就想把不好的东西、坏了的东西、破了的东西鼓捣好，让大家或看，或玩，或重新使唤。从小就有这么个偏好。”

私下，他就合计：怎么才能向他学技术呢？

刘宝玉也有点儿想离开李连众：一是施展不开才华，二是给的钱也不多。

“刘宝玉虽说没文化，是个文盲，但脑子很灵光，太原出徒时，技术上已经有一套。他在太原学的是车工，太原老板的铺子有补胎活儿，又有车床活儿，还有锻工活儿，算个小工厂，宝玉什么都学，出徒即是一个全面手。”

岳建英说：“父亲知道了我的事以后，一下就给我拿出来300元钱。”更让他震惊的是，“父亲说这笔钱就是我挣来的，所以拿出来由我去做投资。

“实际上这笔钱正是我父亲心疼我，怕我学不下本事，一个残疾人，不能在这个社会上立足，这是他摆小摊本钱之外所有的积蓄，为备急需之用的。我就在小摊上贩卖，又到太原去进货，摊上能挣多少，家里又有多大开销，我是比较清楚的。家里，我弟弟尚小，我还有姐姐，还有包括我姥姥在内的几个老人，都需要父亲用这个摊子来养活。

“另也要说，父亲知道我心不在小摊上了。我干了3年时间，也干够了。我有经商的头脑，却不是经商的材料。我不爱这个。父亲看得很透，也认为我整天守着小摊子，没个前程。”

拿这么多钱出来，他父亲是下了决心的。知子莫如父，他父亲很信任他。

“这我就和刘宝玉合伙，在原平街上开了一个补胎厂，厂子起名叫宝通玉。我们不但挂了宝通玉这个招牌，还招了3名工人和1个会计。

“我们的设备是二手的，从太原买来后，我就上崞县领了营业执照。领执照时，也没打麻烦。我们签了一份合约，我的财股，宝玉的身股（技术股）。经理就是我，执照上写得清清楚楚。我是法人，我自己投资。我18岁，当上了经理。”

营业执照是工商联给办的。中华人民共和国成立初年就有新注册的股份制企业。

当然，那从旧中国过来的，太多、太多，也不能算在这一历史花名册上。

“我们的分红是三七开，我三人家七，设备由我来投资，但是因为我想学技术，所以只有三七开，不这样，宝玉人家不出来。我满足了他的要求。

“我一个残疾人想学技术，代价自然要大些。正如我父亲一下给我拿出300元钱来，总得先舍出去才好。”

这样，刘宝玉从李连众那儿跳槽出来，在原平和岳建英干起来宝通玉补胎厂。

宝通玉的地址就在原平新华街黄家巷，占的是一个叫高成士家的院子。

“我们的股份制宝通玉厂，并不只限于补汽车轮胎和马车轮胎。我拿着这300元钱和宝玉上太原，买了一整套开小工厂的旧设备。新设备，咱当然买不起。我们虽然没有车床、刨床等，却也能干很多活儿。

“所以，这年里来了一个管工业的林主任，给我们开会讲走社会主义道路，他就把宝通玉厂说成是原平（崞县）工业的开始。”

林主任，是手工业联社主任，叫林跃秀，“一个非常好的人”，对他、对宝通玉厂十分支持；他不在乎他们这厂子是不是共和国历史上最早的股份制，他在乎宝通玉是“原平工业的始发站”。“原平因为宝通玉厂而有了工业。”

因此，也就有了宝通玉厂的第一次变更。这一次他们挂牌的全称是“原平（崞县）手工业联社铁工厂”（之后还叫过“铁木工厂”）。

“我们贷了些款，又集资了一部分，从太原又买回来一台车床，原平当初没电，宝玉用水车改成了马拉动力，这样车床能转起来可以切削了。另是我又进了一盘铁匠炉；又把我村在外当过车工的一个人招进来，加上大师傅一人，铁工厂总共16个人；我们实行的是按分计酬，干了三个月开第一次工资，最多的，记着是60元左右。”

合作化路线到公私合营

岳建英热爱技术，学技术很快，一般的，是书本和实践相结合，一两日就能上手；难一些的，他钻研它，一滴一层地积累，很快让它变得不难。如车床这些，有一两个礼拜，他就能直接干活儿了。人们强调干事情得有天赋，反之没天赋，缺慧根，干事情就难。当然，这是多方面的，你这方面强了，可能另一方面就弱一些。而岳建英能在技术理论上超过刘宝玉，一个在于他对技术活儿的热爱、勤奋，一个却也得益于他比刘宝玉有文化，多这么个武装利器。

“很多东西，我可以从书本中学来，还可以在书本与实践中反复验证。这点儿宝玉就比不了我。尽管说宝玉算个心灵手巧人，但从小没上过学，还是受到了很大限制，如不能进行运算这些，都是挡在前面告诉你此路不通的大山。如果我从小读私塾，恐怕也不行。仁义礼智信、温良恭俭让、忠孝勇恭廉，很好，但缺数理演算；日本人的洋学堂从小教数学，有这样一个基础，来年你再学理化，学机械原理和机械制造，就不会觉得比登天更难。”

也因他是残疾人，事事处处不甘落人后，因此，那时候就多有人讲：“人家建英是身残志坚，敢登高峰。”

这个新成立的手工业社铁工厂，经营得不错。用今天的话来说，那是适应了时代的发展和需要，是由市场所决定了的。兵荒马乱的世道结束了，新中国百废待兴，百业待举，正进入到一个要发展、图建设时期。这才是他们干事业的大背景。

光举他们补胎这一项，首先原平地区交通发达车辆多，你补胎的质量好了，自是生意兴隆，顾客盈门，人家争着抢着来找你。汽车是后来才有的，当时没有。这市面上运货主要靠马车：大马车，三套马车，四套马车，如从火车站装上货运往崞阳这一项，就有很多马车队，用大量的马车，原平到崞阳20来公里，当年的路并不怎么样，所以说轮胎费得很。再有就是到轩岗的拉煤车了，那也常常是浩浩荡荡的马车队，原平离轩岗30多公里，路况更不好，有河滩，有山道，自然更费轮胎。爆了胎什么，当然也净找他们。手工社技术第一，无人不晓，使得新华街黄家巷都成了热闹之所在。

“我和宝玉一上手就挣了把好钱。不出多时，我倒把那300元钱的本钱挣回来，还给了我父亲。”父亲岳谦和当然高兴了，看到儿子不仅能自力更生，自食其力，还学到了技术，是社会上的有用之才，激动得眼泪都要流出来了。

说起来，建英还是个青皮后生，可业绩做出来了，填补了原平地方没有工业的空白；他又是个开端，给后继者指出来一条原平走向工业化的道路，“一时间，咱就成了个红人”。

在管工业的林主任那儿，自不在话下。“那时林主任也总找我，很多事，都和我商量。后来还指派我到忻州一个厂长培训班学习了三个月。”

建英也很积极，朝气蓬勃，手工业联社召集大家开会，他经常发言，鼓干劲，出主意，献计策，为原平地方上能加大力度发展工业，勇当领头雁。

林主任领着县领导都来看他们。还要他多谈谈今后的发展思想。而他因在林主任那里有过锻炼，实际也是有些认识和感受想讲出来，对着一屋子的领导，侃侃而谈，显得这个残疾青年讲话还挺有水平。县领导呢，也很欣喜，带头为建英鼓掌。

之外，就是税务局的人了。他们也很器重他。这就和现在的利税大户是一个意思。你缴的税多，发言权也有了；还有些优先条件。他们开税务会议，整整坐一会议室人，来的大部分都是些老汉，当掌柜的；因此会议气氛很严肃，不少老汉吓得连头也不敢抬。

“咱到底是个娃娃，初生牛犊不怕虎，第一个上台带头发言：宣讲国家的税务政策，谈纳税支援国家建设的感受，展望原平今后的发展前景。”确乎一个原平小建设者形象。

问题亦显而易见：这老汉们净是些掌柜，没有一个从事工业生产的。而说隔行如隔山，能听进去他讲话的，实在不多。尽管说，张口闭口，大家说的都是原平话。

好在税务局的领导很看重他的发言。那时原平私营业主很多，虽说没有工业企业，只有他一家半公半私的联社企业。关于国营呀、私营呀，他在下面，也经常向不怎么清楚的人解释：“我跟你说，国营就是百货公司，就是原平大盛货栈，就是粮站这些，这是公家的。”

到了1953年，国家政策有变化，不再鼓励这么干了，而要大家走合作化道路。

“我那会儿积极，脑筋好，看出来这个路线，决定积极响应，就和宝玉说：咱走合作化道路吧。宝玉有点儿不同意，因为直接影响他的利益。我又给他做了做工作，他也明白了迟不及早，担一个落后分子名声，有什么好听？他也就同意了。”

这时林主任来了，建英就和他说：“咱愿意走合作化路线。”

林主任当然欢迎了。在原平，没人比他更懂政策。林主任当时就和建英谈“三大改造”：中国共产党领导的对农业、手工业和资本主义工商业的社会主义改造。

1952年9月，毛泽东提出，用10年到15年时间，基本上完成社会主义过渡。第二年，中央公布了过渡时期的总路线，就是在一个相当长的时期内，逐步实现国家对农业、对手工业，对资本主义工商业的社会主义改造。然则，从1953年到1956年，新中国仅仅用了4年时间，就完成了对农业、手工业和资本主义工商业的社会主义改造，使中国从新民主主义社会跨入了社会主义社会。

这又是他们的一个大的生存、发展背景。

后来，他们也的确看到了，无论早几年或晚几年，保留多少私有成分，经营管理上和计划方法上具有多大程度的灵活性、多样性，对于社会主义的选择，则不可替代。

“三大改造”和走合作化道路本身就是一体的。这离1956年1月在全国掀起的公私合营尚有两三年时间。所以，那会儿他们仍叫合作化，“三大改造”一般还提得较少。

林主任和他们说：“咱是崞县第一家工业企业，全崞县没有，你给咱领营业执照吧。”

股份制结束了，不再有铁工厂了，这就是要重起炉灶重开张了。他需要去崞阳再领一次营业执照，上面写成“崞县原平铁木合作工厂”，隶属于集体，与个人私营实已脱开干系，实际上成了公家单位，是为“三大改造”“走合作化道路”的标准产物。

他去了崞阳。但领营业执照人家要铺保，铺保就是担保单位，必须有两家，他一家也没有，就准备坐班车回原平。

那时崞县城里并没有汽车站，上下车的地方，就在黑马桥附近那条路上。车来了，他买了票上去，刚刚坐下，在车窗上看见了林主任，正急匆匆冲他而来。

林主任过来就喊他：“下来，下来。”他下车说明情况，林主任就让他退了票跟自己走。他当然最听林主任的话了。他说：“于我而言，林主任代表的，就是政府、国家、共产党，是咱老百姓的相信和依靠。”

转弯就是县政府，他跟着林主任又走了回去。

可人家还是说：“没铺保，不能领。”

林主任说：“那我给担个保。”

人家说：“那还得一家。”

这林主任就和他一起去找他父亲岳谦和。“林主任说，我爹那儿盖个戳子就行。”这时，他父亲已不再摆地摊，而是有了一个小卖铺，领有执照，刻有戳子，他就请父亲盖了一个。

岳建英的父亲是干商业的，而他这是原平（崞县）第一家真正意义上的工业企业，这铺保担得有点儿南辕北辙。

这样，他领了营业执照，成立了崞县原平铁工厂，就是原平市鼓风机厂的前身，开始即公家单位，直接属于林主任领导，叫集体企业；当时还讲，这里既有私营，也有小集体，实则没有私营，就是公家的摊子；实行的都是工资制。

接下来岳建英招兵买马，弄来16个精兵强将。他们有一栋红楼；除原来的那些设备外，还又搞来一台新车床，这个是驴拉着的；他还买了一匹马，他准记着是50元钱，一匹黑马，原平的工业初级阶段没有电力，所以十分需要马力；他还有个做饭的大师傅，叫张仁堂，大家一个月8元钱伙食费，虽粗茶淡饭，还是能填饱大家的肚子；记账的则是西式会计，在当时就算先进，不过，从财会室一样传出噼里啪啦的打算盘声。

从这时起，直到1956年公私合营，铁工厂又被编入大合营的大家庭里。"那也换过一回营业执照。"

事情发展得很快：1955年底，陈云向全国宣布，私营工商业的社会主义改造，将于1957年底完成，这比毛主席两个月前说的"准备几年"，已经大大加快了步伐。而北京市委书记彭真向人们提出一个更短的时间，要在1956年完成改造工作。这就叫快马加鞭。

一个期限提出来了，马上会被另一个更快的日期取代，而且愈来愈快，时间愈缩愈短。"三大改造"——农业、手工业和资本主义工商业的社会主义改造，变成了一场短跑竞赛。

1956年1月初，当《人民日报》还在告诫人们，不要为了加速改造而盲目合并企业时，北京却以电光火石的速度，在几天之内，实现了全行业公私合营。紧接着，手工业也奇迹般地在两天内完成了合作化。人们开始兴高采烈地谈论"跑步进入社会主义"。1月15日，北京各界群众20万人，在天安门广场举行盛大的庆祝改造胜利大会。毛泽东、刘少奇、周恩来出席了大会。上海、武汉不甘人后，急起直追，也宣布将在几天内完成改造。

这场“全行业公私合营”的运动也采取了以往“运动”的常见方式，先是政治动员、部署，然后是召开大会，积极分子们纷纷上台表态，最后批评落后，大会在口号声中落幕。再就是敲锣打鼓，庆祝全行业公私合营顺利完成。

岳建英说：“咱这也是走的这个过场。”

运动要求大家入股，包括工人们在内。厂里职工多少都入了一些。轮到宝玉和他，因第一次成立铁工厂时，除了那些设备无偿地贡献出来外，当年账上的钱，变作散伙费按三七分成划开后，仍留在账上，因为铁工厂当时就需要用钱购设备，所以他俩的钱全部变成铁工厂的投资；但这本账在，那钱也是实在的，这次就成了他们公私合营的资本。“宝玉还挺多的，一千大几百元钱；我是600元钱。”财会特意给他们开出来股金证，说到年底可分红。“当时分过一次红，分了几十元钱。后来就再也没分过。”

岳建英说：“1960年以后我举家到了内蒙古。他们把账放在大库，因漏雨把账本弄坏了，没有记载了。后来我们到财政局查，不认账了。”但有些老人还记得这事，还出具过证明。

公私合营，有人跟他说了：“你的个人成分定成了资方。宝玉是工人。”

他就去找里边的人。接待他的是政府办公室秘书。他把自己的情况讲明，还说他当时主要是学徒，刘宝玉是他的师傅。

“我不愿意担‘资方’这个名义。我有事爱往远处想：你这样，有一天弄你个资产阶级、资本主义呢？”

可“文革”期间这事还是让翻出来，真让造反派斗了他一气儿。

人，你隐约有问题，当初湮了下去，到了往往又浮出水面。

政府秘书把他们宝通玉厂的性质讲了一遍：“你和刘宝玉合伙开宝通玉厂，是你投资了300元，营业证上你是法人，经理。刘宝玉是技术工人，工资是分红式。所以，他是你雇用的工人，你是资方代表。你理解吗？”

他怎么能不懂这个？关键找过去，就是想看看还有没有更好的通融办法。政府秘书看出来他的忧虑，说在这运动高潮上，他这纯属杞人忧天："你这可不是什么毛病。你是社会主义改造的大功臣。"

随后林主任也这样向他讲了一番，他也就信了。尽管说，并非完全释怀。

好，开始参加游行。看见自己的名字写在喜报上，写在光荣榜里，胸前大红花也戴上了。这游行的队伍挺长。红旗招展，锣鼓喧天，大街小巷挤满了人。全原平（崞县）的手工业者和工商业者全部公私合营了进来。包括当时他在崞阳一条街上的修车匠、修表匠、小炉匠、铜锁匠，全喜气洋洋。他父亲也很高兴。

"要说，共产党的凝聚力，天下无双。"

人生底色

上面讲到，在铁木合作工厂干活儿，他们都是工资制。但有一段时间，他这个当厂长的，却给大家发不了工资，欠了大家好几个月的工资。这样工人们就闹腾得和他要。

铁木厂不是挺能挣钱吗？钱去哪儿了，连工人的工资也发不了？

第一，买设备投资了不少钱。还贷了一部分款，买了车床等设备，包括买了马，"1万元钱的摊子变成了2万元钱的摊子"，生产上一挣出钱来，先还贷款，没多时把贷清完后，他还高兴地和人家说："无债一身轻。"

第二，就是支援农业生产，把挣下的钱几乎全买了铁，把铁做成农具，大量的农具，送到农民手中。而从农民手中收回成本钱，都十分不易。但上面压给他有任务，那就是要他多造农具，保证原平（崞县）的农业生产。当年农村生产热情很高，像铁锨铁锹、镰刀斧头、镢头锄头，需求量极大。说是供不应求，但你低价格拿出去，反倒算不回账来。

另外，也要说，都是有共产主义理想的人，帮助农民建设社会主义理所应当，而在心里打小九九，就有些可耻。

工人们闹腾得要工资，他就去要债，到周边的农业合作社去。

“咱人出自村上，体恤农民，可工人们生活不下去，心里也难活。”他平素和人打交道很谦让，总怕人家不合适，这回有些急了，脸也不好看了，硬是逼住更惯熟的一些人要他们还农具钱。这里就有生产资料公司的人。

不赖，总算要回来一部分。但远远不够，欠下工人的是几个月的工资，那可不是小数目。

先给大家补发了两个月工资。发薪之前，他就召集大家开会。

他说：“咱首先得牺牲一个月的工资。”牺牲一个月的劳动所得，大家当然不乐意。但是没办法，现实如此，也只能接受。这里有一个前提，那时我们在支援农村社会主义建设，当初戴这顶帽子，却非说大话。这恰恰就是他们吃亏受累、不计报酬的思想基础。大家都非常单纯。全能说是“最可爱的人”。

当年牺牲在朝鲜战场上的烈士们，也是他们的一个精神标杆。干社会主义，还能没有一些献身思想？

他这个厂长忙碌的。忙得不亦乐乎。外面的事情差不多都要由他来做。买铁，送铁器，送农具；外面的一些机械修理，还得负责找合适的维修人员；当时厂里每人每月伙食费8元，大师傅张仁堂只管做饭，这米面粮油、菜蔬豆腐、粉条猪肉都由他管，实际还兼着事务长一职。

回来说，就是忙得下不了车间，学不上技术。他实在是喜欢技术。忙着当厂长，觉得很可惜。这里的思想转变，其中有三件事，更能反映其实质。

第一件事是锅炉爆炸。这大致发生在1953年春天，厂子刚上马不久，一天他早上上班，路过锅炉补胎车间，值班的青年工人曾玉海问他：“怎么一早上就烧上了，到现在还不起压？”

他随便说道：“好好烧吧，再排排气。”转身离去，刚走到钳工车间门上，忽听脑后一声巨响，偌大一个锅炉冲开屋顶，飞上了天。

惊吓之中，他赶快跑去救曾玉海，见人躺倒在地，嗷嗷叫着，由于四周烟雾弥漫，看不清受伤的程度。说时迟，那时快，他组织工友们迅速把曾玉海送医院，经医生诊断，无性命之忧，但肋骨断了几根，还有其他一些伤。

回来处理事故，不但惊动了公安介入，还专门成立了一个调查组。锅炉爆炸已不是小事情。谁又敢排除这不是阶级敌人专门搞破坏呢？阎锡山、日本人在咱这里统治那么多年，潜伏下来几个特务甚至几个特务小组，不是没有可能。搞得他这个法人、厂长兼事务长，压力挺大。

但几经排查，敌人专门搞破坏被否定；操作不当，才是根本原因。对呀，你一不放气，二加水太多，三用大火一直烧着，你说，这锅炉能不爆炸吗?

最后曾玉海的师傅承担了事故的主要责任。开会时，他也作了深刻的检讨，也担了一定的责任。另外他深深自责的，是当时说话太随便，根本不是一个厂长对生产所应抱着的严肃态度。

这件事让他有一些后怕。这幸好没死人。曾玉海养了半年伤，后来上班了。

“当厂长责任太大，不要说你乱讲话了，随便说一句话，都有可能酿成大祸。”

同年秋天，他们接到一个大订单，生产资料公司要3000把铁锹。这任务可大了。林主任要他全面负责，协同锻工工长张金贵把产品及早拿出来，完成订单。他首先就和张金贵一起到了定襄，从那边找回来12盘红炉，将其安在了营盘，也就是现在的原平农校后面。

他们实行的是大干快上的生产方针，两个月后，完成了任务，请人来验收了产品，3000把铁锹全部交付，生产资料公司将其入了库。

来年春上，人家派人把他和张金贵叫了去。进库房一看，竟有70把铁锹的锹边有虫咬了似的豁牙，有点不可思议，他说：“这也奇了，世上还有能吃铁的虫子。”

张金贵蹲在那儿好一阵子没有吭气。

最后说："是豆面呀。豆面。"

原来是有工人背着他们拿次品充正品，把锹沿上的豁子偷着用豆面糊糊平糊齐楚了。

豆腐渣工程，还在1953年，倒从他手上出来了？"我羞愧难当啊。"

而第三件事，正发生在营盘打造这3000把铁锹期间。一天他过去，张金贵和他说："8号炉不想干了。"

他说："为什么？"

张金贵说："他们晚上尿尿，碰见鬼了。他们还说那鬼不大大，发出吱吱吱的声音。"

岳建英想，这一定是胡说，就去找8号炉这俩工人张五毛、张仁亮。

他们不仅说得有鼻子有眼，叙述的同时仍惊恐万状，怕得不得了。他俩说，两个鬼一大一小，跑过来又跑过去，不时发出吱吱吱、吱吱吱的声音。

别的工人也说夜里总有声音，听见了，但没见过。

一时间搞得工人们的思想很不稳定，严重影响到生产，且越说越可怕："日本人当时在这里杀过咱多少人？""这里有多少屈死的冤魂？"

说得他也头皮发麻。他当年就是从营盘里当民夫受苦受难出来的，就没少见鬼子那丑恶嘴脸。鬼子也有死在这里的。八路军游击队不光扔过手榴弹，还用炸药包炸掉过炮楼。这都是有影子的事。

张金贵师傅和他合计，他说："报告领导吧。"

原平这边管他们的人叫于清西，他直接受林主任的领导，分管原平这边工业上的事。他和张金贵找到他，把这闹鬼的事讲了。

之后，于清西就叫他们买点纸、炮、吃的，祭拜一下再看看。

他俩就照他的说法，烧了点纸，放了点炮，摆了点吃的，祭拜了祭拜。

过了些日子，林主任来了。把他们三个同时找来，好一顿痛骂。

可让他和张金贵大吃一惊的是，于清西根本不承认知道这件事。

"他既然这样，我和张金贵也只好揽在自己头上，听林主任训斥。"

过了些时日，工人们不再说夜里再有闹鬼的事，他和张金贵专门去找了一趟于清西。

他俩说："你这不是人，为什么当着林主任不讲实话?"

于清西说："我是共产党员，又是原平这边的领导，我要是承认了，让你们烧纸祭拜，那还不得受个大处分呀。"完了，就连连谢他俩，真心诚意说了很多好话，意思他俩给他挡了灾难。

想想这些事，岳建英就觉得，当领导不好。

"这厂长不能干，还是得想法回车间学技术。"

他硬着头皮去找林主任，林主任说："你不当厂长可不行。我这是培养大领导呢。"

他说："我不想当大领导，只想学技术。"

林主任说："不行。绝对不行。"

正在他犹豫再三，考虑怎么脱身时，林主任来找他，要他到忻州去学习工业管理和劳动人事制度，学期三个月。

"这我去了，三个月下来考试，40余人的厂长、经理短训班，我名列前三。考得不错。"

这学习归学习，但他的心一样不在这上面。他还是自己的老想法："我是残疾人，没些真本事不行。学会这些管理人事，什么用也没有；你就是学会了当个好领导，可你手里没技术，到节骨眼上，还是没饭吃。"他坚信的是这个。

尤其是当他回去，和刘宝玉、张金贵这些老搭档一聊，知他们在车间又学了不少东西；一些年轻人，那也是钳工、车工、锻工、木工、铸工，都能干大活儿了。这更让他心急。他再去找林主任说："我不能再当这个领导了，我得下车间学技术。"可找了几次，仍说不通，还是非得让他干，不放他下车间。

"有一个半拉子机会，是在我去忻州学习之前，林主任从大牛店供销合作社调来一个叫刘正堂的人。这人干过一阵子锅炉，算是接触过工业，暂时来顶我。我回来后，刘正堂还在厂里没有走。厂子暂且离了我还行。看准这情况，我就装病赖在家里不去了。”

林主任这下拿他没办法了。但是仍不松口。

“要说吧，是刘正堂这个人不赖。我在原平住的，他到家里找了我好几回。我看他确实是个能交心的人，就和他说：‘我不愿意当领导。’

“他思想上有准备，说：‘我在前头给你撑着，你在后面帮助咱，咱俩一起干。’”

他说：“那你要让我到车间去才行。”

他这才到了车间，管了技术，费了好大的周折。

时至今日，他师傅刘宝玉，还有张金贵等人的技术，日臻纯熟，更加精进，也越来越全面。他和他们的距离拉得更大。这个才是他最需要迎头赶上的。要说他不惧他们，还是前面的话，他比他们多长了一只文化眼。他师傅刘宝玉，还是那个大问题：叫他做给你看行，问他道理，他讲不清。实际也算个特殊人才了。

“我能干技术活儿，心情就好。咱又年轻，感觉有用不完的精力。为钻研技术，我常常废寝忘食，通宵达旦。”

这也证明了：热爱是最好的老师。世上无难事，只要肯登攀。

他在极忙碌的工作之余，埋头啃下来很多中专、大专乃至大学的专业技术书。也因为技术上的事，那些年他又经常跑太原，每去必到新华书店，可以说，在他成家之前挣的工资，几乎全都花在了买技术书上。不说被人借走不还的、被人拿走、偷走的，现在，在他柳巷那老屋里，还存有两大书柜子专业技术书，是那种老式书柜，每格前后可摆两层。

他生活很单一，不管吃什么都行；长年累月一套工作衣，厂里每年发两套，他一年只换一套，劳动布也就成了他终年的颜色，“也是咱人生的底色”。

自己肯花钱的地方，就是这些技术书籍，他扳起指头给你数：《机械制图》《机械原理》《工程设计》《锅炉学》《机工工艺学》《钳工工艺学》

《电工设计原理》《内燃机修理》《电机制造工艺》《工具学》《材料学》《电子学》，还有更基础的《数学》《化学》《物理》等等。

它们是他的一座技术矿藏，取之不尽，用之不竭。

婚姻大事

他们当时是租房子住在原平新华街一带。大概1954年，院里又来了一户人家，是转租来的，岢岚人，不过来原平谋生已经有了四五年时间；他家因成分不好，一段时间还让遣返回岢岚，那时候已经很穷，土改以后老家的院子、房子都让分了，所以才来原平投亲。其实他们出来还不如不出来。在原平，他们一样受了很多罪。

他家里有一挂车，有一匹马、一头牛，当家的在原平火车站盘货——给人家拉货，算个个体运输户，实际也就一个赶牲灵的。

他家的大女儿长得格外可爱，一点也不像一个岢岚农村的女娃娃。尤其在他们租住的这个院子，没两年时间，更是出落得亭亭玉立，落落大方，俊俏得不得了。比起所谓的大家闺秀，她人又多了三分高大、舒展。她十分爱笑，总是人不及院子，银铃一样清脆的笑声，已经来到窗前。

她就是张玉娥，1957年外面“反右派”运动方兴未艾，他们这同院租房户，喜结连理。

天仙一样的张玉娥嫁给了岳建英。

这年她16周岁；建英23周岁。

“这两个人的结合，就是运命。是命运把我们结合在一起，一生一世，白头偕老。

“当初就有人要我讲讲我们的恋爱史。我说是有一点儿，她总爱笑，笑个没够。刚来这个院子时还小，到她情窦初开，见着我时则腼腆、羞涩，有时还挺严肃，不敢和我说话。我呢，也一直不好意思和人家说话，总觉得人家是个小女娃儿。问题是我总记挂着她，在她出落成一个黄花大闺女后，更是无时无刻记挂着不能放下。她就是咱心意中人。心心念念的意中人。”

命运把他们往一起撮合，是一天有人来给她说媒，他正好在家，感冒了，不能上班。他伸脖子怅望，竖起两耳朵听见，倒急了。

当下托媒人——就是他师傅刘宝玉，上门提亲。

“我告诉宝玉，已来过提亲的实有好几家，可不是一家。幸亏我感冒了，在家养病才知道。咱原来忙着上班，钻研技术，不想对这事儿啥也不知。”

这样宝玉来到她家门上，给他保大媒。他在这边如坐针毡，气都不敢出。“倘使她家把咱回了，把咱命也要了，怕是不能活了。”

刘宝玉有本事，不在话下。她父母认为他整体不错，那是她父母认为。关键还在张玉娥，犹疑都没有，便把话答应下来，准准地要嫁给他。

“宝玉过来告我，我的泪一下涌出来，止也止不住。好像把小时候爬在地上的事都哭出来了。”

吃技术饭，一路畅行

岳建英有了自己的好婚姻，同时也带来了好事业。

他说：“婚后在铁工厂一个明显变化，是我成了技术大拿。我能独立设计产品了。”

铁工厂本身也有很多变化，工人多了，设备多了；亦几次更名，到1958年庆“七一”前，又改为“地方国营七一机械厂”。而他是1960年后迫于无奈离开的，届时服务于工厂，倒有了八九个年头。

“技术大拿，不能胡吹，如后来我到钳工组，靠手工我能制造车床。那就是用錾子，一錾一錾，拿锉刀，一刀一刀，硬硬地錾出来、锉出来的。”

他们一直在大力支援农业。这个前面已说过不少。另外较有影响的事，还有给六四三钻井队修机器。这也全靠的是他的手工。

那时人家说，村里来了一支钻井队，可是机器坏了，不能打井，还得拉到忻州或是太原去修。这时他在原平方圆几十里已经有了些名气，算个能人。有人就给他们出主意，要他们来找他。这样，他去看了看，感觉应该行，就答应下来，并叫他们配合着工作。

蚂蚁啃骨头。手工为根本。土法上马。

机器哪个零件坏了，他就造好哪个零件给它换上。没想到，一换二换，换好多个零件。全是他用手工做出来的。开这个键槽，都是手工。修好后机器不但能用，还好用，耐用。“他们一直用着，不曾坏过。”

这次成功的经验，尤在手工开键槽上。后来人家把一堆坏了的火车轱辘拿来，有键槽滚了，轴转轱辘不转，不行，他就用手工再开键槽，把它们修好。

大家就说了：“岳师傅不光心灵脑子好，一双手更是巧夺天工。”

“忽悠得我美滋滋的。除了材料钱没办法，修理费上，我能低则低。”

技术基础已经打下来了。所以，到1959年，他们升级时考五方带套，他一把即过。五方带套，这可是个难活儿，也最能考你的钳工技术如何。岳建英水平放在那儿，自然个个能转过来，上面倒上油，下面一滴不漏。

好钳工在工厂里最受人尊敬。他带着徒弟，结合着书本，给他们讲钳工概述及设备场地、常用量具、划线、锯削、锉削、錾削、孔系加工、攻螺纹与套螺纹、刮削、研磨、矫正和弯曲、铆接、装配与技能训练。这些缺一不可。样样得过关。

1958年为“七一”献礼，他造出来一台万能拖拉机。为此，被评为工业战线上的劳动模范。

为庆贺这一创举，县政府嘉奖他的同时，还组织大家上街游行，敲锣打鼓，披红挂彩，并在政府大门前开了现场会。这时崞县已改为原平县，行政机关全搬来原平。

他那台新造的万能拖拉机，就摆在政府大门前，又神气，又威风，人一样披了彩，戴了大红花。

也因为这个，他们厂还曾叫过一段时间原平拖拉机厂。

万能拖拉机被人家买走了，也卖了些钱，给大家开了工资。

它的柴油机是从原平公社，也就是原平新华街借的。一个5马力的柴油机，正是借得人家的动力，安在他的设备上。

设计万能拖拉机的难点，开始难在齿轮不会弄。他们没有齿轮车床。他就利用废旧零件，主要是报废汽车上的废旧零件，解决这个难题。再一个就是开始不知道速度，就和人走路一样。“记得当时还让一个人走，从这儿走到那儿，这是100米，走了多长时间。咱这个拖拉机，慢，要比人慢，快，要比人快。这个研究了很多次。我特意问了一个当兵的，他告诉我一天急行军走40公里。我根据这个算出来，低挡1小时6公里半，高挡1小时30公里。当时齿轮安装完了，就用槽轮和轴对紧了。之后挂上低挡，人能跟上；挂上高挡，时速正好是1小时30公里。”

从设计开始，他没日没夜，整整干了两个月。

那之后，赶着“三面红旗”，他这技术骨干，又让抽去搞了一个时期的大炼钢铁。

“成天在小土炉前，不让回家，吃饭也在那儿，白天黑夜守着。”

他说：“他们把铁从农村收回来，铁锅、铁盆，凡是铁器都打烂，再放回炉里烧化，连焦炭、灰渣，炼成一疙瘩，说这就是钢。纯粹瞎折腾。”

开始用风箱吹风，很麻烦，他就给他们改成了风机。他在地上挖个坑，用耐火泥套起来，这样再把铁放进去。“由于铁重，一下把铁就炼住了。你再用钩子把它钩出来，大家还是说，这就是钢，更好的钢。皆大欢喜。”

明明是劳民伤财，看得清清楚楚，明明白白，可他是就不敢说，还得装成积极分子。

这也算个特例，有悖一个技术人才对待事物的科学精神。不说也罢。

有一些回到农村里的事，也都和他搞技术有关。

那年回村，他还做过饲料粉碎机，“玉米棒粉碎，是我设计的，粉碎了以后发酵喂猪，掺点儿面就是好饲料。”这个当时还弄到忻州搞过展览，地址就在忻州红旗剧场，参观的人挺多。

那年回村，他又设计了一种全新的脱粒机。当时县里组织人到晋城参观学习，晋城的农机搞得不错。而参观团大部分人是公社干部、农村大队书记，唯独他和机械厂的一个人是搞技术的。回来后机械厂却没搞成，是他个人在村里完成了研制，试验成功。

岳建英说：“我拿它出去展览，到很多大队开过现场会。”

脱粒机造好后又正赶上秋收，当时村里就用上了。到了年底，村里给小工厂每人发了15元钱。他们在村里，属于副业队。

为什么说他这个脱粒机是全新的呢？那是它跟现在的不一样。你把整捆玉米放进去，出来就是干净的粒。

这里有一个他自己设计的分离器，用10千瓦电机带动。原来是7.5千瓦，机器有点发热，后来他就改成10千瓦，非常稳定，出来的玉米粒干干净净。省报记者还下来拍了照，做了报道。

有关这种10千瓦电机，他又是看着书造出来的。这也都是手工制造，连线路都是手工压的。一开始弄这个时候，他还在“七一”厂上班。“记着当时兴大力厂也造了，可是他们不会接线，电动机转不了，把线圈挠了。而我看上书亲自接线，把线标上号，按号接便不会有错。还是多层绕度的。可以说，相当复杂。这台10千瓦电机，我1960年以后离开厂子时，他们还在用。”

有一便有二，正符合老祖宗说的“道生一，一生二，二生三，三生万物”。

搞脱粒机要用这种10千瓦电机，他无非如法炮制，再造一台。这个对他已不是什么难事了。

去内蒙古

咱山西这边有个老传统，人实在饿得不行了，可以跑到内蒙古去。一直以来，人们把这叫“走口外”。咱们所谓的“口”，即山西北大门右玉杀虎口。这关口上有很深厚的历史沉淀，既有烽火狼烟，也有民族和睦相处的美酒哈达，农艺桑蚕。

广义上这个“口”原指明长城关口。明朝和蒙古通关互市后，这些军防关口变成汉蒙贸易的通商口岸，其中两处最重要，一是河北张家口，称为东口；另一个就是咱右玉的杀虎口，称为西口。但关于西口的位置，也有争议，走西口的过程中，“西口”并不专指杀虎口，张家口以西，晋北、陕北与内蒙古交界的长城沿线各关口皆称为“西口”；然而杀虎口是旧时咱山西中北部居民通往内蒙古中西部的必经之路。

还知悉“走西口”的一些历史追远。

明代中前期，被朱元璋赶到漠北的北元政权长期与明朝敌对，长城各关口戒备森严，直到1571年，蒙古土默特部首领俺答汗与明朝达成隆庆和议，双方始通关互市，与此同时，开始有了少量的内地汉人私自越过长城去蒙古谋生。

清兵入关后，将蒙古视作同盟，为了隔绝蒙古和汉人的联系，清朝封禁蒙古，禁止汉人私自越关，沿长城北侧划出一条南北宽50里、东西长2000里的禁地，以分隔汉蒙。禁地内不准农耕放牧，每年烧荒，因此禁地的土壤富含腐殖质而呈黑色，称为“黑界地”。

这封禁并不绝对，顺治皇帝曾允许少量晋陕冀百姓去蒙地垦荒，但必须春去秋回，不可在口外定居，亦不准携带亲属，因此有一批春种秋归的“雁行者”。

从明后期到清初，走西口已有了苗头，但还未形成气候。

而咱忻州地区广为流传的山西民歌——山曲（酸曲）、二人台，很多都和走口外有关。山西人文地理环境形成了咱这边老百姓每年春去冬回，到内蒙古大青山、河套一带打短工、拉长工的“走西口”生活生产方式。由这种年复一年的离妻别子，产生了咏叹人间离苦的“走西口”民歌：

哥哥你出村口，小妹妹我有句话儿留，
走路走那大路的口，人马多来解忧愁。

还有：

河曲保德州，十年九不收；
男人走口外，女人挖野菜。

皆耳熟能详。但听和听也有所不同，在走过口外的人心上，这些山曲（酸曲）、二人台，就是一摊一摊的眼泪。

河曲出了个歌王辛礼生，他17岁跟他爹走口外，与岳建英离开原平故土到口外谋生，也就差个几年时间。他后来唱红的《三天的路程两天到》，岳建英几乎不敢听，他那一嗓音高高地拉出来，建英心疼得倒不能自已了：

不大大嗨哎哪个小青马马那多喂上二升料，
三天的嗨哎哪个路程亲亲我两呀两天到；

所以呀，当时的情况很糟。本来饥饿已让他感到崩溃，接踵而来又出现了一个“打白旗”——批白专道路，还有人给他贴了大字报，说他“只专不红”。“他们倒不是专整咱一个人，可是咱名列其中，是主要批判的对象之一。”他钻研技术、土法上马、研制开发新产品，反成了戴罪之人。实在有些憋气。“打白旗”运动虽因饥嚎遍天没有深入下去，可也非浅尝辄止，阴影是留在了心上了。

“另一个缘由，就是我二儿子出生，可怜得没奶吃。两个孩子，没奶。”

整个原平街上都没吃的。有钱也买不上。稍早些时候，还有偷卖高价粮的，8元钱一斤猪肉，还能偷割上（公家的猪肉，一斤5毛6分钱——已似一个遥远的传说）。后来啥吃的也没有了。饭店是公家的，无私人买卖。“国家把小私营主、小手工业者的买卖都收回去了，大家全成了公家人。”全都干熗着。

有次他开了一个月工资，说是已经不少了，70元钱，进国营饭店，刚够买一碗汤。

这就是他双手捧在妻子玉娥面前的一碗汤，让她一口喝尽了，“还怕下不来一滴奶吧”。

他自己呢，也饿得不行。厂里不让大家回家吃饭，只能到食堂，稀汤寡水，端起粗碗，筷子无用，只顶猴子捞月亮。

他决定走。“咱不能看着老婆娃娃让饿死。千难万难，也得找条生路。”

但厂里当时阻拦大家往外跑。“有技术的工人是国家的宝贝，据称在内蒙古那边很受欢迎。”

是的，他们去了后，只要说自己是支援边疆建设的山西技术工人，“那就等于是专家了”。

开始说走吧，撇下媳妇和两娃娃先去探路，这得找点儿粮票，他父亲那会儿在轩岗，他就去了一趟，向他要了5斤粮票。

“要命的是，去了内蒙古不能用，咱是山西粮票。走时要是能换成全国粮票就美了。来内蒙古能换成内蒙古粮票就美了。人生地不熟，些儿可能也没有。那时火车上买吃的不要粮票，火车站也不要。可你总不能一直在火车上或是火车站上吧。”

他一个人去了二连浩特。却道天无绝人之路，在此，他又碰了个好人，也是咱山西人，姓杨，叫杨忠发，资历很牛，曾是中央五老的警卫员。

具体说，“二连”为蒙古语“额仁”的讹意转写，和兵营驻防这些并无关系。1956年二连镇成立，1957年升为旗县级，于“二连”加缀“浩特”（蒙语意为城市）一词。

当时杨忠发是盟里管工业的部长，如同林主任在原平那样，不过杨部长比林主任整整大一级，是地区级的。杨部长与林主任还有一个相同点，也是遇到他之后，说这里开始有了真正意义上的工业。“这边和咱原平有很大的不同，人家这边有相当多的设备。”关键连水泵这些设备，他们竟是浑浑然没有人认得。

岳建英在此又成为一个开端。他说：“与咱原平比较，这边工业发展整晚了10年。”当然，这是边疆，是内蒙古自治区。差异太多。

锡林郭勒翻译成汉语是：草原上的河流。盟府驻地锡林浩特，1952年由中部联合旗与西部联合旗合并，由于阿巴哈纳尔左翼旗庙由贝子管辖，故得名“贝子庙”，1953年经盟政府批准，贝子庙改称锡林浩特。锡林郭勒盟北与蒙古国接壤，南邻张家口、承德，西连乌兰察布，东接赤峰、兴安、通辽，是我国东北、华北、西北的交汇地；占地面积相当于江苏和浙江两省之和。

从二连浩特开始，岳建英跟着杨部长在这边转了一气儿，坐了好些天车。他说：“讲不上突出印象，因为咱一直在家里焖着呢，感觉走哪里也是天大地大，无边无际。”

在此，有杨部长这样的好人照料，看来活下去已不成问题。就看举家怎么过来了。

“咱能说啥？咱来了。逃荒来了。”

一个拖着一条腿的山西原平汉子，走口外来了。

杨部长把他安顿在了阿巴嘎旗。阿巴嘎旗是由一个古老的部落演变而来。阿巴嘎汉语为叔叔之意。因部落首领是元太祖成吉思汗同父异母兄弟别力古台的后裔，故将其所率部落称之为阿巴嘎部。

这没过多长时间，杨部长又让他跟着到了二连浩特。这时，杨部长已经给他把具体工作的事情联系了个差不多，并且要他尽快和家里取得联系，让家人尽早来和他团聚。杨部长说：“看你心情太沉重，不解决了家庭问题，我不能保证你全心投入到这边的建设中去。”他也的确如此，心里充满了惆怅。

他和杨部长说：“我还有两个徒弟呢。”

杨部长说：“这很好。让他们也一起来吧。”

这样杨部长回了锡林浩特。而把他放到了赛汉塔拉，要他在此等候，过些天杨部长会路过这儿，等他们全家到来，一个车就把他们带走了。

杨部长告诉他，那边蒙旗里有72个干部都是他们的人，都曾是中央的警卫员。

他呢，则通过拍电报等方式，迅速和他弟弟岳拴明取得了联系，要他把他嫂子和两个小侄子给他送过来。并要他通知他那个两个徒弟，最好一起上路，保证路上有个照应。

“当时，我弟拴明还在原平农校上学，已是一个很有文化的上进青年了。问题是他在原平也饿得活不出去。”拴明来了内蒙古，一看草原一马平川，土地肥沃，水草丰茂，地广人稀，便决定留下来，不再回原平读书。

“这年我26岁，拴明比我小7岁，19岁。”

岳拴明与他哥哥的性格有着很大不同。如他有多么温良恭俭让，那他弟弟就有多么的强悍不服输；“是我弟兄俩的执着如出一辙”，不过对事物的着迷方向别于天壤，他着迷技术、机械，是一个实用主义者；他弟弟更迷恋一些虚幻的东西，如后来就弄过气功，狂热地研究过彩票，到晚年又全身心投入到了中国书法中，沉浸都很深。而这些全部都有故事，也全够疯狂。但也要说，他弟弟正是一个非常具有开拓性的人，改革开放初年，便在原平柳巷承包土地搞起一个蔬菜大棚。山西南部、中部咱不知道，至少在晋西北及雁同地区，是头一家。这个《山西日报》报道过，也拍的有图片。

一家人都来了。两个徒弟也来了。都来到了赛汉塔拉，住下等杨忠发部长过来。

从赛汉塔拉到阿巴嘎旗700里路程。车来后，里面只能挤下他一家和他弟弟，他那俩徒弟只好坐马车走。700里地，马车走了七天才到。虽说天已在春末，但夜间还冷得很，风呼呼呼地吹，可把两个徒弟冻坏了。他说："跟着师傅走口外，一来倒受罪了。"

这条路，后来他也坐马车走过一次，也是走了七天。一路上走到有水的地方就歇了，第二天再走，因为有水的地方可以做饭，当时公家给发的大米，沿途可以焖米饭吃。

夜间受冻却没有更好的办法。尤其他俩，初来乍到，到哪能弄个羊皮大袄裹上呢？

整个锡林郭勒盟地区的气候特点就是风大、干旱、寒冷。年平均气温0-3℃，结冰期长达五个月，寒冷期长达七个月，1月气温最低，平均-20℃，极端最低气温-42.4℃，为华北最冷的地区之一。

他们一到目的地，在工业局安了家。他们自己准备锅碗瓢勺，铺盖这些带来一部分，又添置了一部分。开始全家人在机械厂的灶上吃了一个月饭。多吃了小米粥和炖羊肉；另有8两面重的大馒头，一户一个，有篮球那样大；米饭则管饱，随便吃。当时在那儿闻不到羊肉味，一回到家，边上的人就能闻到你一身的羊膻气。"羊肉连着吃，厉害，弄得你一去灶上就不饿了。"

他们是自愿参加边疆建设的机械技术工人，所以，给他们批的是非农户口，领有粮本。

落户阿巴嘎旗

"我一家落户到阿巴嘎旗是4口人，回去是5口人，非农户可下放到柳巷。我的大姑娘就生在口外，也能说是一个小锡林郭勒人了。

“大姑娘刚出生，又遇上了我玉娥没奶水，我花了70元钱在饭店买了一锅浆羊柱汤，实际是蛇汤，很有效，玉娥中午喝上，晚上就下奶了。”

岳建英因为有技术，又有杨部长的特殊看重，来后很快就安顿了下来。这是很不得了的，此后，他们几乎再没受过什么大罪。

跟他一起来阿巴嘎旗的好些落荒者，经过一整个夏季，又入秋天，很多到了10月份还未安顿下来。这10月一到，天气就很冷了，他们中有不少人住在街上的屋檐下，有的遭遇不幸，就冻死了。“这些人并不在少数，寥寥几个。”有的甚至被弃置荒野，无人掩埋。

“人家说，他们是纯粹的盲流，没技术，跟你们不一样，去了哪儿，也没有什么用。”

还有一件让他终生不能忘却的事情，是1960年他们刚到这里，见到好些批北京上海这类大城市的孩子。他们因被家人抛弃，流浪在大街上无家可归，政府收留这些孩子，便一车一车地送往内蒙古，为此内蒙古这边专门成立了幼儿园，蒙古人谁想认领都可以。这样的孩子很多，有男孩子，女孩子，大孩子，小孩子。

他们在这边常见的野生动物有：黄羊、狍子、野猪、獾子、麝鼠、狼、红狐、沙狐、香鼬、狸子、野兔等，飞禽有鸿雁、野鸭、环颈雉鸡、石鸡、斑翅山鹑、沙鸡、百灵鸟等。

锡林郭勒盟境内有许多淡水湖，河流和水库，都盛产鱼类。鱼种主要有鲫鱼、华子鱼、鲤鱼、草鱼和泥鳅等。

杨部长还让他开上三轮摩托车去打过黄羊。

那时，国家射击队的运动员，一到冬天都来这里打黄羊。这里黄羊很多，他们打下的黄羊也很多，垛得跟山似的。打黄羊也是有危险性的，因有时会走很远，到很深的雪原上，打黄羊又要在黑夜进行，黑夜黄羊更容易被猎杀，为此就有好几个人被狼吃了。

“一到黑夜，我们开着车，打开车灯，车灯一照黄羊，黄羊的眼睛一闪一闪的，很亮，很明显，很惊诧。我负责开车，车上有国家射击队队员打得极准，常是一枪撂倒一只。”

另有开汽车、开拖拉机的，都加入这打黄羊的队伍中。

有时雪原上那群狼也在奔逐，形状如黄风，飘着烟色，甚至一个集团军似的冲着他们雪亮的车灯疯狂涌来。他小时候就知道，狼怕灯火；看见这阵势，他才知道，群狼齐心协力，在这蛮荒的原野上，什么都不怕。如果说狼也有家园的话，这就是它们的家园。

听听那狼嗥，似乎比射击手射出的子弹更有穿透力。

有一次，他开的那辆三轮摩托车拉回来三只黄羊，他分了一只，当时吃了一点儿，剩下的便放在门外屋檐下，结果第二天打开门一看，被人偷了。“唉，谁叫咱忘了这是在1960年呢？外面挨饿的人很多。也能说咎由自取吧，活该。”

他弟弟岳拴明有文化，能写会画，到了工业局后，人家就让其给王局长当秘书。王局长亦是杨部长的好朋友、好战友。杨部长把他们放在阿巴嘎旗，也正因为王局长在这里，有照应为一方面，根本还在于这里更需要他们。杨部长、王局长也是这样讲的。

“拴明后来去了左下，跟着王局长到那里支援牧区。”

岳拴明为草原当地也做了不少事情，尤其在文化交流方面，写写画画的，对一些喜欢汉文化的蒙古族孩子，亦多有启蒙。他给他们出黑板报，写广播稿，还编油印通讯稿，这一套，少有他干不了的。而这些又都在工作之余。他当秘书不能说好，因为个性过强，但工作能力，又是顶呱呱的。有一段时间，王局长还挺夸他的。

但是，却由于他脾气火暴，在左下，竟跟一个内蒙古兄弟打了一架。

岳建英说：“这太愚蠢了。”他们进内蒙古，也说孔夫子的入乡随俗，入国问禁，其中私下里就有一条，这便是不能跟内蒙古人打架。

内蒙古的发展，确乎有这些走口外的汉人的诸多贡献。

第一次移民浪潮，开始于康熙年间。当时推行摊丁入亩：“滋生人丁、永不加赋”的政策，人口爆炸增长。朝廷放松蒙古封禁政策，部分蒙地开放，内地汉人开始大规模迁徙到口外。第二次移民浪潮始在光绪年至民国。当时全国内忧外患，政治腐败，土地兼并严重，人口快速增长造成大批农民失去土地，连年灾荒迫使百姓只能移民。尤其1901年签订《辛丑条约》后，清政府急于募集巨额赔款，于是全面开放蒙地，向垦荒移民征收押荒银，移居交钱后可拥有土地的永久使用权。另为抵御沙俄蚕食北方边境，号召“移民实边”，鼓励内地汉人定居边境。到民国初年，内蒙古汉人人数已达300万人。大多数移民从事体力劳动：或佃地，或垦荒，或放牧，或受雇从事小手工业，也有一部分从事商贸，我们的晋商，有很大一批发家起自旅蒙贸易。移民主要来自咱山西西部、北部和陕西北部。

亟需讲明的是，共产党对少数民族有很多的优惠政策。这是他们所亲身经历到的。平时他们在汉人堆里，感觉不到少数民族的特殊待遇。你走近他们才看到，在这饥馑的年代，最基本的，便是保证他们不挨饿，细粮满足供应，“白面跟咱那土豆粉条一样，到现在也没见过这么白的白面，当时叫精粉，他们说是进口的，外蒙古的，细白的程度，超过河套雪花粉。”他们的人每月还供应不少奶粉、茶叶和糖，还有一些其他的生活必需品，包括棉花、布匹等，都有一定的优惠。

“咱来这边干活儿也沾光，我是七级工的待遇，挣87.74元，是最高的工资了，当时人们讲，周恩来总理才挣60元钱。实际可能多一些。但不会多很多。这是由共产党为人民服务的宗旨决定的。”

他在机械厂上班，同时还兼顾发电厂。他们在原平讲支援农业生产，在这边就是支援牧区建设了。

内蒙人吃肉用刀，他就拿上好钢材淬火做食肉刀，小刀，大刀，做得挺精致，蒙人们特别喜爱。这类刀具，厂里售出去的不少。

“你和有些蒙人交成朋友了，你送刀给他，那他会送给你不少非常好吃的奶制品。”

他们还做过好些牛粪炉，卖了不少，厂里挣了不少钱。这里的牛粪不臭，一片一片的，很好烧，连炉筒也能烧红，一元钱一麻袋。

这边有粮食，但很多是颗粒，不容易变成面。他们用石磨，也用马拉磨。这样，他亲自画图，设计了一台铸铁圆盘磨面机，实际上就是咱说的小钢磨。设计成功后，他们一气儿做了好几台，首先解决了周边牧区的磨面问题。

效果不错，需求量加大，他们就更多地做出来，人家也就一批、一批地拉走，往各个旗、各个乡、各个生产队派发。这样，他们领上粮食，都可以自己磨面了。

他说："阿巴嘎旗旗长专程来感谢我们，又敬美酒，又献哈达，送来写了蒙汉两文的锦旗。我和旗长的手紧握在一起。旁边站的是咱工业局王局长。"

随后又有朋友邀请他们到蒙古包做客。

蒙古民族讲究礼节，多重义气。自古以来就有各种迎宾礼节。约好的会客，不论是社会团体还是私人会面，主人总是远远地迎候着客人，有的在路边等候，有的骑马飞驰而来，在隆重的场合还会分几个梯队迎接客人。当草原上的主人把你迎进蒙古包，你要向主人问好"赛努""赛音白努"，宾主相序而坐，对于十分尊贵的宾客，主人会主动让你坐在正北（男人在西侧，女人在东侧）的位置上。这时候，主妇会把香甜的奶食品、手抓肉一一摆在你的面前，端上一碗滚烫飘香的奶茶，接着在欢乐和笑声中开始敬酒，手捧哈达，托着银碗，把美酒敬献在你的面前。"如果咱一饮而尽，主人会非常高兴，顿时主客情融，气氛热闹起来；如果你不善饮酒，接过银碗品一品也可以，但最好是把碗中的酒喝了，以示对主人的尊敬。"招待客人的最高礼节是整羊宴，其次是羊背子宴。整羊宴就是用特制的大木盘或铜盘，盛上煮熟的羊心肝内脏，上面有规则地摆好带肉的两个肩胛骨、两个肱骨、两个髋骨、两个胫骨、六节胸椎、八条肋骨，上面放上羊背子；羊背子上再放好退净毛的熟羊头。所有这些，包括一只羊的基本部分两个桡骨、短肋骨、胸叉、肝的尾状叶、下颌，故称整羊宴。整羊上桌时，羊头要面向客人。正座上的首席客人在羊头上用刀划一个十字后，把刀递给司酒者。司酒者先把羊头以下，连同羊尾上割下的一小块肉放在小盘里，供在主人家的神位前，再从羊背右侧切一条四指宽的肉，从左侧同样割下一条相互交换放置，将刀把朝客人方向放在盘内。首席客人拿起刀，先从羊背的前部切一块肉放入火中，以示祭祀灶君，大家才开始食用。

这里有一种很庄重的东西，融满了民族亲情，亦彰显更大的那种民族间的兄弟情义。

“我到内蒙古这样受欢迎，正因为我是有名的山西机械技术工人。当时甚至有人当我是工程师。没有什么事情是我所不能做或者说干不成的。并且我还有两个好助手。我的两个徒弟，很多大活儿都能搭把手。”正所谓：三个臭皮匠，合成一个诸葛亮。

到了这时候，他再回想当年因下不了车间学技术而装病，看来是装对了。没有这一身硬技术，他在这茫茫无尽的大草原，怎么养活他这一家人？前面刚讲，大女儿在这里出生，这个家现在是5口人，两儿一女都很小。生活里有很多的艰辛。

“我也只有挥汗如雨，顽强地工作，拼命地工作。”

而这在发电厂工作，体现得更充分。当时，他们用的是一个150千瓦的大柴油电机，由这个大家伙来带动循环水。

“我简单讲一下啊，机器在房间里；院子里搭一个比房子高的台子，房顶上拴上一匹马，马拉水车，水池在地上，也就是用马把水池的水拉起来，提高到合适的位置，再将水冲下去，压力冲到柴油机里；这柴油机里也有一个水泵，如同我们的链条水车一样。”这里是“中国马都”，与之相辉映的，又素有“搏克之乡”“长调之乡”的美誉。但那膘肥体壮的劲马在那房顶上拉动水车，似乎有点儿出洋相，不够完美。

岳建英琢磨着，这么泵水怎么能行啊？到了冬天，水就冻成了冰，自然也就转不了了。

对呀，得改成离心泵。于是，他就去了旗商业局库房。一看，嘿，这儿竟有很多泵，而且还是大泵。前面说了，他们的人都不认识，不知道这东西是干什么的。原始的生活方式。原始的生产状态。工业水平太差。

把这泵拉出库房来，由他来给他们激活吧。“是，我找了个最小的4寸泵，但是管子却不配套。他们这儿也没电焊机，不过有铸工。可是让人铸水管，没模样工也不行，这样联系杨部长，让他从其他地方又调来一个模样工，把样弄好，从细管上安了个法兰，铸出来了。”

这儿有机床，他的一个徒弟就是好车工。这样做出配套管子，安在了大泵上。但是配套电机得用小电机，那样才能从院内水池里通过地沟水管把水泵进来，进入机器，令其循环。于是乎，马牵下来了，架子也拆了，水池变成了晾水池。冬天到了后，也不会出现结冰。

这下稳定的电力在向外稳定地输出，他自然也得到很多内蒙古人的认可，欢迎。

由于他在本地威望渐高，他们就不要他在机械厂干工人的活儿了。一句话，要他当官，管技术，负责生产。他说：“这个当然行，但我还是要下车间干活儿。我不能丢掉本色。”

思归多苦颜

咱忻州的老作家田昌安，近些年致力于二人台历史的写作，并出版有若干著作。我在他的一篇文章《你走口外我在家——一个女人和几个男人的故事》中，看到他搜集到的山曲《你走口外我在家》。岳建英当年在内蒙古便能哼唱几句，采访中，老人悠悠给我哼着，也引起了我的很大共鸣：

你走口外我在家，你打光棍我守寡。
你走在大青山背大炭，你扔下小妹妹受苦难。
手拿镰刀腰紧绳，山坡上砍柴谁心疼。
手提上篮篮掏苦菜，万般出自无其奈。

炉子不旺谁给咱扇，瓮里没水谁给咱担。

十冬腊月数九天，深山沟担水谁可怜。

深沟沟担水爬不上坡，尘世上苦命人少有我。

必须说，尽管岳建英工作起来非常拼命，废寝忘食，夜以继日，但从心理上，从始至终，都是一种客居状态，心心念念，巴望着咱原平能尽早好起来，度过荒年，令他这背着全家人走口外的汉子，赶快转回家中。

水流流嗨哎哪个千里呀那归呀归大海，

走西口嗨哎哪个人儿我亲亲我转呀么转回来。

这是他最强烈的心声，非得扑进原平的怀抱，回到故乡；“我从小是爬在这土地上的，我离不开她。”

“用不着考虑去留，等原平一好起来，咱就回去。”

这话，他和玉娥说，玉娥也和他说；他俩和孩子们说，孩子们也和他俩说：“原平一好，咱就回去。”

大女儿新兰那么小，人在襁褓里，似也听得懂这话，眼睛瞪得大大的，一眨也不眨。

“但有一句话，我不能和家里说，就是我这条坏腿极其畏寒，在这华北极寒之地过冬，稍事保护不够，便有可能废掉。”

当然，玉娥和孩子们同样感到这里冬天的漫长，可怖，风雪弥漫，吓死人。

当然，他更要考虑孩子们今后的教育。“我上学不多，已经是一个很大的遗憾了。我决不会耽搁了孩子们的学业。”为此他会拼尽全力，抵上性命。

“我们走口外来，正是为了能活下去，返回到自己的家园。

“对于我来说，天下并没有比原平更好的地方。”

再走口外

3年之后，他举家回去了。如前所述，一家人落户到阿巴嘎旗是4口人，回去是5口人，非农户下放到了柳巷村中。

可是，回去又怎么样呢？何止是一言难尽啊，苦辣辛酸，不胜倾诉。

这也就不得不提，在今后那磨难的岁月里，他又两次来到内蒙古。

一次时间短点，距离也近点，那是一个冬天到集宁安装锅炉。

其中记得，锅炉安装好以后，竟然烧了一晚上都不热；第二天一看，才知道开水阀门没关，出了笑话。

那时水都流在外面的路上了。倒是外面的路上冒着浓浓的白烟，沸腾了。

一次，还是在一个冬天，来给人家做水泥厂的球磨机。这整整待了一冬天。

这次又是在锡林郭勒盟，不过是在东乌珠穆沁旗，简称东乌旗，也叫沁旗——他们就是这样称呼她的。沁旗在锡林郭勒的东北部，大兴安岭的西麓，亦算一个很遥远的地方了。

那年冬天，他的两个在鼓风机厂里的老同事，偷偷跑来做水泥厂的球磨机，结果干了一星期，弄不出个子丑寅卯来，就悄悄跑回原平去叫他。他们本来也是好工人，一个是六级车工，一个是六级铸工，都有好技术，可是遇到这作难犯愁上没办法了，只好来喊他。条件是管吃管住，一天挣4元钱，一个月120元钱。像他俩，在咱们这边一个月开50元、60元，已经是高工资了；这时，他远没得到平反重返鼓风机厂；他在柳巷村办小工厂，一个月拿12元钱，队里记30个工分，穷得很。“这时，咱家又有了三儿子，共4个孩子，养活也养活不起，叫咱走，也是因为咱有这个技术，走就走吧。”

开始他请了一个月的假，说是去治疗腿病，当时他这条坏腿确实也疼得很厉害，常常一宿一宿地不能睡觉。后来一冬天也没回去上班，还说是在外地治疗腿病。

三人一同到了沁旗后，他画图纸搞设计，他们两个干活儿。

来此第一个好，便是伙食得到了全面改善，人家专门为他们找了一个好大师傅，每天炒有小菜，常包饺子、烙馅饼，吃米饭焖的也是好大米，面条做得也很好，大半山西手艺；尤其每天的午饭，改着样吃，粉条猪肉炖豆腐，做得最好。

“他们两个说了，这都是跟上我沾光。我也谦虚：‘这不是你俩叫我来的？应该说，我跟上你两个沾光了。’”

他们有时会把吃剩的馍馍放在炉上烤干，变成干馍馍偷偷放起。每人总攒了一小布袋，就等着拿回家中。

那时候，弄点细粮，真难。尤其在原平，特别是在他这苦痛挣扎的人生处境之中。

“他俩的活儿干完了，整个球磨机就剩下组装，他俩回了原平，只留我一人，又多住了半个月。机器完成试用投入生产，我才回家。这已过腊月二十，马上就要过大年了。

“内蒙古这个地方，冬天冷得很。组装球磨机要往地下打水泥，可是不能打。这里的人就说了：‘咱不用打水泥，地上挖坑灌泥浆就行。’我就照着这个方法来：第一天用火烤地，一直烤，整整消融了一夜；第二天挖壕，按照设计，打好地安螺丝，机器装好。这听来容易，但干起来十分艰难，就靠倒锤和三脚架，费了好大的气力。

“谁知装好的球磨机一连电就烧保险，试了多次，都不行。我就又想方法，终于，成了。”

球磨机匀着声隆隆一转，这下可把当地的朋友们高兴坏了。

他们的公社书记亲自出面，不光给他带足了工资，又送给他牛肉、羊肉、烙饼等，回原平时吃的带了很不少。

第二年，他们又捎信让他过去，信正好捎到村办工厂办公室。“当时幸好我在场，把信拿住了。要不然谁人扯开信，发现我头一年冬天不是在外面看腿病，而是走口外在那边偷着干私活儿，这可就不好交代了。”

来信说，他们镇上要成立一个水泥厂，要他去当总指挥。

他推脱了，怕这边小工厂知道了，就没去。

“交代一下我的两个伙伴：六级车工邢新贵，六级铸工任田生，他们都是好工人，好技术，现在都去世了。他俩活着时，爱说我是‘不需要评级的高级技术员。就没有拿不下的活儿来。正儿八经的大工程师，也不如咱们这个土专家。’”

那一年冬天过得挺快。就是他的腿一直在疼。

艰难世事

岳建英一家5口人，非农户下到了原平柳巷。山河未改，故土依然。

可糟心的是，原平“七一”机械厂（鼓风机厂）自他走后就将他除名，包括工龄，全失效了。

这他怎么能接受了呢？“没了工作，我一家人怎么生活？”他茫然无着，不知道该如何是好。“我第一次感到，什么是哭皇天无泪。唉，我的三个孩子还这么小。”

可是，总得找出个办法来往下生活。他找来几个朋友相商。沉吟半宿，最后他们问他：“你是不是可以下乡搞修理？”

他说：“这个我能行。”到此，也就没法顾忌颜面或尊严了。说权宜之计，无非一个心理安慰。

他们帮他做了一台简易补胎设备，能对付小平车外胎那种。他自己又弄了一挂破旧小推车，修钉一番，装上拉带，便将设备搬到了上面——大约有70来斤；然后，车把上再挂上修理收音机、缝纫机牌子，他开始了走街串巷、下乡讨活儿干的小修理营生。

果不其然，每到一个村子，生产队里总有一些活儿要做；老百姓家中，也有一些事儿。转了几日，收益还可以，他就在心下说，一定坚持。

困难显而易见。首先是他的腿，每日来来回回，拉着放了补胎设备的小推车，路途短点，尚能应付，不感到多么苦辛；可路途长了，遇上刮风下雪，淫雨绵绵，这条坏腿就格外疼痛，人的精神也备受打击。

这要有活儿做吧，还能忍受，至少能拿一点钱回去；腹内饥，身寒凉，还可买个饼子，充充饥肠，补一点儿热量。糟糕的是，他拖着一条腿，拉着小推车走了这么多的路，口干唇焦，嗓子也要吆喝哑了，可就是揽不到活儿，没人要他做事情；接下去，天也要黑了，他只能两手空空往回返。

这真叫人沮丧，气馁，加之一日里米水未进，一种由内而外的疼痛袭来，他也就真的走不动了。

想一想呀，他这小修理身份，不就唐代大诗人白居易笔下的卖炭翁吗？

> 夜来城外一尺雪，晓驾炭车辗冰辙。
> 牛困人饥日已高，市南门外泥中歇。

那个古代的卖炭翁，人家用的还是挂牛车，可他是人力，并且拖着一条腿。说不说吧。

揽不到活儿回柳巷，痛和累，更多在心上。“我总不能回家里说：‘我今天还没有吃一口饭呢。’三个小娃娃，眼巴巴地望着他们的父亲。他们的父亲对他们说：‘你们的爸爸，真是太无能了。你们这么小，就得跟上他受罪。何时才是个尽头？’”当然不能说。

正是这前后，他媳妇玉娥又病了。医生说，严重贫血，必须尽快搞到多支葡萄糖和维生素B12。“我哪里有钱买这些呀。一屋子人连饭也吃不起了。”无奈，他只能找大姐求援。他去了邮局，往太谷那边挂了长途电话。“大姐心疼我们，寄来了葡萄糖和维生素B12，还有一些别的药品。玉娥用上后有所好转。”之后，他大姐又寄了两三回葡萄糖和维生素B12，玉娥用了后康复了。

他说："我女人张玉娥，少有的良善、勤劳人。她除了带孩子、种地，还经常扫炭、捡煤核，什么苦活儿累活儿，都抢在前面。做饭，洗衣，缝补，给孩子们做换季的衣服，给全家人做鞋子，织毛货，拆洗被褥，无一落人后。除此之外，她还在家中搞饲养，喂鸡、喂猪、喂兔子。孩子们上学所用，全凭她这家中操持。有六七只下蛋鸡，正好是孩子们的笔墨书本的开销。这些鸡蛋我们不吃，孩子们也不吃，专门送到供销社换钱。但村中如有老人生病，她又会慷慨送出。她在村上，帮助过很多比我们生活得更艰难的老人，吃的用的，米面菜蔬，在所不惜；孤寡老人病中需要关怀照料，她更是陪侍左右，全心相助。她总是希望能分担我的忧虑，不想看到我如此犯难，在我们的三儿子出生不久，为贴补家用，她毅然断了小三的奶，给别人家孩子当了两年奶妈。"

可气可恨的是，生产队长几次来家搅扰，说替人家奶孩子算搞副业，要挟他们缴钱买工分。是他们据理力争，同时又好话说尽，这才没有进一步相逼。

岳建英说："孩子们跟着玉娥，从小就懂得吃苦。前面三个，更是在上学前已开始捡料炭，拾粪；到他们上学以后，每日里捡料炭、拾粪，都变成了自觉完成的'家庭作业'，风雨无阻，雷打不动。"

料炭，背回家用；牲口粪便，送到生产队里记工分。

就因孩子们的努力不懈，冬天家里很少买炭。他的坏腿怕冷喜热，家里的炉子总还是烧得挺旺。

有一次，老二新荣和大女儿新兰捡料炭回来，碰上受惊的牛群通过，吓得把小车弄翻，料炭倾倒在路边的水沟，俩孩子赶紧脱了鞋，下到水沟里去捞炭，一把一把，拿小手往上掬，可是到了中午，也没掬回多少，新兰就气得哭了。呜呜呜哭着，炭没了，要挨骂了。

"新兰从小勤俭，要强。有一段时间，我腿疼得不能出去，她天天伺候我。我和她说话，问她最盼望什么，她说：'我盼着生病呀，因为病了，就能吃上白面条了。可是我现在不能生病，因为爸爸病了，我要伺候爸

爸，让爸爸赶快好起来，能去挣钱。我听爸爸的话，好好念书，长大了做有用的人。'

“新兰那时起就知道孝敬我们。在她心目中，白水煮面条炝点儿葱花，就是无比的美味了。可她又知道，爸爸病了，家里没钱，她不能花钱。我们竟然给不了她一碗白水煮面条炝点儿葱花。这也是穷人的孩子早当家，那么一点大个小女娃儿，不嫌吃糠咽菜，不惧吃苦受累，家里、外面，我们都敢靠给她。

“在她身上，有她妈妈的那种牺牲精神，也有我遗传给她的那种坚忍品格。

“到她再大一些时，我还发现，她特别重情义，处事大气，这和她出生在口外，与内蒙古锡林郭勒那片大草原，总许有一些关系。”

可孩子毕竟是孩子，饿了，会叫也会哭——会一直哭。

雪上加霜，是他自己又打了一针失效青霉素，他一下就抖得不行，差点要了他的命。

他说：“这是我自己躺在病床上看医书，找药方，自己托人采的草药，让村里医生给做成药丸，我一连吃了一个星期，见效了。

“可惜的，是我那药方让土医生要走了，又弄丢了。

“前头说孩子们捡料炭，我们家冬天几乎不买煤买炭。可有一年冬天，我想在家里做活儿，需要生大炉子，就带两个男孩去拉了一车炭，整600斤重。那是要到原平煤销站去的，柳巷打来回，有好一大截路。”

那次拉炭，中间他遇见了原“七一”机械厂的书记关玉昆。他是五寨人，正准备坐火车去五寨，已被任命为五寨拖拉机站站长，他遂邀岳建英到五寨去，帮助他们去工作。这他当时就答应了。

他说：“这年老大还没有上学，老二更小。由于在煤站等煤时间挺长，孩子们早早就饿了。回来时已到了下午。父子三人，全饿得肚子咕咕乱叫。我拉着重车，俩孩子在后推着。走着走着，老二就说他饿了，要吃饼子，走不动了。可是我买炭后，身上一分钱都没有了。没钱给孩子买饼子吃。这时老二就开始哭起来，呜呜呜呜，一直哭，我说，你别抽车了，他也就不再抽车，就跟在这炭车后面，一直在哭，哭了一路，也没哭到一个饼子。

“我已穷到这个地步，连给孩子买个烧饼的钱都没有。我不到五寨去还等什么呀。

“后来有一年，给孩们缴不起学费，为此，我专门做了两把铁管椅子，卖了后，才将他们的学费补上。”

这些事有很多，不能一一交代。让人心伤。

五寨及其他

他去了五寨，上手帮助关玉昆建设拖拉机站。他们管他吃喝，一个月给他发60元钱。应该说，待遇不错。

他先为他们解决电力问题。他做过发电机，当然懂电。大概用了月余，他给他们安装了一套电器。生产可以向下发展了。

这之后，他便给人们安电磨机，安了不少。他永远是在支农第一线。

这中间，他还又给他们造了一套补胎机，解决了他们一个很大的问题。

五寨地方偏僻，工业水平一直在一个很低的层面上，原来他们补胎，只能到阳方口去，那要走很远的路。“我来了，自己制造，安装，为他们提供了极大的方便。

“这是一台再好不过的机器。到现在50年了，他们还在用。前年有人专门来原平找我，问我能否再给他们造一台？那就要用一个世纪了，这可太久、太久了。我80岁的人了，当然去不了了。”

他在五寨工作了一年多时间。那位关玉昆书记，当时倒想着给他解决正式工作问题，一来他有难题，如他总不能把他当个一般工人招入站里，再则，建英不愿意留在五寨，一不守家，二又是高寒地区，冬天很不容易过去。在内蒙古3年，他受够了严寒的摧残。特别是他那条腿，急需保暖。

“五寨不是我要待的地方。”

这时，正赶上有个地级机械企业搬来原平，厂子要扩大，需要招工，他的一个朋友便替他报了名，他回来应考，顺利通过，算是又回了原平。

这个厂子的全称：国营忻州地区（原平）皮带运输机械厂（简称：专机）。

只是他刚上班不多时，中央的“516通知”倒下发了；再没过多久，全厂的生产也停了。

他因生活压力太大，政治上变得不那么积极了。但厂里分派时，他的一个好友就贴出一条“热烈欢迎岳建英同志参加”的大标语，他很自然地就跟了他们，也就是后来所谓的“保皇派”。

他这么顶帽子一戴，“啊呀，可让人家把咱给批斗灰了。高帽戴了，牌牌挂了，厂里、街上，都让人家揪出来游过街。早年和宝玉搞股份制，包括注册铁工厂和后来公私合营入股的这些事，全让翻出来，咱变成了一个‘潜藏在工人阵营里的资产阶级代表人物’；还有1960年走内蒙古之前被批‘只专不红’，也让抖了出来。罪行挺多，挺可怕的。”

有一个叫熊强的人，是高级工程师，和他一起挨批斗时，偷悄悄和他说：“你什么也不要说。也不要过不去。现在，看这舞台上，各类风云人物都要上去表演两下；可是谁表演得出圈了，过火了，倒了，他该担什么责任担什么。人家自不会放过他。所以，你上你的班就行。挨批斗总会过去。”他就很惊异，熊强在当初就能有这样的见识。

“熊强后来调到山西省机械厅当过总工程师，还做过通宝能源的总经理，还做过跨国生意；他父亲是国民党军官，他家有海外关系，他和我关系好，后来偶尔到原平，还过来看看我。”

班，他却上不成了。斗争也升级了。“从文攻到了武围。”

他说：“我们这派虽然人少，但是我认为理由比他们更充足。后来他们抓起我们来，逼迫我们扭转观点，我们就吓得跑了。他们就继续追讨。其中一次，他们拉了一大卡车人，来柳巷逮我。可此前，我早早知道他们会来抓，我倒不敢回家了。这不敢回来，也有挺长一段时间。

“两派斗争，在咱这边表现得最显著的，是大规模的压小规模的，以大欺小；我们中后来有人顶不住了，或是一些头脑活泛的，就回去投降，‘反戈一击’。给我报告的那位好友就这样。他们不像我，认为自己没错，就硬顶着，不屈服，不投降。

“我成了两派斗争的牺牲品。说起来，我的性格就这么古怪，执拗不驯，我认为没有错的地方，你逼我承认，我坚决不接受。我自己付出多大代价，那是我的事。我还真不相信，活人能让尿憋死。”

为此，他也就离开了这家工厂，再度丢掉了饭碗。

支农第一人

“我这种人，农业上还更需要。说咱柳巷吧，那就举双手欢迎我回来，并决定由我来牵头，搞一个村办小工厂——柳巷‘五七’小工厂。

“我的朋友李保山，是原平农机厂的书记，他当时也住在柳巷。大队要成立小工厂，村里就让李保山领上我到太原买设备，还准备给村里买辆汽车。结果，跑了一个月，汽车没买到，给我买了一台旧车床。李保山在太原，认得不少从我们村出去的工人，他就向他们要了好多刀头，又找了些其他零件，都是很实用的东西。这样我们回来，‘五七’小工厂就正式开工了。”

不久，小工厂买了个旧汽车头；改装汽车时，需要一台30千瓦发电机，这个弄起来不容易，村里又从忻州调来一个叫武明祥的师傅，原来当过什么国民党的技术干部。这样他们一起干活儿，双方感觉都挺合适。“可是电机刚造出来没几天，武明祥师傅就让抓了。人家讲他有很严重的历史问题，比如说给阎锡山造过枪炮子弹，后来死在了牢里。”

小工厂有六七个人，都是当初受到过冲击、“有问题的人”。但他们在一起却非常融洽，工作愉快。“我画图，他们识图，思想和行动上能统一。”他们六七个人工种也齐全，钳工、机工、锻工、车工都有。他们就由岳建英领导着，用今天的话来说，是一支颇具创造性与协作精神的团队。

他们除生产出一大批脱粒机外，开始时还给建筑工地做了不少的钢件和螺丝。后来化肥厂建设需要大螺丝，他们又做了很多。

“大螺丝一个4元钱，我们做得和外面的标准件一模一样。干这个需要用大锻锤，我便从一本农业杂志上掌握了改装技术，之后，准备材料，并使用了从火车站买来的道轨，改做了皮带机、电动机，最后皮带拴上大锤，起来，下去，大螺丝，一锤一个。”

劳动中总能闪现出智慧的火光，创造的喜悦。

他们的螺丝供不应求，做多少，卖多少。小工厂属于大队的副业队，前后为大队增加了不少收入。因为他们能挣钱，可以用来补贴村子，大队支书、主任、保管、会计，全高兴得很。

“现在，农业上爱讲无工不富，这个传统，就起自我们那时候，也要50年了。”

他们还做过爬电线杆的脚扣。当年原平大部分是木头电线杆（刷了桐油的那种），后来有了水泥电线杆，原来爬木头电线杆使用的工具，却爬不上水泥电线杆上。县电业局的人，不知道从哪买回来一套新脚扣，套上很容易上水泥电杆。他听说这东西难买，还很昂贵，要好几十元钱一副。他就跟他们借来，三琢磨两琢磨就做出来了，并且，跟工厂做得分毫不差。小的上细杆，大的上粗杆。小的，人家卖40元钱，他们卖39元5角；大的，人家卖90元钱，他们只卖75元钱。卖得很快。代县、忻州的人都来买。“代县电业局一次性就买了100多副。”

因为这些，包括脱粒机在周边的推广，公社发现这岳建英是个大人才。

公社书记亲自来村里找到他，要调他到原平公社打井队支援全公社打井。村里当然不想放人了。但是，“官大一级压死人”，柳巷大队，怎么能扛得住原平公社呢？他这就去了。

我们看他啊，那还就是不打无准备之仗："我先到忻州学习了一个时期，各个技术环节都掌握了之后，才回来井队当技术员。"

打井机，却也不是像当年的电影《创业》里所说，是胡乱在"地球上戳窟窿"。这技术员，至少得能识别沙子，懂得沙土是否存水，能存多少水；打完井，排列出沙子来，看沙子的成色，比如当打到121米时，有了3尺厚的卵石或1尺厚的卵石，就能算出出水量是多少。另外是机器上出了问题，他还得负责修理。

他说："这个我在'七一'机械厂时就大干过一回，一般毛病，那难不住我。"

当然，还有跑材料等等，都是他这个技术员分内的事。

队长成天不在。由人家想往哪逛呢。只是吃饭时他就回来了。

"哈哈，一个真正的甩手掌柜，靠给你这个技术员了，好像一切迎刃而解了，再不需要他动嘴、动手、动脑筋。"

有道：治大国，若烹小鲜；打机井，靠岳建英就行。

还真是老子的无为而治。"不过，咱的机器的确是不停地打，连日彻夜，一直转，进度一直往前赶，很有一些马不停蹄、过了一村又一庄的意思。"也能说是现代速率。

所以，队长回来吃饭，尤其是晚上上小夜班吃的那顿加班饭，踏实。

他们这些人中午饭也不好好吃，每天就等着晚上上小夜班的这顿白面。管伙食的就是大队里的人，他们也跟上蹭饭，因此每餐到粮站特批10斤面就变成了15斤。这样，他们也可以跟着混一混肚儿圆。这年头，大家在村中忙碌，全一副饥肠辘辘的样子，没哪个农村人因上地而上得油光发亮。

"民以食为天。现在回忆过往，感谢生活，最记着的，便是人家给咱吃过些什么。大半辈子，太多太多的吃糠咽菜，食不果腹，所以，如20世纪70年代初，在代县电业局住了两天等钱，人家每天管饭，早饭吃炒咸菜、蒸米窝窝，咱都记得清清楚楚，就觉得好吃，伙食得到了改善。"

公社打井前后用时一年半，19个大队全部过一遍，所打的机井全部出水，也能算一次支农壮举。

每个大队都盼望打井队去，都愿意打井，一是他们不需要花钱，如水泥管这些全是国家拨款；二是打井工人的工钱，也由公社来出（他们都挣工分，补助几个钱，吃饭个人不花钱）；村上打井的唯一开销，就是他们的饭钱，再则，公社还特批他们一些面粉吧。

吃水不忘打井人。他说："咱吃点儿苦、受点儿罪，算不上什么。"这是行善积德的大好事。

尚需记一桩，井打好之后，必须用大型空压机进行洗井，井洗通之后方能出水。他们打井，那是边打边用胶泥糊住井筒，而后才能继续往下打；井打完放进大管子，即得用空压机洗井。可公社钻井队里没有空压机，这一台机器在当年就近万元。他们找了一个月，省里也跑过，仍找不下。

后来返回井队，有个老人说："废品站有些烂机器。"

他们去后，站长说："老早就报废了，不能用了。"

他说："报废了，我也想看看。"结果一看，啊，四个轮子拉着的，他说："不管怎的，拉出来修吧。"

他用了整两个月工夫，把它彻底修好了。耽误时间，还得自己制造那些零件。因为原来设备上的这些零件全国也没有。还是，照猫画虎，哪件坏了造哪件。他这拗劲儿别在那里，根本不相信它修不好。

"哈哈，修成了，拉来井上试用，40千瓦，哗哗哗哗，劲儿太大了。试验成功。"

一村人都聚到井边来看，看它用气顶，哗哗哗哗，就把胶泥糊糊给洗通了。井下出水了。

自他走后空压机还在使用。一用多年。

这是他在公社打井的故事。他打完井后就回了公社机械厂，成为公社机械厂的技术员，负责生产。

“可公社机械厂没做法，没任务，工人多，就是打扑克，下象棋。开会时我就说了：‘这样下去，维持不了生活。厂子非散了不可。厂子是自负盈亏，和人家国营厂不同，咱得自己找做法。’”

这样，他在街上调查了一番，知道了木工机械缺乏，不好买。

“这我就想出个造木工机械来。我到鼓风机厂又找了些资料，开始设计并改造木工机械。我们首先做出来两台木工平刨床，跟着又生产了10台，没几天就卖完了，销路特好。后来想，木工机械种类多，有磨刀机，开槽机，双面平刨等等，这就都上了，都干出来了。”

双面平刨那时候是6000元一台，利润很不低，厂子卖出去好几台。“那家伙真好使，板子上去，唰地一下，平平展展，又光又亮。”

这后来，他因腿疼病了一年，在家休息（包括冬天去内蒙古）。家里四五个娃娃，都在上学，也穷得很。

“这时公社机械厂又叫了。他们还专门给我弄了个热炕——我的腿喜热畏寒。公社书记亲自找来让咱去，咱腿也没好，就去了。好的是，不用干活儿，只是动动嘴。”

总结这一段，他说：“最为重要的，更在于我精神充实。因为我的发明创造，使周边农村很快走上了农业机械化道路，极大地解放了农民的生产力，各村里的老百姓也就格外拥戴我。”

各村里开农机现场会，第一个就给他戴大红花。公社书记在多个讲话中专门提到他，说他是原平公社的人才，是支农、援农、助农的有功之臣。

搭台唱戏二重唱

1983年，吕日周来原平当了县委书记，政治体制改革的“组合拳”“搭台唱戏”在原平拉开了帷幕。岳建英也揽下个好买卖：承揽了744部队仓库一批密封门制造。一笔大买卖，没的说。部队仓库，是用以战备的，这可了得呀。

“744部队上管理这方面事务的领导叫赵忠义，他老婆是咱县剧团的大名角儿田素萍，原平地方上无人不晓。论在地方上的名气，在这改革开放初年，也只有吕日周可以和她相提并举。田素萍就是咱本原平人，她老公赵忠义也是。我们中间有人和田素萍惯熟，关系不赖，通过人家，咱把这个好买卖揽了下来。”

说这买卖和“搭台唱戏”直接关联，那是他们“登上去”的这个“台子”，就是原平县城建局“搭”的：他们占用的地方，使用的设备，都是城建局的；他们仅仅是出人，出技术。

这买卖一揽下来，他就和城建局局长刘怀璧碰了头。

刘怀璧至少看上去是全力支持他们的，条件也似乎是尽量给他们优惠：他就指派了一个厂长，姓王，是他的外甥；生产等方面，则由岳建英自己负责，实报实销，最后实现利润四六分成，“咱的六，他的四。”听上去，的确不错，挺有干头的。

国营矿机厂做那么一个密封门，要部队四五万元；他们做一个最大的，才向人家要一万二三，里面的利润还非常高。单从价格上讲，他们就有很强的竞争优势。

这就签了协议，好像万事俱备，他们只用踏下心来干就行了。

和他搭伙干活儿的，都是原来“七一”小工厂的，全有些技术。

他们所做的密封门都很大，高有4米的，3米的，还有6米的；当然也很宽，皆为大型军用汽车可从容出进的尺码。说它们特殊，那是真正要做到里外完全隔阻，密封要求很高，完全是避光的，门一开窗帘就要拉开，门一关窗帘也跟着拉上，仓库里不让进去一点灰尘，针插不进，水泼不进，无隙、无光、无声音。

门都是他一个一个设计出来的。生产的时候，他也亲自把关，严格要求质量，使之一点儿也看不出来是他们用手工做的（实际上都是手工做的）。门上的密封条——是他们的主要技术难点。开始的时候，密封条问题解决不了。

他说：“我认识我大女婿贾宪宝，就是从那个时候开始的。”

这对于他，对于他大女婿贾宪宝，包括对于原平整个工业发展，都是一次大的始发。

原平工业，在锅炉生产腾飞以后，真正上台阶，具有国内先进水平和国际影响的，就是密封件生产。这个我会留在后面专门写出。

744部队仓库，在南村和杜家口之间，不在寒村，在崞阳正西方向稍偏北一点。

当年部队执行的是国家的备战备荒任务，到后来，北边主要备战任务结束，山里的工厂，跟着也都撤了出来。

“那时候我们上去干活儿，公家管饭，一般有大米、有馒头、有炒菜。早上，军用吉普把我们四五个人接上去，晚上再送回来。”

他们一共给部队做了29个不同规格的密封门，用去一年多时间。

这些都比较正常。问题则出在最后分钱上。本来讲好了四六分成，他们的六，城建上的四；可会计是城建局的，人家属于公家单位，说有严格的财务制度，弄得他手里一把白条，全不能报销。最终，拿回来的钱，怕是倒四六也远远不够。根本抵不住对方的收入。

他们这边，像工人的工资这些，大部分是白条。工人到时领工资，去哪给你开具正规发票呢？“根本就是不讲道理，侵吞你的劳动果实。”

材料上，钱更多。如他从回收公司买低价材料，像铁呀、钢筋呀什么的，本来就为省钱，哪有正规发票？原来他们不知道这个，只以为讲好了实报实销，这到了年底算账，才知道一样也不能报销，数额还挺大。明着坑人。

“反正，连招待费等好多无票开支，都不能报。这是咱这边。”

而另一边呢，你说好了，这么多开支不能报销，起码该一视同仁吧。“可是他们买了37套西服，一人发一套，集体着装，打领带，穿皮鞋，排着队上街游行，意思让人们看政策变了，给他们添风光，长脸面；37套西服他们那边不能报，就在我们这边报销，我们也必须给人家报销，当然，就报了。西服由他们局里的人穿，钱则由我们这些受苦人出。当时真的挺生气的。”

尽管如此，大家通过这一年的努力，还是挣了一些钱。一个人分下五六千元。实际上就是挣了个高工资。生活上也有了点起色。打了个小翻身仗。“比伺候私人强。后来是我们主动离开的。我们几个一撤，这厂子也就塌了。”

再逢着有人问他：“这‘搭台唱戏’‘唱’得怎样啊？”

他半解嘲地说：“咱是改革开放的趟路者，奉献者。”

从城建局那个厂子出来，他即和吕日周“搭台唱戏”的另一风云人物尚兰根开了摊事业。

另外几个伙计，分头去了小集镇和别人合伙干了。他们主要干的是车床加工，进行一些普通的机械制造这些。

几年以前，我在报纸上见到过写尚兰根的文章，讲到他们合作的这段历史，用了“一个乡村木匠的反叛”的小标题，还挺有趣儿。

> 当年，他（尚兰根）合伙几个志同道合的人，鼓起了足够的勇气和底气，筹措来一笔资金，冒险投资，创办了一家名为原平市“五一机械厂”的小企业。一年之后，这个小小的企业开始盈利，几年之后，“五一机械厂”已经成为当地同行业中极具竞争力的一块（金字）招牌。

尚兰根，在和他一起干之前，还就是个乡村小木匠。

“常言说，人不可貌相，海水不可斗量。如他走家串户干木匠活儿时，或者就有什么人能看出来，他现在会是咱原平城里的大老板，山西华尚实业有限公司的董事长、总经理，资产过亿，大名鼎鼎？”

的确，尚兰根这些年发展得好了，一说为“集金融信贷、投资、汽车销售维修售后等为一体的知名民营企业家”，同时还兴建了“山西省最大的新能源汽车产业园区”。不是简单的事，也非简单的人。

起初他俩合伙，就是一个没有什么规模的小机械厂，忙的无非是一些普普通通的机械加工。

经营、技术，说重要也重要，更关键一条，还是他们这厂子搭乘在了改革开放这艘大航船上。这才是成功的大前提。

比之早先岳建英和宝玉搞股份制宝通玉补胎厂，他是技术人，而非出资者。这几十年过来，却因身上这把技术，与当年整个掉了个个儿。学技术、用技术，是他人生中的最大出路，也支撑了他一生。

为了和岳建英合伙开这个厂子，尚兰根贷了大几千元。

他们包下的是县自来水公司的厂房，一开始的业务主要也是机械修配和制造。

在他们大干锅炉之前，好生意是给拖拉机改气刹，做拖斗。

当时的拖拉机大多用的是磨杆刹车，下坡时危险系数很大。交通条例上针对这种情况出台了新规定，拖拉机没有气刹，不许上路。还查得挺严。

“对呀，干拖拉机，咱可是几十年的专家，原平很多人知晓。所以，这好买卖，至少在咱这儿，少有人能替代得了。买卖自己就来了。”

另外还要说，整个20世纪80年代，在县乡一级，拖拉机还是很普遍的生产运输工具。原平由于搞“搭台唱戏”，经济蓬勃发展，交通运输规模日益壮大，拖拉机的增势更是迅猛。

为此，他们这不大的小厂子，改气刹、造拖斗的拖拉机排起来长龙。好些时候，大家都得加班加点对付。

对，改气刹的多，造拖斗的也不少。改气刹，每台400元；造一个拖斗，则为800元。利润相当丰厚。尚兰根初始办厂所贷的那几千元钱，就因为这个进项，很快倒还上了。

改气刹、造拖斗，集中干过一段时间，大概也就一秋天；后渐次变为零零散散，穿插于生产锅炉中间，前后大约有两年。

锅炉基地三部曲

土地承包责任制，对他来说，既是间接获益，也是直接获益。

前面提到，他弟弟岳拴明通过科委项目扶持，在柳巷村搞起了一个蔬菜大棚。这自然和土地承包发生关系。你搞蔬菜大棚，就得有土地。土地承包责任制，给了这个实惠。这也是“搭台唱戏”的果实，搞大棚的资金由科委来出，是项目资金。

此前说岳拴明这个大棚，是整个晋西北头一家，是从民间角度来讲；那岢岚部队上就有蔬菜大棚。所以，学习搞大棚蔬菜生长，他们从科委拿了介绍信，去的就是岢岚部队。那面部队上的同志热情地接待了他们。

大棚需要安装锅炉进行保暖。岳建英又领了他弟弟拴明的令，带上钱，去了陕西渭南。

那儿有一家锅炉厂生产的常压产品，适合岳拴明的蔬菜大棚使用。这个锅炉厂的信息，则是岳建英在一本农机旧杂志上看到的。他在他们那儿，花6000元钱买了一台。

要说，岳建英在渭南多操了个心，把他们的制造技术和工艺弄了个清楚。

锅炉这上面，岳建英本来就有基础，从1966年到1976年，他和几个同事、朋友改造、改装，甚至亲自制造过好几台，一些关键技术及工艺，原也心中有底。他说：“是我弟弟拴明急着用，不然，购进钢板等材料，我悉心钻研、发奋一段时间，一样能给他鼓捣出一台。”

在渭南，锅炉的图纸他不用想，绝对是看不到的。造锅炉并卖出锅炉，是很不错的生意，人家当然会小心保密，提防着他这样偷技术的人。他多操了个心，那是装的啥也不知道。尽管如此，开始人家不但不让他进技术科这些地方，连组装锅炉的车间，也拦着不让他进去。“这你就得和他们对答对答了。我和他们说：‘我给人家当采购，把产品买回去，是个什么玩意儿，里面有些啥，钢板够不够厚，是不是偷工减料，我都不知道，回去怎么交代？当甩手掌柜，人家也不需要咱呀。’”

是的，生产这个锅炉期间，他每天去车间，一开始人家不让他进去，他就这样和他们理论；况且，他带的是县科委的介绍信，如是生产单位的，那人家肯定就拦着不让他进去了。

那是好大一个车间，可以把偌大的锅炉吊上来，吊下去。

既然进来了，就由不得他们了，他还得专门问这问那，反正一条，咱啥也不知晓，都需要一一了解。

他白天看了，晚上就画图纸，第二天再去复核。

他看得挺细，挺慢，该在眼里的，该在心里的，一个不漏，默记清楚。

待回来之前，他那小本子上不光密密麻麻记满了数据，连这常压锅炉的结构图也全画出来。

多少得意的地方，是回来后对着产品进行实证，他目测的数据，分毫不差。当然，这里有些天分，感觉总是对的；另外，也还是靠他多年从事技术工作的经验积累。劳动产生智慧。

看着小本子，由不得哂笑自己：“哎呀，咱也快成精啦。”

回来给他弟弟岳拴明安装好以后，他越发觉得，人家这锅炉就是好。消烟除尘，十分环保。“上面皮球一样放了一堆耐火球，下面有一个二次分管，吹风机一吹，二次管一抽，烟里面的煤气再次燃烧，火焰是蓝色的，把烟和灰尘都燃烧掉了。”

当时这个技术很先进，原平环保局也很支持他搞。

技术完全掌握了。他们便开始制造锅炉，出了产品。

“和渭南家的比，我们的一点不差。这当然也是很不错的买卖。凡我们生产的锅炉，不管远销到哪儿，全负责保证安装采暖之后才由对方付款，质量上从未出过问题。我们的锅炉有几台远销到内蒙古集宁。就因为我们的产品好，人家感谢信、锦旗这些，都专程送来过。也有专门来见见我这个技术大拿的。”

我们说，诚实劳动最光荣，这可不是一句空话。它还能增强你人生的自信心，劳动中的创造力。当你深感自己的智慧和汗水正在变作财富，造福于这个世界，你就是一个幸福的人，一个不知疲倦的人。这也是他的深切感受。

“手中这锅炉，自会给人们送去温暖，也是我们的衣食父母。大家得靠它来生活。你就要把它做到最好，精益求精。”

和尚兰根一起，由他负责技术和生产，一段时间，生产出来七八台锅炉，为他们这个小厂子挣下五六十万元。大家也都相应地挣到了钱。特殊的是他们的一个销售员，姓赵，每台按10%提成，挣了10万元钱。“可把大家眼红坏了。”

原平别的一些企业，见他们的锅炉销路好，就想实现“转身”搞锅炉。开始总有那么三几家。这里就有高希恒、王卯兔这些干茶炉、干油罐的，同为原平“搭台唱戏”涌现出来的人物，都有些经济头脑。但又都干不了。这种采暖锅炉，有它一定的技术或者说科技含量。

高希恒的厂子在屯瓦，挂的是县打井队的牌子，后又叫过钻探锅炉厂、金属结构厂，占的是县打井队后院的一排平房。

一开始他们造的是油罐。油罐倒是他们先造起来的。可他们的油罐销路一般，改造了大茶炉，是那种黑烟冒得呼呼的，很破坏环境，销路也不好。

他这种技术领先的锅炉，对高希恒吸引力很大，高希恒要干的愿望也最迫切。

当高希恒知道，他们的买卖挺好，高希恒不可能把他这个技术人才挖过去。高希恒干脆从他们这儿买回去一台锅炉，叫工人们割开，研究锅炉里面的构造。

这岳建英是稍后一些才听到的。不过，话说回来，没有一定的技术力量，你把锅炉切开研究再三，真正想要生产出来，仍然很难。

倒要说很多事物总是有反复。他们的锅炉生产就是这样。

那是在他们生产得最好的时候，看上去似有情由没情由的，税务局的人来了。这一来了，就连续来，差不多天天来，今天看这账，明天看那账。

紧接着，环保局的人也来了。他们一样是指手画脚，这里不对，那里也不对。到处有问题。

一时间，弄得他们都挺紧张的。

“对呀，税务局呐喊的，就是杀鸡讨蛋。实际上是不让你干了。”政策风向变了。私营企业，一倒一大批，沉寂了好几年，“直到邓小平南行以后，才又发展起来。”

没错，当年吕日周在原平也有反复。他后来去了朔州，原平再也没了吕日周。

“我们这个看似微不足道的小厂子，实然和这些都有一定的关系。我和尚兰根自然是最紧张的。他和我说：‘咱们不能干了。这不适宜咱们私人干。’光税务局一家，我们倒应对不了了。再别说还有环保局的人来查。要是国家的政策再退回到从前，人家把你抓起来，定你个什么罪，你又奈何得了。”

他和尚兰根盘算着，合计着：“税务局这样查下来，咱是把全部东西和设备一并给了人家都不够。”

尚兰根说：“咱尽早收手，快快分了这摊东西算了。”

这就停产，关厂。

他和尚兰根散了。各自分下一摊。“我分下的这一摊，又是机器，又是钢材，又是账。尚兰根也不外乎这些。一大摊摊，他愁得卖不了，几次和我说，还得租上地方放呢。”曲终人散。一堆乱钢筋。

这样，高希恒听到他的情况后，就过来找他。

高希恒主要想要他这个人。“可我还分下这一摊摊，怎么办？那就连人带设备，他都要了。这一摊摊，我和尚兰根分时为20万，卖高希恒10

万，他还不干，临了说下7万，实际给了我不到4万，剩下的钱，说他欠我。这30年了，也没还上。”

他当时跟高希恒去，倒是定了一个大工资，每月1000元，在1986年，一般在厂子里上班，辛辛苦苦，一个月刚挣个百把块钱。

岳建英说：“我伺候他的时候，他在班村租下个小二楼。那时候他的生意很兴盛。我去后，一个给他管技术，一个给他管生产，两头都抓。跑业务的跑回合同来，我就按要求设计、生产。锅炉销售情况良好。”

班村这边挺红火热闹，干活儿的大概有四五十号人。院里有个食堂，伙食也还可以。

前面提到那三几家，就是王卯兔他们，到这时已学起来造锅炉。而这个和岳建英本人在技术上不封锁，有很大的关系。

“我们的工人自是要拿图纸干活的。所以，开始他们从我们工人手里偷着复印图纸，买图纸。到后来，那是他们给我一定的报酬，我也给他们设计图纸。有时，我还去他们那里进行一些生产指导。”

这样，一来二去，锅炉的生产加工，慢慢地传开；一家、一家，逐渐、逐渐地，铺设开来。

远远谈不上什么知识保护。没这么一说。对于岳建英，还更喜欢“星星之火，可以燎原”呢。想当初，渭南人挡不住他，他又怎样能挡得住原平的父老乡亲呢？这之上，他自己的观点即：唯建设者，其乐无穷。

“你看呵，他们好些家对我还挺不错的：有一家，那是专程领着我到五台山风景名胜去游玩，我带着二姑娘，费用全由人家负责。有一家，邀我一同出差，见我穿着一双烂布鞋，人家业务员怕那边的人笑话，还特地给我买了一双新皮鞋。”

是的，造锅炉的人有福了。人间送温暖的使者。或也算得上修路架桥了。

当然，有好的地方，自然就会有困难的地方。对，原平有好几家造锅炉的，都是他画的图纸。高希恒当然嫌他这么干，几次和别人讲，他这是

“技术外卖”。高希恒扣住不给他剩余的那3万来元钱，以钱押人，留住他这个技术大拿、生产专家是一个；随后高希恒真不想给他钱，实际上也因为这个。这倒确实是高希恒的一个借口。表面上，高希恒不好意思说，话里话外，岳建英还是听出来了。

岳建英说：“高希恒后来受了耍钱的害。现在穷得没办法，怕是还远不如咱了。我有一年在外面碰上他，他说：‘伙计正打算向你借钱呢，一点办法都没有。’

“我说：‘你那么大的摊子，钱哪儿去了？’

“他说：‘都耍钱输光了。’

“这我也就没提他欠咱的那3万来元钱。说也白说，不如不说。”

高希恒后来当了销售员，给别人卖锅炉，卖一台能抽两三万。实际好好干，也行。要赌，那多少都不够。

“我在高希恒那儿干的时间也不算长。大工资1000元钱挣了有一年？离开的原因，还非在他这儿干得好、干得不好。那一度，我一直和大女婿小贾合计着自己干，摊子再小也自己干，不准备再伺候其他人了。谁叫也不去。一堆麻缠事不说，就是单从技术上讲，受他人制约，也影响我再攀高峰，不能实现咱的中国梦——原平梦吧？”

自从他给他弟弟岳拴明采购来第一台锅炉，在陕西渭南掌握了技术，随后开始造锅炉，到这时，原平的锅炉企业已经发展了好些家。

“都是我带动起来的。我就是这条路上的领头人。”

从20世纪八九十年代、一直到21世纪初，20余年的时间里，原平的锅炉生产都是其经济发展的重大支柱。带动了大量的农民工进城，为很多农民找到了致富的好门路。

原平锅炉厂林立，虽说不上有多么美好，却也是一道独具特色的风景，映衬出原平市（特别是原平乡镇企业——民营企业）的经济腾飞。

不少外人来原平，忽见国道旁一个一个的锅炉企业一字排过去，免不了惊讶：“原平怎么会有这么多的锅炉厂呢？”

岳建英没有做过详尽的统计，但顺口也能数出三四十家来，一直发展到300多家。

推动了原平的经济发展。

为原平的经济税收奠定了的基础。

任村盖有自成宫

人的机缘巧合，有命运的安排，冥冥之中，那只无形的推手，起着很重要的作用。细细思量，实也荡不出所谓的恶因业坠，善以缘升。岳建英和他的大女婿贾宪宝的结识，亦是这样。

“搭台唱戏”初始，岳建英在城建局那头干活，揽了744部队做仓库密封门的好买卖，可密封技术解决不了，这时，贾宪宝出现了。正是小贾这个年轻人帮助他解决了技术难题。

贾宪宝所在的部队家属工厂，属原平52942部队。他1980年当兵后先分配在汽车连，后调入这家工厂。他们厂生产橡胶、塑料以及一些密封件制品。只是在岳建英找过去后，小贾却回了太谷老家，人不在厂里。尽管说厂长等人热情有加，只因技术上没有保证，折腾了几天，结果连个密封条加工方案也没有赶出来。

岳建英师傅正犯愁，这位厂长和他说：“咱们懂技术的小师傅，很快就回来了。”原来他们也在等贾宪宝回来。

52942部队家属工厂，离城里有十来里地。人员构成，不只为部队家属，也有一部分现役军人。贾宪宝就属于后一种情况。

当兵3年，贾宪宝正赶上全军裁军100万的政策。小贾在家属工厂是个不可多得的技术人才，部队想留他，领导便找他谈话，给出他两种选择：是继续当兵呢，还是就地转为职工？如果他想继续当兵的话，那么他得先回家一段时间，因为部队有规定，这个工厂属裁军范围，一个兵不留。因为他是特殊技工，部队裁军完毕，他可以再回来。如果他愿意转成职工，先办理退伍手续，将来他们再通过招工，给他补办职工手续。

而这中间，贾宪宝还因为学技术，错过了一个考军校机会。当时上面推荐了他。可他正钻在机工技术的学习里，不想半途而废，把个考军校的机会放弃了。

他想，自己考军校时机已经错过，继续留在部队里，也不会有大的发展，最多转一个志愿兵。志愿兵一干15年，退下来还是一个职工。现在他有这个机会转为职工，为什么不转呢？所以，他当时就答应领导，他愿意转为职工。

他们领导说："那好，你办完手续，回家住上个把月，兵精减完了，你再回来。因为你在这儿，怕对其他人有影响。"

所以，恰巧岳建英来做密封件，其他人干不了，厂里只好给小贾拍电报，把他叫回来原平。

小贾是车工，在家属工厂，正负责模具设计加工这一块儿。

他们两个就见了面。厂长把他们介绍给对方，讲岳建英师傅要的活儿挺急，"你赶紧给做一下吧。"

一个密封件，首要工序就是要有模具，有了模具，才能压出产品，没模具，产品制造不了。

岳建英多少吃惊，是这小贾领了任务后，马上就拿出来一个制造方案。可车间的钳工技术员不在。

小贾说："你要急用，还得从地方上找两个钳工。"岳建英就从鼓风机厂找了两个，来配合小贾工作。

头一天夜里加班，小贾带着他们，一下就干到午夜12点；几个人上街简单吃了一口饭，回去后继续加班，一直干到凌晨5点，把模具做出来，开始试模。第二天早上8点，试模产品出来了。

岳建英过来一看，产品达到了使用要求，心里有了底，说："再弄细些，开始批量生产吧。"他没想到会这么痛快，真是利落。

密封件批量生产后，岳建英就常过来等货，催货，同时在车间里和小贾聊天。

贾宪宝还是一个挺有故事的年轻人，如他把考军校的机会错过，实乃为的是学习车床技艺，岳建英师傅就觉得，他们是知音。

小贾说："我全身扑在机床上，不错过一点儿学习机会。我那钻研劲头，不光师傅们喜欢，厂领导和同事们也喜欢。当然，得益的是我自己。我过去一个螺丝型号都叫不出来，也不懂机床状况，很快变得可以用机床车出模具，制造模具，又逐步发展到机械制造上。"

冬天，鼓风机厂集中培训学徒，小贾得到消息后，便主动和这边取得联系，作为一个编外学徒，来鼓风机厂旁听、学习。52942部队驻地，离鼓风机厂十几里路，小贾来去步行，不管刮风下雪，从未耽误过一分钟培训时间。

就是靠着站在别人后面潜心旁听的方法，小贾不但学会了机械制图，还因能融会贯通，掌握了密封件的工艺与制造。有这么一技之长，基本上保证了自己的一碗饭吃。

在家属工厂，小贾放眼过去：年轻些的，都是干部子弟；年龄大的女职工，也都是干部家属。只有他一个人可以说是无依无靠，唯有凭借自己的勤奋、努力，多吃苦、多受累，特别是学好技术，用好技术，才能有出路。

每天一早，师傅们还没起床，他就把火烧好，把整个车间烤热。师傅们下班之前，他则提前打好洗手水，把毛巾和肥皂放好。

赶上部队培养军地两用人才，部队上非常鼓励他们这些青年学技术，用技术，也定了很多技工等级。不多时，他即被评为技师，并被选为培养军地两用人才的模范。

"有了脱离农村的机会。"贾宪宝说。

岳建英说："也给我们今后办企业奠定了基础。"

原平52942部队家属工厂，也真就离不开他。

岳建英说："我和他都是很热爱技术的人。也让我回想起自己的当年，让我当厂长，不让我学技术，我宁愿装病在家。”

岳建英师傅，这样一个民间性人物，却是原平工业的领头雁，带路人。这个没人能否认。这是历史，同时也是历史机遇带给他的。现在，原平工业的这面旗帜，几乎是在无以察觉中，又将传到小贾这一代人手中。

当年，我于原平某宾馆采访贾宪宝，他一上来，我就问他：为什么要当兵？他回答：“就为了寻找人生出路，脱离贫困的农村生活。”

他给我讲过这么一件事：因为小时候他家里穷，经常吃掺了榆皮面的高粱面。有一次，他想吃瓣蒜下红面，就端了碗，拿了蒜，往农村那种饭场上走；可快出大门时，一瓣蒜吃完了，可红面还没有拨拉两口；他想再返回去拿瓣蒜，却不敢了，因为全家人一年总共才一辫蒜，一共二十来头，且主要还用以炒菜炝锅；家穷，本就不允许你吃生蒜，这生吃一小瓣，已经算是越外了。

那个时候，他想得最多的，就是什么时候才能不吃高粱面，“哈哈，”他自问自答：“这个当然是不可能的。”可又一转念：什么时候咱又能吃三顿高粱面中间夹两顿白面呢？“呵呵，”他仍是自问自答：“这个，通过努力，还是可以实现的。”因为在那一时候，他听说下井的煤矿工人，吃六成细粮，四成粗粮。他琢磨着，要是这伙食，就差不多。只是到煤矿下井挖煤的工作不能做。这个不仅是在他们太谷农村，实际在山西很多地方，都有这种教育：人只有到了万不得已的时候，才下井挖煤。井下那是要死人的，人的生命没保障。

所以说，如何能脱离贫困的农村生活，当时已扎根在了贾宪宝幼小的心灵。

他家在太谷县任村。太谷从历史上讲，流传很广的民谚就有：“金太谷，银祁县，广吃米面榆次县。”实已道出太谷县当年的辉煌。清初，太谷和祁县、榆次一样，启动了北路贸易，随着康雍乾三代招边征讨，涌往内蒙古、西北谋生的人日渐增多，恰克图贸易开展以后，太谷商旅在茶叶之路上逐渐取得了领袖地位；到乾隆年间，太谷已经是“商贾辐辏、市肆鳞集，西北至燕秦，东南至吴越、荆楚之境，意者操奇赢、计子母，习于金贝钱刀之气深”的繁埠。民国年间的大学者卫聚贤，在所著《山西票号史》序言中说：“山西金融之中心，确系太谷。其一县之势力可抵榆次、祁县、平遥、介休等数县。”清末民初老学人刘大鹏，亦曾记：“太谷一邑，富甲于晋，为吾省荟萃银钱之区。今寓此，见街市之中，商旅往来，肩扛元宝，手握朱提，如水之流，滔滔不断。”足可窥见当年盛况。商业贸易，将太谷变成了世禄侈富、车驾肥轻的膏腴之地。

贾宪宝说，他们任村在过去也是很富有的，而且有号称一点儿也不逊色于曹家大院的自成宫——完全是北京故宫的缩小版。倘若他们任村这一大的建筑群在，今日山西所存几大大院，都不能与之比肩。“它要漂亮得多。”在他残存的记忆里，自成宫很大，很壮观，东南西北四道门一关，外面什么人也进不去。自成宫大院两次被毁：一在抗战时期，据称里面有日本人的谍报机关，藏有电台，咱们军队拿下它之前，用火烧了好些天；一在1966年破“四旧”，又是用大火烧呀烧的。自成宫自此也就毁了。“村里老百姓把墙上的大砖拆下来，又盖碾屋，又垒猪圈。”

任村离太谷县城40公里，离榆次市区50公里，村民主要由他们贾姓和任姓二姓组成。

自成宫始建于清早期，由他们贾姓一族完成。而他们贾姓一族的财富积累，则更多通过闯关东所获得，与我们今日所言晋商票号汇兑天下，有着很大的不同。

贾宪宝说：“‘要看好戏上任村，任村盖有自成宫。’这是当年大家的说法儿。”“我们村是太谷的代表。”指的还是昔日里晋商的辉煌。

“我出生在一个下中农家庭，父亲去世早，我母亲双目失明。母亲失明时，就40岁呀，是生孩子、坐月子抱病，而没能得到有效医治。我是老生子，为母亲失明后所生。母亲不曾看见过我。”

又道穷人的孩子早当家。这是贾宪宝初中毕业后，家里供不起他上高中，他就自己找了个事儿，开始卖冰棍。他不只是在他们村子里卖，而是转着要到周遭的好些村子里去。批发来的冰棍到他卖出去，一根挣三厘钱，赶着天热，他腿勤跑得欢，一天甚至能卖出去600余根，一般能挣着一元五六角钱，“多的时候，一天还挣到过2元钱。就是个高兴。特别是卖完冰棍后回到家中，把那大把零钱掏在炕上，拉母亲来和我一起数钱。母亲虽然看不见，但她能摸出来，是那么一堆，和我一块儿高兴地，数呀数，数炕上这堆钢镚儿，这堆毛毛票。”

母亲比他还更高兴呢：孩子长大成人了，能养活自己了。

他村里，当时和原平柳巷村的工分值差不多，一个工队里给的7毛钱到8毛钱；一个壮劳力，一天能挣一个工，也就是七八毛钱。他这小孩子卖冰棍，竟能挣着一元多两元钱，大人们都要眼红了。

辛苦受累，自不待言，实际这里面还得有一些商业头脑。

有一次，他背着冰棍箱跑得太急，一不留心，一头栽倒在路边，脑袋撞着石头昏了过去。冰棍箱子从他身上甩脱，也甩出去很远。那正在半路上，好一时都没人路过。到他苏醒，已不知道过去多时，爬起来赶快去看冰棍箱，冰棍已化，内中只有冰水。而说他这孩子有点办法，那是他尽快到前面村上，卖了大几碗冰水，全卖完了。

“把损失减少到了最低。”他说。他当时在给岳建英师傅做密封件同时，就爱和他聊；一边，岳建英听到他这样说，心中则暗想：“这小贾，他总是个能成大事的材料：一不气馁，哪儿跌倒哪儿爬起来；二敢于面对现实，不做自我的逃兵；三将损失减少到最少——在所有的事业当中，失败才是最考验人的。失败者能把损失减少到最少，需要的不仅仅是勇气，毅力，更多的还是承受痛苦的能力。”

岳老先生也和我说：“我格外看好他身上这一点。我以为，这比太谷出晋商、太谷人历史上就会做买卖，重要得多。”

在宾馆，贾宪宝继续讲自己的人生故事。

那几年在老家，夏天他去卖冰棍，其余三季到农业社上工，干一个全劳力营生。冬天最受罪，特别是跟着农业学大寨专业队，冰碴里打井，风雪中垒堰，冻土中深翻土地。生活太苦，促使他决心离开。

1979年，部队到他村里招兵，他积极踊跃报名，带兵的干部认为他各方面都不错，但医生说他是平脚，他没能让挑走。第二年，赶上了要打自卫反击战，医生仍说他是平脚，可又说他这个平脚不严重，不影响行军打仗，“所以，就挑住了”。

他村里共挑了4人，有两个认为要上前线打仗，就不去了。他当然是积极要去的。但临走的时候，他却很舍不得他母亲了。他父亲刚去世两年多，他上面虽有一个哥哥，可感觉因成家这些，担心哥哥照顾不好母亲，他就想，自己还是应该在家里侍奉母亲。

“是母亲坚决支持我走。我和母亲说：‘我走了，怕我哥一个人招呼不到你。’母亲说：‘我没事。你哥能行。你只有当兵，才有出路。’我哭着和母亲说：‘既然妈同意我出去当兵，我就不准备再回来村上了，我一定要成人成事，为母亲争光。’”

贾宪宝走的时候，在村上当老师的表哥，送给他一个笔记本。他表哥和他说：“表哥没钱，就送你这个笔记本吧。”

他表哥在上写了三行字，正是孟子的：富贵不能淫，贫贱不能移，威武不能屈。

这历尽千秋的至理名言，也成了贾宪宝一生的指南针，座右铭。

乘龙快婿

回来说岳老先生，这是：“啊呀，我和小贾聊得很投机。”

忽然有一天吧，岳老就专门问他：“成家了吗?”

小贾说：“没有啊。”

岳老说：“给你找个媳妇，你要不要?”

小贾说：“当然想要了。就是这儿的媳妇要彩礼，我没钱，娶不起媳妇。”

岳老说:“那一分钱不要呢?”

小贾说:“哪有那样的好事。谁家嫁姑娘能一分钱不要。”

岳老说:“要是真有呢?”

小贾不置可否。这个聊天过程，他是不知情的，不知道这个未来老丈人是有意而为之。

第二天，聊天中又谈到这事儿，弄得小贾还有些不好意思。这话也就岔开了。不过接下来的话题，也是他们两个格外关注的。

这就是他俩探讨一个企业如何做大。岳建英讲的多侧重于人才和技术。贾宪宝在肯定他的话的前提下，又强调了资金投入:“企业要想做大做强，还就得有大资金投入。我们试想一下，农民投资一把铁锹，无非也只能种二亩地;这办企业我投入得多了，而非小本买卖，自然挣得就多。一句话，只有大投入，才有大收入。”

接着他俩又谈了企业管理的重要性。由技术到个人办厂，再到政策法规这些，越谈越有共同志向。

岳老先生后来和我说:“这不就是一个办企业的人才吗？有这样清醒的头脑不说了，还又是一个真正干机械的内行。他当时可能也是这么想我的:我懂技术，是一流的老钳工;他也懂技术，手中握有密封件一技之长，又是个好车工，不仅作为同行，我们可以很好合作，真有个什么地方，让我俩合伙干，一定差不了。”

正如贾宪宝从太谷老家一回来，岳建英那29个军用仓库大门的密封条，倒全有了着落。

他俩神聊这同时，岳建英还向小贾他们几个领导打问了他的情况。当然了，他们都说他是个好孩子，一个可造之才。

“我对他很感兴趣。他也不例外，认为我这个跛老汉，是个很值得尊敬的，还很有活力的老前辈。如果不曾有我心里挑女婿这个小九九，那我们两个，也是一对儿难得的忘年交。”

他俩成了知音。这挺像历史学家吕思勉写在《三国史话》中论古人与今人的关系：古人基本上生活在一个封闭的农耕社会里，人们多是和自己的家人、亲戚在一起；今天人们在社会上以事业为重，所以，相处的时间最长、交往最密切的，往往是有共同事业的朋友，是事业把大家聚在了一起。

决定了，不再试探了，岳老也和大姑娘讲过了。于是，他便把这件事郑重地委托给小贾他们厂长。过后，岳老又过去他们厂催货，几人说几句话，岳老即作了回避。

这样，厂长就跟小贾说："老岳想把他女儿介绍给你。"

他还以为厂长是在和他开玩笑："厂长，你别逗我了。"

厂长很正经地和他说："先见见面，行就谈，不行就不谈。"

事正如此。这后来，他俩都这样向我做过复述。

忙过给他们做产品这一段时间后，岳建英再去找小贾，就直接请他来家里转转。他看出小贾有那么些不大好意思，为了避免尴尬，给了小贾一张加工螺丝的图纸，让他帮忙加工好，中午送到家。可那天上午到中午小贾一直都有事儿走不开，就改在了下午把螺丝加工好，晚上送过去。

这小子也挺有心计，第一次上家相亲，又叫了一个战友跟过来。他这战友比他个子低一些，穿得也没他精神。他人长相本来就不错，皮肤又白皙，让这位远不如他的战友一衬托，倒显出来几分特殊。

岳老的大闺女新兰在外还没回来。是他媳妇玉娥一眼倒看上了。玉娥悄悄和老汉说："人挺不错的。人挺不错的。"似乎未来岳母这一关，已经过了。

岳新兰当时在他们那个厂子里干油漆工。小贾来了10分钟左右，她也下班回来了。她爸就给他俩介绍："这是我女儿，这是小贾。"表示知道后，新兰进了另一屋。她也没啥说。小贾是领着战友来的，是两个人，新兰不知道哪个是她爸要给她找的对象。

她妈跟去了另一屋。她和她妈说：

"那个小个肯定不行。那个脸白的还行。"

岳建英说："俺新兰以前也让人家介绍过对象，她都没有看对。但这一次，俺新兰看对了。”

有了这一层关系以后，岳建英又经常去小贾车间和他说话。也算是个互相考察吧。对了，“小贾也看对了俺新兰。小贾这孩子坦荡，不像有些年轻人虚荣心作祟，净挑好话说。他和我说：‘我现在没有正式工作。厂里答应的是给我转职工，但到目前为止，还没有给我办手续。谁知这中间会不会有什么变化。如果生变，这我可能就没有工作了。”

岳建英说：“不怕。我找的是人，不是工作。”

小贾又再三跟他说。他话锋一转说：“你只要有这一身的技术和这样清晰的头脑，那就不会差的。我对你现在是否有正式工作，不是很看重。”

对，他看的是将来，是小贾的将来，也是他们的将来。

“这后来多有人和我说，我长有一双慧眼，一下倒瞄准了小贾这个有技术有出息的孩子，让他做我的乘龙快婿。都是好话。我也不需要自我吹嘘，按一般情况，在小贾这个人生阶段，普通老人则是不会把姑娘托付给他的。”他能做出这个决定，确有点儿超越常人的思维。

当然，对于贾宪宝，实则也是看中了岳建英这个老一代技术人才。部队工厂这边如实在不行，解决不了他的工作问题，他们有了这层关系，他还能和这丈人在原平再开一个厂子。

原平这时的“搭台唱戏”，也正给出了这么一个大的社会氛围。

吕日周主政原平，县里出台多项政策鼓励农民进城办企业，“万元户”这个概念，不多时间，即席卷了全社会。

大家都在思考。岳建英在思考，贾宪宝也在思考。讲得更世俗一些，贾宪宝一方面是在找媳妇，另一方面，也是在找他人生的出路。岳建英既是在找女婿，同时也是在找他和孩子们的未来。甚至可以说是在找他整个家族的未来。

“我三个儿子，大儿新才，这时带着工资正在上大学。他虽说是一个企业管理能手，但新才人家的人生志向就不在咱原平，对家中创业的兴趣不大。他更像是一个在外面工作的干部。这我不能指望他。老二新荣，是个特别听话的孩子。他倒很适应跟着我。但新荣身上的闯劲和钻研精神没有优势。他沉默寡言，不大适合和外人打交道。他属于在家守业的那一类。老三少华，这时候年龄还小，仍在学校苦读。少华也是一个特别听话的孩子，和他大哥最相同一点，是身上也有股子书卷气，儒雅文静的东西多，好像也缺乏创办企业的那种魄力与风风火火。”

这是他当时的看法。实际后来他家老二老三办企业，也都挺成功的。但就办企业而言，他俩还是不能和贾宪宝比。

所以，岳建英和贾宪宝，更是因为共同的志向走在了一起。

这时候，岳建英就有了自己开厂子的想法。他问小贾："你不回老家行不行?”小贾说："行。”“自己开厂行不行?”“行。”

不过，这可是他老岳头要嫁姑娘的。“要把俺家新兰说给这小子。那一点马虎都不能。”

原平人历史上就有个讲究，找对象坚决杜绝对方有狐臭。晋西北地广人稀，历史上多有烽火战事，连年戍边，绵延不息，这同时也促进了各民族之间的交融。诚如一直到今日，汉蒙通婚即为平常事。只是在咱汉民族身上，亦始终坚持着自己的一套生活原则。如对于外来文化，有接纳，就有排斥。所谓农耕文明之生存形式，本就包含着我们种种生活信念在里面。

狐臭，换言，胡臭。这也是老辈人传下来的。嫌弃之情，根深蒂固。

岳建英说："我在这上面，也极早注意。这一次，就是我一个人的主意，我和老伴玉娥也没有讲过。这个可能也有点过分，狡猾了一些。这还就在他们车间，我正跟他说着话，突然装作不小心，脚下一绊，一头倒栽在了他的胸口。哎呀，他就扶我。我借机就闻。没有。没有狐臭。这我倒放宽了心。”

可没过了两天，他这小小计谋，便被大家识破了。小贾也知道了。知道了他这是为了闺女新兰用心良苦。“教我老汉倒有了三分不自在。”

岳新兰和贾宪宝真还没有谈过多长时间恋爱。因为他两个人的关系定下来以后，部队家属工厂，派小贾到西北橡胶研究所去学习。西北所所在地在西安，照当年来说，已经是大老远的了。贾宪宝和岳新兰通过几封信。也和岳建英通过几封，上面多谈到他的学习情况。“这期间，新兰思念他，那是他们的事。说不说，我也挺挂念他的，想知道他在西北所学习的情况，究竟怎么样。”

拜他兄弟岳拴明所赐，他有了一个和小贾见面的机会，这就是他到渭南给拴明买好锅炉后，顺道到西安去看小贾这未来女婿。

他主要是去看他是不是在好好学习。毕竟小贾还年轻，西安这么大个地方，人心一旦收不住，总往外面去，荒废一段学习时光，实在算不上是多大个事情。但作为个人，尤其是他这样的学员，倒吃了大亏。弄不对，一辈子都不一定能补上。

结果一打听，部队派去的四五个人，就数小贾学得好。

他师傅和岳建英说：“其他人都不行，就他行。”这下，岳建英老汉放心了。

贾宪宝在这儿还挺有人缘，不用他发愁，倒给他安排好房间住下了。

就在这时，前面提及的贾宪宝那个当教师的表哥，也去了西安。小贾表哥爱好画画，是来这边画画写生的。他找过来以后，小贾又把他和未来丈人安排着住在了一起。

岳建英说：“这也是一个很不错的人，很关心他表弟。我和他相谈，十分投机。这阵儿，小贾和新兰还属恋爱阶段，并未正式订婚。正是通过这次与他表哥接触，大家商量好了：小贾西北所结业回去以后，就给他俩完婚。”

西北所学习回来后第二年——中间仅隔了三四个月，贾宪宝和岳新兰正式举行了婚礼。

“可以说基本上没要彩礼，是小贾主动给了我们150元钱。”

为此，也就有了后来贾宪宝向外人讲的这一段：“我丈人他不怕你穷，只怕你没志气。他不是以贫穷与否来衡量一个人的价值的，他看得很长远。他能在我最贫穷、工作没着落时，将女儿托付给我，足见他眼光独到，思维开阔，个性鲜明。”

他们厂长是媒人，所以迎娶时，部队还派给了他一辆车；结婚后，还给了他们一间房。

贾宪宝和岳新兰也有遗憾。这便是两人结婚时小贾家人没来。一个离得远是客观存在，主要还因为贫穷，没钱，过来不好照顾，招呼不到。

岳建英说：“他更不愿意和我们张口。”

岳建英说：“小贾是一个很孝敬老人的孩子。若讲他后来有什么大的遗憾，那就是他真正把泰宝企业办大办强以后，他双目失眠的老母亲已不在人世。他多希望，他母亲能在他身边，他可以拉着他母亲的手，走在这高科技工业园区，让他母亲亲自感受一下：这一切，都是母亲的。”

双目失明的母亲，当时，没来。心到，是远远不够的。这就是人生的痛苦。

贾宪宝说：“还不错，叫上战友们红火了红火。朋友们共坐了6桌。”

后来战友们说晚上要过去闹洞房，可是他两个忙了那么大一晌还饿着肚子。两人就决定赶紧做饭吃饭。小家内做饭的用具不全，只有一个擦子，新兰和了块儿面，小贾就用擦子擦。谁料这是个红面擦子，擦不了白面，小贾一用劲，竟把手擦破了，血流在了面里，但仍不能擦。无奈，两人重又将沾了血的面和在一起，揪了一顿带血的面片吃。

第一桶金

时间，来到1987年冬天，他们自己开厂子了。

厂名：原平柳巷动力设备密封件厂。

产品正是密封件。“我和我大女婿贾宪宝交接，到他和我家新兰完婚，我们那时候就准备好了。小贾曾在西北橡胶所学习过，懂得橡胶工艺，我在机械制造方面有一套。”丈人女婿组合在一起，用今天话来讲，就是

“完美搭档”，走出这一步，是迟迟早早的事。这也是他最初选女婿想法的实现。是不是中国梦，不好说，但说是原平梦，则不过分。

贾宪宝办了停薪留职，来柳巷和老丈人一起创业。这里需讲明，他们生产的密封件产品，在国内国际市场上，是一个什么状况。

它为煤矿综采设备所用。看似不怎么样的小小产品，恰恰是国内橡胶厂家生产不了的。贾宪宝到西北所学习的时候，正逢他们进行国产化研究、开发。过去我们的煤矿采用普采，也就是拿木头支柱支起来放炮的那种，安全和效率都差。为提高国内采煤的机械化程度，1976年，煤炭部从国外引进来100套综采设备。这个密封件就需要国产化。因为在当年计划经济条件下，生产单位报一个密封件，需用一年多甚至两年才能进口回来。这样的进货周期，严重影响了设备的正常维修，而且价格十分昂贵。煤炭部为解决这一难题，即委托化工部进行研制、开发，化工部又委托西北所，由他们来完成。产品因属计划经济项目，西北所研制出来，即将一部分生产任务转到河北石家庄橡胶厂，另一部分转到山东枣庄橡胶厂。

密封件生产技术含量高，但产品小，用量少，品种又多。所以，大橡胶厂嫌太麻烦，不愿意干。如上述两家，干大轮胎，大胶管，干一个班，生产产值可能是几万、几十万。你一个密封件就挣几毛钱，价格高点儿，也就三元两元，不会再多。

正是基于以上前提，在这样一个密封件生产状况下，他们开办了自己的密封件厂。

真乃夹缝里求生存，却钻了一个大空当：大厂嫌麻烦，小厂干不了；“恰好我们干，咱有人，有技术。”就等着大显身手，大展宏图。

国家计划经济产品，并非你想生产就可以生产。你不通过国家的层层认证，即使你生产出来送到人家门上，人家也不敢用。

他们开厂之始，即和西北所签订了技术合作协议。这就是有了“批文”。他们这小厂子，可以进行密封件产品的国产化开发与推广了。

企业生存，首先得有业务。这对于他们丈人女婿，思想上都极为重视。

也因为此，厂子刚一成立，贾宪宝便通过原先的关系，和晋城矿务局签下了一笔16000元钱的生产订单。

可在这一时候，他们离生产开工尚有时日。机器设备这些，还什么也没有。

为此，贾宪宝就想到了去陕西兴平外购。一个，为了不影响用户使用；一个，更不想误了这笔好生意。兴平离西安不算远，50多公里，就在西北所所在地咸阳过去那一边，从咸阳走，仅20余公里。

这样，贾宪宝准备了7000元钱，里面有他千辛万苦的积蓄，还有一部分贷款；因为当时人民币最大面额10元钱，这7000元钱，他就背了半包子，上路了。

很显然，当时他没经验，谈不上什么保护意识。路过太原，他还回了趟太谷。贾宪宝心很淳朴，就想让母亲高兴、高兴，他能拿这么多钱去做生意了。目的达到了，随后起程，人去了西安。

可一到西安，天快黑了，当时交通不发达，到兴平毕竟有100多里路要赶，他就准备先住下，第二天一早赶班车。

决定了，先吃饭，再住店。西安嘛，自然就要吃羊肉泡馍了，进了这么一家小馆子。

他开好票，交了票，坐下，等泡馍上来准备吃时，随手把装钱的包包放在了桌腿旁边。当时旁边有个卖大蒜的，一小碟子5分钱，他就上前买了一碟。可就这刹那，他扭头回来，老天爷，装钱的包包不见了。

这下，傻眼了，他赶紧报了案。派出所离泡馍馆不远，警察挺负责，不一会儿，六七个民警赶了过来。

他印象没错，就是在他买蒜这个过程中，一转身、再回身，包不见的。所以，他和民警都怀疑是泡馍馆哪个师傅或是端盘子的服务员抄的包。民警把泡馍馆所有的师傅和服务员都叫出来，站在外面，一一询问；并且一名民警还陪他把一楼到二楼的柜子搜查了一遍，包，没有找到。

不翼而飞了？这时，天渐渐黑了。民警和小贾说：“我们该询问的也询问了，该搜查的也搜查了，没有发现你的包。你现在回家吧，有什么消息，我们再通知你。”

小贾不知该怎么办。顺手一掏兜，兜里只有8元钱。当时住店要介绍信，他的介绍信在包里也丢了，这意味着，他连旅馆也住不了了。他向民警讲明情况，民警指给他说，马路对面的旅馆，很便宜，如果他们跟他要介绍信，他给民警打电话，民警给他作证他丢了包，丢了介绍信。

这小旅馆没介绍信也能住下。他在此花了4元钱，登记了一个床位。所谓旅馆，实际是大通铺，可以住几十个人。但当时只住了五六人。稍好些的地方，是晚上可以洗澡。

服务员给他发了一个脸盆，一双拖鞋，他拿上后找了个铺位，恍恍惚惚地住下，又恍恍惚惚地睡着了。

一下，他又突然惊醒，坐起来，说：“我的包丢了。”

随即，又拍拍枕头，说：“我的包在这儿，没丢。”

他又睡下。一会儿又惊得坐起来，指指脸盆说：“那不是我的包嘛，这是我的包，没丢。”

这样反反复复，惊醒了，又哄自己，再惊醒了，再哄哄自己，再睡下，脑子快崩溃了。

他脑子里有两个自我在作斗争，一个说今晚我坚决不出去了，好好睡一觉；另一个则不由自主地想起这个事，一直被惊醒。两个想法斗争了很长时间，这么着折腾了一整夜。

好容易熬到天亮，花1元钱坐车，去了西北所。

小贾找见他师傅，把事说清，向师傅借了50元钱，随即往回返。

路上，他一直在思考，究竟还能从哪儿拿到钱，把这笔生意做成呢？否则，怕是连翻身的机会也没有了。

忧心忡忡。忧心如焚。当时他的一个外甥女婿在太谷信用社工作。返原平之前，他先去找了他，想让他给他贷款。但他去的这个时候不对，外甥女婿说：“冬天是收贷，不放贷。春天才放贷。”这条路，没有走通。

他又想了好多，都行不通。真就在万般无奈下，他背着丈人和新兰，去找了他岳母。他家那点积蓄，都在他岳母手里。

小贾跟月娥说："妈，我想做这批生意，需要借钱。"

"敢是月娥人家心疼女婿吧，背得咱，倒很痛快地答应了小贾。"岳建英说。

这就是他们家里多年来的积蓄，仅有的4000元钱。小贾一听，心情一下轻松了不少。可这是定期存款。小贾就说，定期也没关系，他有办法取出来。他讲他曾经取过定期存款，只要拿上介绍信，银行就给取钱。岳母把存折给了小贾。之后，小贾到大队开上介绍信，到银行把这4000元钱取了出来。

哎呀，这一次他再拿到钱，那是万分注意了。他先叫新兰给他往内裤里缝了两个大口袋，钱放进去后，再将大口袋缝住。然后，便是第二天在去兴平的一路上，不仅不敢吃，不敢住，两只手还紧紧地抱在小腹上，几乎不松开。坐了一整夜的车到了西安，第二天又坐了一上午的车，赶到了兴平那个厂家。

也说贾宪宝脑子活套，不死板，他跟人家讲了，说他第一次来买密封件时，走在西安把钱丢了，希望人家能给他一些优惠。

为此，人家又照顾了他一些。东西买上了，一整箱子，装满了多种型号的密封件。

回程的途中，他又是怕丢了货，始终紧抱箱子。下午从兴平坐车到西安，然后从西安坐火车到侯马，在侯马下了火车，就已是深夜2点多了，这个密封件箱子，就没有离开过他的怀里；深夜3点多，他又赶坐班车到晋城，直至第二天下午，他抱着箱子去了晋城矿务局交了货，才松了一口气。

他两天两夜没合眼，饭也没吃一口。

回原平的路上，他睡着了。

这之后，便是等晋城矿务局那边的回款。过了几天，晋城的款未回，却听到大队的高音喇叭叫他去取电报。他拿到电报后一看，上写：

案已破，速来西安。

这可让他喜出望外了。一直到这时，他才跟丈人、新兰、岳母说了丢钱的事。

岳建英说：“我们这是悲欣交集，听得泪也掉下来了。你说人家月娥，听着小贾说他指着地上的脸盆是装钱的包包，哎呀，笑也笑死了。”

第二天贾宪宝就去了西安。见到接头办案的民警，他第一个倒得到一件呢质大衣，这是小偷拿他的钱买的东西。

民警跟他说，结案之前他不能离开西安，还得重新写报案材料。但他没钱住店，就又去咸阳住到了师傅家，隔两天，去派出所写份材料。一个月后，案件结清，追回来4000多元钱。

具体情况：是三个小偷一伙，两个18岁，一个17岁，他们去西安高压开关厂偷东西时，被厂公安科的人抓了个正着。通过审讯，其中一个小偷说，他曾在一个泡馍馆偷过一个包。这样厂公安科到派出所调查，根据小贾的报案材料，与小贾取得了联系。

为了感谢人家民警破案有功，小贾做了面锦旗，上写：

西安民警，破案神速

又用大红纸写了感谢信，贴在西安高压开关厂厂门上。又买了烟和糖送给民警。

交接仪式，电视台还派记者录了像。这也是贾宪宝人生中第一次出镜。他们家走出来的这位泰宝老总，此刻而为一个失主，因追回来大部分失款，对西安民警充满了感激之情。

当然，他也回咸阳感谢了师傅这些天对他的收留、照顾。

这时，晋城的钱也回来了。但不是全部订单的16000元，完成的是部分订单，总共合一起10000元出头。

所以，这笔钱，亦可称之为他们的第一桶金。而他们随后正是用这笔钱买来了旧机床、旧榨油机，买来了生产所用的原材料，厂子开起来了。

小圈圈，大市场

不过，这同时也意味着，岳建英至少在这个阶段，放弃了消烟除尘采暖锅炉的设计与制造。

当然了，他也不再靠手中的技术（包括很多关系）“侍候人”了。

这些年，受的苦累，倒腾的地方，都是相当多的。生活上尽管也打了个小小翻身仗，但付出和所得，不成正比；“缴了学费”“探了路”“做了奉献”的，一桩接一桩。虽不能讲完全寒心了，却也失望大于期望；更别说有些事情，还让你陡生心烦，“麻爂不出来”。

他说：“和尚兰根一起搞锅炉，算是最好的了。可税务、环保这些职权单位逼着你散伙，中间实际上还发生过打人事件。当然是人家打咱的人，像现在有些不好的城管那样。这后面，碰的是高希恒，此前还有一个是咱徒弟李和生（他生父实为日本人），手里有俩钱，也是上了赌桌，自也就顾不过来大家的辛劳血汗了。

“为了生存，其他事也有挺麻缠的。如一次给人家跑信息买汽车，前后跑了几趟，托办事的给了咱30元钱辛苦费。没过多长时间，这人却因倒贩袁大头让县里的打办（打击投机倒把办公室）抓起来了，一审两审，竟把我从他这儿挣过30元钱，也交代出来。打办的人就来柳巷找我，逼着我退钱。我顶住不给，说我没钱。打办的人便去了村上，跑到村委会，想在乡里乡亲跟前败坏我的名誉。不过没讨住便宜。村委会的人，比我顶他们顶得还硬：‘岳师傅不能白跑腿吧。人家还是一个残疾人。’来柳巷闹事，何不是跑人家家里来撒野?”

到此时，丈人女婿筹办小工厂，这些暂时是过去了。可给他们带来的，反而是又在外扑腾了这么几年，返回来柳巷在家中创业，还举步维艰。

场地，柳巷村自家这半大不大小院，腾出一间西房，不足40平方米；一间小南房，十来个平方米，也就是过去他家里的一个小柴房。

设备，接近于无。一切都得从头开始。

启动资金，前面已经讲清楚了，就那一万多元钱，就要靠它来创业。慢不说密封件产品的科技含量高，原材料你必须买，不可能从哪儿赊来。照正常说，你没有个十大几万的设备投入，想见到合格产品，难上加难。

“可咱还只能土法上马。打问住个好消息，这是咱原平地分庄村有个熟人，他是村上管副业的，他们村有一台报废了的榨油机和一台旧车床要卖。旧车床，卖2500元；报废榨油机，卖800元。旧车床，人家不和咱搞价，咱也完全能接受，是咱占便宜。榨油机，这既然是报废了的，总应该再贱些。他们也不是难说话的人，再说了，是他村里想卖出东西，几个人商量了一下，便宜了咱300元，500元，咱把这台老榨油机拿下来了。”

可人家村里人不管搬运的事。去了个保管，给他们开开那废厂门，人就走了。这他们自己就得想办法往外头搬。

这倒腾可费了大力气。还几乎出了大事。找人、找拖拉机、拿撬杠、拿小吊车这些且不说，因为这两台废旧设备在室内，首先得外移。两个工人拿着撬杠撬车床时，贾宪宝在另一边使劲儿，沉重的车床刚一挪动，轰隆一下，竟倒在他身上。车床将他打倒后，下面两根道轨，齐齐地砸到他腿上。

“坏了，小贾腿断了。”岳建英心里猛惊。

小贾也大呼一声：“啊呀，我的腿断啦。”

车床太重，人工是扶不起来的，必须支三脚架和导链来吊。这过程中，岳建英看女婿脸虽煞白，但那疼痛好像不是摧筋断骨。他让他在下面动动。他试着在下面动了动腿，随之惊呼：“我的腿还在呢。腿还能动弹。”这就赶紧叫工人过来，慢慢往外拉他。

天哪，地上竟有个坑，像他的腿那么大个坑。“你说这不是老天有眼?”把车床撬起来些，两人架着，把他慢慢拉了出来。

天，裤子割破了。皮肉伤得不轻。可只是软组织受伤，骨头没事儿。万幸万幸，死里逃生。

“说我女婿，在这种情况下，还坚持着干活儿，不仅打帮着把两台机器都拖在院里，弄到拖拉机上，回来柳巷后，还忙着卸车，安装，直至榨油机和机床都归了位。”

这弄得贾宪宝还拐了一段时间。有人在背地开玩笑，说他这丈人女婿，一撇一捺。

生活中的诙谐、幽默，深里去，多是痛苦和泪水。当然，尴尬也不少。大家都讲卓别林好，还不就这个道理。

“看啊，那第三天上，车床装好了，可是我们没有原材料。这个只有小贾他本人出面才能联系到。没办法，小贾只能拖着他的伤腿，由我们的一名工人搀扶着，去买原材料——这正是小贾从部队那面买来的半成品胶。到现在我们发展得自己都能炼胶了。”

之后，开始试生产，这已到了1988年春天，准确时间，4月22日；之后用去一周多，赶5月1日，他们的密封件产品，正式投产了。

柳巷家院——小工厂内，热热闹闹，尤在夜里，灯火通明，工人倒三班，挺是那么回事情。

车床外主要三台机器，两台为废旧榨油机改装的硫化平板机。另一台废旧榨油机，他们则是买的本柳巷村的，也花了500元钱。硫化机就是一块钢板上扣点儿膜，用火烤，上面一加压，做成密封件。“我们在榨油机上加上三块钢板，再通上蒸汽，既有压力，又有蒸汽，这样机器热了以后，你放上模具打压，密封件就出来了。我改装的蒸汽硫化平板机，已经算是先进设备了，压出来的密封件不但均匀，温度也很好。这和榨油机本身的顶压大有关系，榨油机打起来能有好几百斤的压力，豆饼放进去能榨出油来，这么个理儿。

“一台半大蒸汽锅炉，用来给硫化机平板加热。这更是自力更生的产品。咱手中无资金，不可能专门买一台锅炉来用。我叫上以前在打井队一起干活儿的好朋友，让他们照着我的设计，花了八九十块钱，给焊了一台。便宜得不能再便宜了。拉回来后我将它装在院中小南房，烧了一捆高粱秆，呼呼的蒸汽倒出来了，效果挺好。只是十分费水。工人打水也十分费劲。锅炉加水工不需要技术，上一个班给的4元钱，只是工作量特别大，那个钱不好挣。他们也是倒三班，咱管吃、管住——下班能回家的，人家倒回家了。”

硫化机和旧车床都安在西房内。车床通过一番检修擦洗还挺好，能车出O型圈模具来。当时请来的好车工，是原来常跟他一起干活儿的刘俊华师傅。他倒三班，还加班，还带徒弟。所以，这台旧车床几乎是日夜飞旋，刘俊华师傅常常是一夜一夜不睡觉地车模具。

岳建英说：“现在回想起来，那阵子咱人也真的是死心眼，竟然不懂得买上一套模具先压着，什么都是自己制造，自己制造。”

自力更生，有时也把他自己“更”得晕了向。

另外，他还做过一个缠弹簧机。“有了它，你再买上细钢丝，在上面缠，自己缠，自己用。”

反正，什么都是自己制造。这也是他一辈子干机械工业最大的特色。

思维都得有悬浮的空洞的设想构架。

不理解他的人，是不大好理解他的这句话的。这实际也是他多年来从事技术工作的一个总概括。

“我每做一件东西，在动手或者说动笔以前，都会设想一个工作原理。为什么我能把看懂的书记在脑子里，也是这个缘故。很多东西，可以提前计算出来。如相对复杂的环保采暖锅炉，也可以提前计算出来。鼓风机厂识图的人看似很多，但有好多图他们不识。总工程师有时也识不出来。但我看懂了，他们还得来请教我这个老师傅。钻研程度深深浅浅，决定了人的境界高下。钻得深，才能看到内部的东西。这就像农民种地，你手心里握得有种子。我的经验，独此一条：一定要在设计之先把工作原理预想得完完整整。动手画图，呼之欲出。哪有难点，好不好制造，不好制造的地方看用什么办法解决，用咱原平话讲：反葫芦倒末，细嚼烂咽。”运筹于帷幄之中，决胜于千里之外。

“这里还有实证，即这次回家后，电业局还请我做过起重机减缩器的设计。这个东西要买是很贵的。我把设计图纸拿出来后，他们找厂家生产，便宜了很多。他们给我设计费，我挣过他们这个钱。如他们要雇一个正儿八经的工程师来做设计，得多破费好些。”

所以，他这土法上马，自有其强大的地方。他也总和朋友们说：“如果不是靠我和我女婿的这点能力和本领，家中创业，根本不可能。”

看，这一大摊子竟全部起来了。还少有哪一件是凑合事儿的。件件派得上用场。

他在家中负责生产。因设备维修这些，回收公司又成了他的采购市场。那边没有他不认识的人。他去得勤，和他们惯惯熟熟，凡有买卖，不让对方吃亏。他们特殊有个啥，还主动找他。

几台机器就那么用着，飞速运转。直到后来他们挣了些钱，才买了用电的硫化机。“这下先进了，自动控制，自动上压，洋气得很。第一年买了一台，第二年又买了两台。”

贾宪宝管外，忙得不亦乐乎。因为厂子里所有的业务都需要他一个人揽回来。一个工厂要是没活儿干，就生存不了。所以，他不能在家，总得在外面跑。他们能做的产品，当然自己做了，不能做的产品，他还得进行外购，如前面讲到的去陕西兴平那样。

贾宪宝也是一个尊师重道的人。特别从西安将他的师傅请了来，给他们做了一段时间的技术指导。在西安师傅的生活和待遇上，他尽能力，尽量往好的给。

他到矿上揽业务，去的全是国家级的大矿，如晋城矿务局、大同矿务局。

晋城矿务局那边有3个大煤矿用他们的产品。最初为了拉住人家管库的，贾宪宝艰苦到不吃饭、不喝水、自己扛上饮料上山，给库管的送。也是人心换人心，这样安顿住人家，交成好朋友，也就不再有什么过分或出格的地方。

岳建英说："我们的业务做的是很干净的，凭的是质量、信誉和价格的相对低廉。而这也才最有市场竞争力。乱来那一套，即使行得通，也是暂时的。不过话说回来，宽以待人，却不等于你就不需要有防人之心。"

谨慎规范些，才更少有差池。这让他们就有很好的教训。

有一次，他们给某矿务局那面送过去两万元的货，谁料箱子在呢，可货没了。人家不承认收到了货。他们就只好再给人家补货。"对，是两万元的货，赶在头上那一两年，对我们来说，实打实不是个小数目。我们第一年的全部销售额，才只有几万元钱。"

当然，第二年就几十万了，第三年就上百万了。他们就是这样逐渐发展起来的。

他们的首批密封件产品，在试生产过程中，有亲戚看到后说："你们这小圈圈能挣几个钱？还不顶小孩子的耍耍哩。"看不起他们，不相信他们的产品能挣钱。但是，他们就是用这小圈圈，干出来真正的大市场。

1990年，时任山西省委副书记的王茂林来他们企业参观考察，（这时厂子已不在家院了，搬到了原来柳巷村办小工厂旧址，有一个院，带一个车间，有10亩地），他们的生产搞得挺红火，王茂林书记看后，对他们一番称赞。

王茂林书记说："这个小厂虽然属于乡镇企业，可也属于高科技型企业。"

王茂林是老煤矿人出身，他讲自己在大同矿务局时，为了造这个密封件，专门到英国进行过考察，而通过考察引进了技术，他亲手创办了山西省密封件厂。可结果呢，投了好多钱，还因科技力量达不到，最终没能搞起来。

所以，茂林书记对他们这么一个小小乡镇企业能把密封件产品做起来，很是钦敬。

王茂林书记同时还提出，现在是采煤机密封件，将来可以上支架密封，十分内行。当时的液压支架密封件，全是从英国、日本等地进口的。后来，他们攻克了这个难点。

一下三个厂

他们在家院里也就干了一年时间，然后，便搬到了原柳巷小工厂旧址。老早前这儿还曾是个杀猪养马的地方。但是办工厂，应该说可以。只是前面别人花800元租，他们却得花2500元，租金涨了。这也在村上看见他们的生产情况不错。

厂子在家院里时有10个人，搬过来这边，多出来好些。因要给全厂人管饭，锅灶都换成了大的。“原来，全靠玉娥一个人做饭。过来这边，就得再找大师傅，和玉娥一起招呼全厂职工的伙食。好在她那两年身体可以。不过，也是硬扛下来的。灶房里的活儿，从来也没有什么轻巧的。在家院那边，一袋面19元钱，忽听说要涨价了，我们提前赶紧买了一平车，不几天，一袋面果然涨到了23元。”

开销与投入逐步加大了。这倒也对应上了当初贾宪宝说过的那句话：“你只有大投入，才能有大回报。农民投资一把铁锹，所能应付的，无非是两亩薄地。”这边村办工厂，原来就有车床、钻床等设备，还有库房，他们都很有用处。只是厂房不足，他们又加盖了一些。

不过，好多东西，在他们搬走时，也都留给了大队，连同电话线、锅炉这些，都没有带走。有点可惜了的是，大队基本没派上用途，反把大多设备当废铁卖了。

必须说，在此，他们得到了长足的发展。贾宪宝分出去的企业，泰宝公司，走向国际高端，一直发展到产值几个亿。

岳建英在这边干了整6年，“也就是小贾搬走后又干了3年，这才挪地方，当时还在柳巷；一直到1997年，我们才离开村子，彻底搬出去。”新址在原平市区建设街北边，离柳巷本也不远。

2007年，他们又扩建了南厂。现在这边厂子由三儿少华来管，正式更名过一次，全称为：山西华英密封制造有限公司。

“小贾分出去的时候，大家商量厂名，当时玉娥说了：‘就叫二厂吧。’这样，小贾的泰宝公司在命名之前，先叫了好几年二厂。小贾也是很听玉娥的话。

“我本人可能和别的老人有不同，这是小贾分出去的时候（人家要单干了），我从情感到理智上，是完全接受的。”

就事业的真正发展，那也是一种不辱使命。事实也确乎是这样，“你不能拿你这老身来堵他们奔腾向前的脚步”。扶上马，再送一程，才好。“如小贾，人家是女婿，仅是一个方面；实实在在，还有一些观念上的东西，是不可能轻易改变得了的。你看，有些地方，咱看得已经顶到头很好很好了。但是，对于人家，那仅仅是一个开端。我们这一代人，一种早年便形成的带有小工坊性质的保守思维，对于开创真正意义上的现代化企业，首先在思想上会形成某些障碍。”换言之，瞻前顾后，畏首畏尾，自会对新一代人开创进取造成一定的拖累。是这么个道理。

“尽管时常听大家夸我：‘啊呀，人家可是思想开阔，永远像个年轻人，永远葆有活力。’可我知道，说到底，这是夸你，和小贾他们毕竟是两代人，还是我前面的话：原平工业的旗帜，该由他们这代人再举高了。”这也是历史赋予他们的使命。

而岳建英也不是一个纯粹颐养天年的老人。三儿少华这一摊，自会有事找他。不少事，还得和他一起定夺。二儿新荣那一摊，那是后来新建的一个厂子，他也得当顾问，当参谋，当名誉董事长，他甚至得在他们几个中间，协调一些关系和业务。新荣厂里的好些业务，还真得靠泰宝那边给予更大帮助。

企业生存艰辛，新荣能顶住熬下来，并且还买下了多年办厂的那块地，不容易，不简单。

企业同样有层次，你在原平这么个地方，不可能都发展为泰宝那样的国际化企业。

立足生存，并有所发展，已经让他这老父亲倍感欣慰了。

而就泰宝企业这边，那小贾总是有什么事都要和他商量。“小贾很孝敬我们，我老两口子，每看见他，心里都是热咚咚的。他企业搞好了，我出去在外，免不了碰着惯熟的老朋友打问，咱老汉那是不无自豪：‘咱现在是世界一流的国际化企业，产品是国际上最高端的。泰宝，我们二厂，就在高科技园区。’”

那些去采访的记者写得不差：

> 在原平市宽阔的鲁能大道旁，有一家高科技企业——山西泰宝密封有限公司。走进公司大院，绿草如茵，繁花锦簇，新移栽的银杏树，高大挺拔。办公大楼装修典雅、考究，楼内窗明几净，舒心雅致，仿佛走进五星级大酒店一般。

岳建英先生说：“这么好的地方，我当然也常过去走走。现在二闺女新梅、二女婿孙宇两口子，也都从大同调来泰宝工作，两人一个搞行政，一个搞管理，能力也挺不错。这也是我近年来人生的又一大欣慰，小女儿能回到身边，也是咱最大的幸福。”

另视角

永远留在中国

——《十里店》与柯鲁克夫妇

1937年前后的十里店，有1500人、4000多亩土地。每10人才摊得上一头牲口，剩下的农户，平均每4户才有一头驴，用老乡的话说，每家只有一条驴腿。实际上，他们大多数连一根驴毛也没有。

用20世纪产业社会标准来衡量，贫困户和富裕户似乎都还过着相当艰苦的生活，可是，贫富之间仍存在着明显差距。（村中）20个最富裕的家庭，其土地收入平均每人近乎是中农家庭人口的2.5倍，或者近似为贫雇农家庭的7倍。那些家庭十分贫困的人，其遭遇是：要么在饥荒年景饿死或被迫迁居；要么被贫穷逼得卖儿鬻女或者勒死自己的亲生孩子；要么因饥饿被迫加入军阀或土匪部队；要么因交不起税款而被关押或者因还不清债务而失掉自己仅有的一点财产。阶级的不同，决定着生死存亡的大问题。

（地主）最有利的生意就是金钱交易，大多数农民总是需要它。利率范围从20天的2%到一个月的100%，甚至到一年的1825%（老百姓所言的“驴打滚”）。

1942年至1943年的大饥荒，又给十里店农民带来严重的灾难。共产党来到这里，号召农民动员起来，战胜天灾和敌人，并领导他们进行土地改革。

《中国土地法大纲》颁发以后，晋冀鲁豫边区政府召开土地会议后，决定对全区进行土改复查，派工作队驻村指导土改。1948年2月25日，土改工作队正式进驻十里店。十里店工作队的上级机构是武安九区土改工作团，由中央局宣传部部长张磐石和《人民日报》社副总编安岗负责，由中央局宣传部、《人民日报》社以及文联、新华书店等单位派人组成。到十里店工作的有：罗林、吴舫、冷冰、何燕凌、吴象、肖航、耿西、李源、彭庆照等人。

任务的第一阶段，是发扬民主，发现以前工作中的问题，培养积极分子。第二阶段是把群众组织起来，成立贫农团和新农会，贯彻民主精神，进行土地和财产抽补，结合抽补，完成整党工作。具体做法是：访贫问苦；组织贫农团；成立农会；成立新的党支部，选举委员。村里采取民主选举的形式，选出贫农团发起人和贫农团主席，由他们带领尚未翻身的农民彻底翻身。贫农团成立后，开始改组农会，然后选举村政府，由农民当家作主搞土改。

大卫·柯鲁克，1910年出生于英国伦敦。1928年赴美，就读于美国哥伦比亚大学。1936年，志愿加入国际纵队，到西班牙投身反法西斯斗争。用他大儿子卡尔·柯鲁克的话讲："那时他浑身热血，却在参战第一天就负了伤，转移到战地医院后，他读到了美国记者埃德加·斯诺写的《西行漫记》，对中国产生了浓厚兴趣。"这一履历，也让人想起当年同在西班牙参加反法西斯斗争的大名鼎鼎的欧内斯特·海明威和乔治·奥威尔，特别是他的英国同胞奥威尔，之后还因其在西班牙的战斗经历写成《向加泰罗尼亚致敬》一书。1938年，大卫离开西班牙到达上海，在圣约翰大学任教，后转移到成都金陵大学。1939年，第二次世界大战爆发，大卫的语言才能受到重视，被召入英国皇家空军，担任情报员，在印度及亚洲东南部服役，一直到1945年二战结束。这期间，他还在纽约同埃德加·斯诺以及支持中国工合运动组织的其他同志在一起工作过一段时间。

伊莎白·柯鲁克，加拿大人，1915年出生于中国成都一个传教士家庭，童年和少女时代，有一半时间在中国度过。成年后，在加拿大多伦多大学攻读文学和心理学，1938年，获文学学士和心理学硕士学位。随后，她回成都探望双亲，并且深入中国西部农村开展调查。此时，她遇到来华的大卫·柯鲁克。1942年夏天，两人在伦敦结婚。当时欧战烽火连天。伊莎白先是进入伦敦一家工厂做工，年底，加入英国共产党。不久，她参加了加拿大妇女军团，成为作战部队的一名护士。

重返中国前，柯鲁克夫妇与《时代》周刊、路透社签约，撰写关于中国的报道。

1947年夏天，大卫和伊莎白带了英国共产党的介绍信，以国际观察员的身份，重又回到中国，准备到解放区搜集自斯诺著作出版后有关中国革命的第一手材料。

在他们乘船取道香港之际，中共香港工委负责人乔冠华、龚澎夫妇接待了他们。经他们安排，柯鲁克夫妇乘船北上，经上海抵达天津，与设在那里的联合国救济与建设总署的中共代表接洽。中共代表韩叙说，“救总”正组织一支运输队准备前往解放区运送物资，其中包括两辆吉普车，但现在还没有找到司机。柯鲁克自告奋勇，当即说他可以充当。1947年10月底，夫妇随“救总”运输队离开天津南下。因要通过一段因战争而造成的“无人区”，几百公里路程，走了很长一段时间。

11月下旬，他们来到武安西部山区十里店村，晋冀鲁豫边区政府交际处就设在这里。他们来到村前，看见村口过街拱门上写着醒目的白色大字：毛泽东是中国人民大救星。另一堵墙上有一块黑板，上面抄写着一段《人民日报》上的新闻。这是他们第一次感受到《人民日报》的存在。

下榻十里店村后，他们马上提交了预定的社会调查提纲。他们访问了晋冀鲁豫中央局和军区所在地。记录了晋冀鲁豫解放区土改复查和基层整党运动中，坚持从实际出发，纠正“左”的错误，使土地改革运动得以健康发展。他们结合解放区的实践，努力贯彻“发展生产，繁荣经济，公私兼顾，劳资两利”的十六字方针，落实工商业政策，推动了晋冀鲁豫解放区经济的恢复和发展。

柯鲁克夫妇以“解剖麻雀”的精神，在十里店住了6个月。柯鲁克具有新闻记者的敏感，妻子伊莎白对社会学调查很有研究。夫妇穿着土布军装，在工作队进驻前6个星期，便深入农民家庭，经常端着饭碗蹲在地上，和农民们促膝谈心，搜集1937年至1947年这十年间十里店的历史情况，特别是土地制度的变革。1959年，在英国伦敦出版的《十里店（一）•一个中国村庄的革命》一书，正由此而成。他们像档案记录员一样，记录十里店农民的家史和经济现状，记录土地改革和复查给他们生活带来的变化，记录他们由于拥有土地而激发出的革命热情。到土改工作队进驻之后，他们与工作队更是形影不离，密切观察他们的工作，与他们一同参加大大小小的村民集会。伊莎白回忆这段历史时说，工作队在十里店过组织生活时——包括"批评与自我批评"，他们都被视为党内的同志，一道参加。夫妇专程访问了当时《人民日报》的负责人张磐石和安岗，和他们结下了终生的友谊。在采访中，柯鲁克还拍摄了大量的照片。夜晚，当开会的人群散去，柯鲁克夫妇的小屋透出灯光，打字机噼啪作响。正是在这大量的文字和照片记录的基础上，他们后来写成的《十里店（二）•中国一个村庄的群众运动》，时隔20年，在美国纽约问世。这两部不可多得的历史文献，使西方人真实了解了中国的土改运动。

2007年，伊莎白•柯鲁克在中文版再版前言中写道：

> 这是一部不同于经济史和政治史的社会史，讲述的是普通民众的事，并且是由亲身经历过这些事件的人讲述的。《十里店（一）·中国一个村庄的革命》追述了20世纪30年代十里店的村民们如何抵抗日本侵略者，保卫自己的村庄，协助八路军展开斗争；并讲述了后来他们又如何着手推翻旧的地主—雇农制度，使土地回到耕者手中。将问题讲得最中肯的是那些有阶级觉悟，敢于同侵略者作斗争，带头推翻旧的地主—雇农制度的贫农和雇农们。这一部分贫农和雇农分得了土地，掌了权，后来被称为"新中农"。他们的成就是了不起的。但还有一个基本问题没有得到解决：有相当一批人，因生性胆小或无助，未敢投入到这场斗争中，所以没有得到足够的土地，仍然很贫困。

《十里店（二）•中国一个村庄的群众运动》是续篇，记述了由《人民日报》年轻的新闻记者组成的一支共产党工作队的经历（《人民日报》的印刷厂当时就在邻村的一些窑洞里）。他们在十里店带领村民们开展两项群众运动。土改复查旨在解决一些人仍缺少土地的问题；整党工作则旨在改进十里店党支部的党风。书中记录了该工作队的苦和乐，挫折和胜利，艰辛和喜悦；也描述了男女老少村民们是如何响应这场运动的。他们中有犹豫不定的，也有满腔热情的。书中也提到了在那风云变化的1948年他们自己给十里店带来的种种变化。

1981年，《十里店》中译本在出版前，曾任中共晋冀鲁豫中央局宣传部部长、主管武安九区的土改整党工作的张磐石，审读作品后在写给安岗的信中说：

> 最近期间，我读了赵树理同志反映当时晋冀鲁豫边区土改复查的小说《邪不压正》，对照起来看，《十里店》作者的纪事是比较准确的。因为老赵同志是用小说体裁，写出了当时运动发展的一个横断面，而《十里店》则是以报道的手法，写出使人喜读的报告文学。当然老赵同志对农村和土改，是很熟悉的；而生活在西方国家的《十里店》作者，初到解放区不久，就能把对他们来说十分陌生的、不容易为西方资产阶级偏见所淆惑的人所愿理解的土地改革这类“奇事”记载下来，而这个记载又能做到和老赵同志差不多一样地把它如实反映出来，应该说是极不容易的。这只能说是作者同情中国革命和他们进步的唯物主义思想以及坚持深入实践的丰硕果实。中国人有“旁观者清”的古语，我想《十里店》的作者对于中国的土改运动，也是“旁观者清”。可以这样说：《十里店》不仅正确地向西方人民宣传了我国土地改革运动的真相，对我国人民也是一本宝贵的革命史料。

于我这个山西作家，重读《十里店》上下两卷，回荡在脑海的，仍是我们向来提倡的：在中国，唯有写出农民和土地的关系，或者说才称得上大作品。

《十里店》值得称道的地方甚多。就纪实作品而言，仅扎实的田野调查一项，就令侪辈不能望其项背。而能整合在一起，对共和国建立前的中国社会大变革进行系统思考的纪实作品，有限的视界里，有费孝通的《江村经济》，美国人韩丁（威廉·辛顿）的《翻身·中国一个村庄的革命纪实》，我的山西老哥赵瑜采写长江孤岛百年风云际会的《革命百里洲》。

武安县志上，有一章专门介绍柯鲁克夫妇和《十里店》。十里店是他们的第二故乡。1959年、1960年，他们夫妇两次回访，将采访见闻写成《阳邑公社的头几年》（十里店为阳邑公社一个村），于1966年在英国出版。1985年2月，他们第三次回访，将当地的缺水情况，反映给河北省和邯郸市政府，使十里店有了一眼深水井。他们夫妇，还与村上几位农民结下深厚友谊，几十年通信往来不断。

关于柯鲁克夫妇的中国乡土情，《人民日报》还刊载过一篇《情牵小镇60年》。小镇为重庆璧山县大兴镇，伊莎白前后到过那儿十多次，是镇上家喻户晓的人物。

1940年10月，她第一次来到璧山大兴镇兴办学校，教穷人家的孩子读书写字。1999年秋，伊莎白和她的好友——美国东北大学历史系教授柯临清共同设立“伊柯专项基金”，用于资助大兴的贫困学生，主要是九年制义务教育期间的学费。

她说：“我之所以对大兴有感情，很大一部分原因是我在这里认识了一位共产党员，他帮助我认识社会，认识到革命的必要性，加深了对中国的了解。”

她说的自然是大卫·柯鲁克。当年，她受中华基督教联合会委派，在小镇上挨家挨户走访了1497户，对中国农民的苦难生活有了最初的认识。而社会调查的目的，是为了在当地建立盐业合作社，改善农民的生活。盐业合作社成立之初，她还请来平民教育家晏阳初的两名乡村建设指导员协助工作。不久，她发现了中间的问题：合作社采取社员民主选举。指导员走后，召开社员大会重选领导，结果当选社长的，竟是当地盐霸，也是当地最大的鸦片贩子。后来还发现，合作社入股的农民多是佃户，他们根本没有钱，股金是地主给的。最后，合作社只好解散。这次失败经历，使伊莎白陷入思索：造成中国农民贫困的根源是什么？社会改良行得通吗？这时，她遇到了大卫·柯鲁克。大卫主张通过革命手段，推翻不公平社会。

与小镇能联系起来，为更早年伊莎白做社会学和人类学研究，曾在阿坝藏族人居住地，与老乡们同吃同住生活了半年，为改变那里落后的生产方式，向藏民推广先进的纺牦牛线技术，她到成都买了一台木制纺车，沿岷江一路背来，走了一星期。

如今，在武安东山文化博艺园，专门设有一个柯鲁克夫妇摄影作品展室。

在作家、摄影家、人类学家、社会学家外，他们还是了不得的教育家，新中国英语教学园地的拓荒人。他们教过的学生分布在中国的外交、新闻出版、经贸、文化、教育、体育等各条战线，遍布世界五大洲。

1948年6月，正当柯鲁克夫妇准备回国，华北局领导希望他们留下来教授外语，为帮助即将诞生的中华人民共和国培养外语人才。他们毅然放弃了回国计划，到石家庄附近的南海山外事学校报到。不久，他们跟随大军进了北京，外事学校也发展成北京外国语大学。

在最艰苦的年代，他们编写了一套大学英语教材，后来发现这是中华人民共和国成立后第一套大学英语课本。“文革”后期大卫恢复教学工作，参加了《新汉英词典》的编纂。大卫67岁时，亲自编写《世界历史教材》在课堂上讲解。伊莎白教授对教学法十分重视。她给班上的每个学生做教学档案，详细记录每个学生每周的学习状况和问题，然后逐个帮助解决。她的这些教学方法至今大家还在沿用。毕业于北外的一位大学教师说：伊莎白教学认真，授课自然从容，引人入胜。她对学生要求严格，但当学生在学习和生活上需要帮助时，她总是有求必应，充满着母亲般的慈祥和一个教育工作者的满腔热忱。

1948年以后，他们还有两次机会离开中国。第一次是在1959到1960年，期间，中国和苏联的关系以及世界各国共产党之间的关系，都处于紧张状态。英国利兹大学为他们提供了很好的工作，他们也同意了。可时隔不久，赫鲁晓夫突然将在中国工作的数千名苏联专家撤回。他们想，如果此时离开，他们将会被视为站在苏联的立场上反对中国。他们向学校提出推迟回国。第二次是在“文革”中，大卫被诬陷为“国际间谍”，关在秦城监狱达5年之久；伊莎白也失去了人身自由，被造反派隔离审查3年。最终是在周恩来总理的关怀下，他们全家人才得以团聚。当时，许多人猜想，受了冤屈的柯鲁克夫妇，会借出国探亲之机，离开中国。但是，柯鲁克夫妇回来了。

2000年11月，90岁高龄的大卫·柯鲁克辞世。伊莎白在悼念中说：“我们留下来了，一直到现在，仍然在中国。”

原平故事：阎庄土地承包

安徽小岗村，现在有“中国农村改革的发源地”“中国十大名村”“安徽省历史文化名村”等美誉。大家都知道，1978年，村中18位农民以“托孤”的方式立下生死状，在土地承包责任书上按下了红手印。这后来还拍了一部电影。殊不知，原平阎庄公社阎庄大队的包产到户，和小岗村前脚后脚。

阎庄包产到户，也是让逼出来的。

原平资源富集，素有“东山摇钱树，西山聚宝盆，中间米粮川”之称。这“米粮川”便是指西镇、大牛店、崞阳、新原、阎庄等平川乡镇，盛产粮食，有玉米、高粱、小麦、水稻、谷子等。

可是在那一时候，像阎庄这样的平川产粮区，粮食生产出现了大问题，而这还不是来自天灾——干旱和雨涝，地里打不上粮食来，全是人为的原因。

这农村工作怎么做？像阎庄公社，频繁派进各类工作组、工作团，到后来搞土地承包的我岳父他们，已是派驻阎庄的第三个工作团了。当时，我岳父朱祯祥任工作团团长兼公社主任，此后成为阎庄公社书记。

朱祯祥老家在运城临猗县，20世纪50年代从运城农校毕业分到原平。他个性强，还相对年轻，所以县里要他去啃这根硬骨头。

此前他在县委办公室当主任，写得一手好材料；他带过两个很有名头的“兵”：一个是原平地方上走出来的诗人贾真，获得过赵树理文学奖；一个是著名作家、写有长篇巨著《白银谷》的成一，当时都是他的干事。

谈及阎庄领先于全国搞土地承包，他说：“我们先期到了这一段，阎庄的老百姓就收拾不住了。阎庄大队问题最大，老百姓有了很深的怨气，当着你的面说怪话；工分不值钱，一个工不到一毛钱，在几分钱上说话。有人问阎庄人：‘工分多少钱?’他们就半是玩笑地说：‘快一毛了。’

“粉碎‘四人帮’以后，阎庄多数老百姓都不上地了。各小队队长愁死愁活，也找不来几个上地出工的人。一般是在村里最没能耐的人才上地；要么是队长的亲属这些，实在抹不开面子了。可这些人零零散散到了地里，一样是出工不出力：‘人哄地皮，地哄肚皮’，‘人哄地一时，地哄人一年’。

“宿家巷第十生产队队长说：‘咱队就5个人了：队长、副队长、保管、会计、妇女队长。’

“第十生产队1000多亩地，就他五个小队干部上地。社员都不干了，集体生产经济模式，受到严重冲击。

“临近阎庄和忻口南面几个乡镇盛产香瓜，人家去卖香瓜，一天挣1元钱，顶上半个月地，还不累；另一些有本事的，人家会偷着在外面搞副业，干包工头；没大本事的，有把力气，也能偷着找个营生干；再没奈何，即使捡料炭，打零工，也比挣集体的工分，强得不知道有多少。”

我大兄哥朱刚1976年插队在阎庄，他回忆这段历史，还写成文字：

我回想起当年我在原平阎庄插队的一个寒冷早晨。气温骤降至零下20多度，就在那样的寒风中，我们被迫出工，在半山崖上，搞农田水利建设，开创小平原。老支书的黑棉袄露着棉花，腰里系根铁丝，双脚冻僵了，虎口震裂了。他回过头来对我说：“朱子，冷不冷?”他的脸同地上的黄土一样苍老，蜡黄，没有血色。我现在已经想不起来我是怎么回答的。

我认识一个农妇，她丈夫死后，留下三个儿子，全家人是依靠农田里的那点玉米和高粱过活。大儿子结婚欠下1000元外债，仅靠全年300多元的收入，很难还清。大伙儿都安慰她：“日子慢慢会好起来的。”几年后，我看到她时，她拉住我的手问：“这日子怎么过呀？儿子待在地里，哪能挣回钱来？就是把我的肉、骨头都卖了，也还不起这千数元的债呀。剩下的两个儿子，还要活吧？叫我这当娘亲的，可咋来个呀？”

我岳父朱祯祥说：“怎么办？这时候我就琢磨是不是搞包产到户，办法也只有这一个了。1964年以前，阎庄人就曾有过这想法。

“大队支部书记田拴富，大队主任张福瑞，1977年给他们平的反，恢复的支书、主任职位。找来他们商量，一听是包产到户，两人倒吓坏了。‘哎呀，我们让斗争了十来年，借给我们个胆，也不敢呀。’

“可我认为，时代变了，不可能再回到老路上，应该想出办法来，把农业生产真正搞上去。

“我首先做他俩的工作。我和他们说：‘村里生产要想搞上去，路只有一条：把地分到个人头上。’”

经1977年、1978年两年的酝酿，1979年冬天，土地包产到户在阎庄大队正式落实。

第二年，阎庄粮食生产就出现了大丰收，是多少年以来都不曾见到过的。

我们说人民群众的创造力不可限量，这首先就得和他们自身的生活（命运）改善紧密结合起来。

我岳父说：“包产到户极大地刺激了阎庄人参加农业生产劳动的积极性，高涨的热情是一个，另外也得说，阎庄包产到户第二年能迎来大丰收，也得益于人民群众先前受了大罪的农业学大寨运动，像兴修水利、深翻土地、人造平原这些，实际上把土地弄好了，到这时大家单干，土地是肥沃的，尤其是那些水浇地，只要付出，就有大收成。老百姓活了。”

那以后，自然是包产到户得到肯定，“原平阎庄经验”经常出现在报纸上被推广到全省、全国。朱祯祥则得以破格提拔，从一个公社书记一步提拔为偏关县委书记。时值1983年，也正是吕日周到原平当书记之时。他们算一批人，都是当年的锐意改革派，在忻州地区，也形成了一个良性竞争。吕日周在原平搞“搭台唱戏”动静挺大；我岳父在偏关搞的“搭台唱戏”也引起多方关注。

我岳父朱祯祥属原平人物，前些年出版的《原平百年人物志》上，亦有记载。

原平：搭台唱戏

1983年、1984年，原平有了一个大的变化，这就是吕日周来原平任县委书记，甩开膀子大干“搭台唱戏”。

这一改革实绩，是在当时实行严格计划经济背景下，大胆提倡打破条块、行业、所有制、城乡、脑体力之间的界限，促使各行各业互联，多种所有制并重；促进劳动力、资金、技术等资源跨城乡、跨所有制、跨行业流动。

“搭台唱戏”就是建立经济实体，就是城乡结合，兴办生产和服务多种实体。

短短几个月，原平县国家行政事业企业单位，利用闲置设施、场地、资金等资源，全部开办可吸纳农民参加从业的经济组织，搭起各类台子3800多个。

“搭台唱戏”的效果如此明显，三年之后，原平一个县的利税，居然相当于周边12个县的总和。

“搭台唱戏”涌现出的人物不少，名气比较大的，有同河灌区主任兰锡田，城建局长刘怀璧，包括搞机械厂的尚兰根，名噪一时。

而我写过的原平柳巷人岳建英老先生，当时作为一个工业技术人才，亦投身到这场轰轰烈烈的经济变革之中，起到了他应有的作用，也留下了名字。

兰锡田，治理同河17公里；建中型水库4座；建高灌站36处，使原有的4000亩水地增长到17000亩，从根本上改变了同川地区的生产条件；走“以副养水，以水支农，综合改革，全面服务”的道路，开办了17个养殖加工厂，并建立了钻井队、晋剧团等多个经济实体，把一条长7公里的“赵双沟”治理成“典型模式沟”。水电部授予同河灌区“模范单位”称号，兰锡田个人被评为全国水电系统“劳动模范”，获银质奖章。省水利厅授予同河灌区“全省灌区改革先进单位”，兰锡田个人获“水利战线改革带头人”。《山西日报》刊载《大能人兰锡田》的通讯，系统介绍了他的改革事迹。《人民日报》又发表了《跟着兰司令去看戏》的通讯，轰动一时，引来多地干部群众的参观、取经，为吕日周所倡“政府搭台、群众唱戏”争得了荣誉。

这一时期，全国20多个省市6万余人来原平参观“搭台唱戏”。那些开车来的人，则遇到了意料不到的尴尬：他们的车开不回去了，因为没有油。那时汽油实行严格的计划供应，到原平的车太多，汽油当然短缺。

时任国务院副总理的万里、李鹏等中央领导来原平视察，听了吕日周两小时汇报，接见了兰锡田等人。

吕日周正是抓住了兰锡田这一典型，将其推为原平“搭台唱戏”的领头人，号召原平县40万人参与到这一大的创举中。

“搭台唱戏”给吕日周带来了极大的声誉，尤其是电视连续剧《新星》的播出，把他这个“改革书记李向南”的原型人物也推到了中国内陆地区改革的最前沿，使之真正成为当年叱咤风云的新闻人物。

岳建英也是拥戴吕日周派。他说：“吕书记给原平带来的变化是巨大的。”

除“搭台唱戏”外，他当年在原平的一些事，很多原平人至今都还记着。

“一人公费全家吃药”，这种现象当时在全国都比较普遍。吕日周在调研时发现，一位老干部每天报销的药费，吃中药可买一平车，吃西药可买一书包。全县一年的公费医疗数额，占全县总财政的比例很高。吕日周实行医疗制度改革当年，原平县公费医疗支付增长率即降低至18%；其后每年能省出30万元来，用以进行农村卫生事业建设。

吕日周提出设立群众上访接待日，每个星期一，县委常委、各部门负责人轮流值班带队，接待并解决群众反映的问题，事情明确的当场答复，需要研究的三日内答复，需要调查核实的一周内答复。被百姓称为“绿色星期一”的上访接待日设立不到一年，原平县出现了历史上空前的长达数年的零上访。

吕日周的故事，如干部住房改革等还有很多，这里不能一一详述。

有关他的评价很多。就我个人，仅想讲三点：

一、他及早便提出“小政府、大社会”是对的。政府更是社会的一个服务机关，当时能有这种观念，不容易；

二、除抓住当年国家推行改革开放这个大机遇以外，他在原平的所为，有很大成分契合了原平人的性格特征。原平是一块英雄辈出的土地，不但出将军，还出诗人，就是一般百姓也敢于走南闯北，且有商业头脑；加之原平人大多性格倔强，不服输，有士气，这些，正与他身上那股子开拓进取劲儿相吻合；

三、在土地承包责任制落实以后，“搭台唱戏”是对农民的进一步解放。农民中潜藏着巨大的创造力，农民中的能人最多。国家的中兴，有赖于这股被压抑了几十年的重要力量。怎么改天换地？只有依靠农民，让他们来改变自己的命运的同时也改变国家与民族的命运。

成功学讲综合因素，我想，也是。

偏关：乒乓球往事

一

1983年，我岳父朱祯祥到偏关当了县委书记。他是通过改革升上去的开拓型领导干部，胆子大，步子大，颇具创新意识。

他很重视山乡里孩子们的教育，德智体全面发展。为了偏关山地的教育事业，他跑过北京大学，还以一个偏远山区县委书记的身份，登上北大讲坛，呼吁全社会重视山乡教育，加大对山乡教育的资金投入，政策倾斜。这也是他和吕日周两个明星县委书记分别在原平、偏关两地大搞“搭台唱戏”的一个重要组成部分。其中，偏关县就和北京大学、大连外国语学院等签订了数个代培（进修）项目，培养自己的师资力量，包括体育、文艺、外语人才。偏远山乡更需要各类人才的开发。

说机会总是给了有准备的人。来偏关前，我岳父在原平阎庄公社当书记，阎庄土地承包走在了全省乃至全国之先——“与安徽小岗村前脚后脚”，典型性经验一经肯定，不但省内外有很多报道，全省、全国农业口上的人，来参观学习的，络绎不绝。

那一时期，阎庄还有一例，就是公社的文艺宣传队搞得好，原平上下，多有人夸。你道阎庄为文艺之乡吧，可仅有咱乡土上那点力量，远远不够。所以，我岳父抓宣传队，第一倒把来阎庄插队的有文艺特长的知青全利用起来了。我写《一生为农——共和国功勋申纪兰》一书，中间有一两个大段落，写了知青和下放干部们在西沟的情况。李顺达、申纪兰做得好。生活上关心知青和下放干部们是一方面，还有就是发挥他们自身的本领，人尽其才，组织他们编书、编剧、搞宣传队，这种情况很多。如我们看到的西沟人战天斗地的那些劳动场景，多也出自西沟下放干部之手，是他们中有摄影家，“让他给咱照相呗。”申纪兰说。若你每天只让他们参加集体生产劳动，这些经典图片，倒不会有了。

我们事业的兴旺，单打独斗，肯定不行，积极调动全社会的力量，而为制胜法宝。

阎庄这批喜爱文艺的插队青年，有好些个太原人，也因了我岳父当初对他（她）们的关怀，有三四个美人儿大姐，如秀兰、冬花（已仙逝）、小郭，还成了全家人的好朋友，来往多年。

却也因有这么一段，我岳父看中央电视台春节晚会，往往从失望到大为光火，然后，憋着肺气肿，抽好几根烟，下来开始展望：“让我来给他当这个春晚总导演，看我能给他弄得多好。”

我就在边上说：“不是净眉户戏吧？”晋南人，壮心不已，志在千里，吾不能及。

机会总是被有所准备的人而把握。这是说我的岳父朱祯祥，同也是说当时的偏关县体委主任张明忠。

我岳父到偏关后，张明忠还只是一个教小孩子打乒乓球的教练，可不多时省里有一个比赛，张明忠带着几个孩子上去，竟然取得了一个团体第四名。

这可了不得呀，咱偏关小县，守的是偏头关长城，老牛湾黄河，遥远荒凉少绿色，广袤的县境内，人口9万多，我岳父说：“号称10万。”（现在偏关县的常住人口7.3万，比左云、右玉的人口还少。）

是，提拔张明忠，决定了，就让他当县体委主任，带一批孩子出来，让人看看。

这时，山西省体委举办全省乒乓球教练员加强班培训，好家伙，这主讲人，正是闻名世界的中国乒乓球第一人庄则栋先生。

加强班名单上有张明忠，通知接到了，我岳父对他说：“好好抓住这个机会，多学些东西回来。”

庄则栋先生来山西，那是刚结束了对他的隔离审查。一开始人待在山西省体工队大院，都还没有随便出入的自由。

咱也是消息灵通人士，庄则栋刚来几天，咱的好友、打球的兄弟李国喜倒过来说了，消息不让大家随意外传。有点儿神秘。

对于庄则栋这样的大神级人物，咱还就是有一些追星之意，如李国喜他们讲些人家的一般生活或者训练点滴，都能铭记在心里。

庄则栋用三个手指头拧着发球，可发出极为旋转的球，大家一般接不住，旋转十分难判断。

庄则栋先生的个人情况，他当时正在和前妻离婚。一个晚上，两人谈完话，他不在家住，而是要回到他的一个临时住所，结果从东城往西城（或者从西城往东城），走了几个小时。

这是讲人家的硬汉所为。大家都还是很佩服的。从中也可看出我们受日本电影《追捕》的影响有多深。奶油小生吃瘪了。

二

吾兄刘文清，一次是在《山西青年》做记者期间，一次是后来被聘于《映像》杂志做稿件期间，分别两次进京对庄则栋先生进行了采写。

因为此，刘文清还和庄则栋乒乓球俱乐部的创办人赵方方交为很好的朋友。庄则栋乒乓球俱乐部在和平北路，刘文清多年搞浸月池茶社，也在这一带，这儿几个茶城呢，形成了一个茶文化商圈。曾经有几年，刘文清请诗人朋友们过这边来喝酒，亦会请赵方方到场。赵方方会拉小提琴，也和文艺界朋友多相聚，还办过大的文艺节目的排练、演出，弄过一台《长征组歌》晚会。

体育、文艺还是有它的相通之处的。比如庄则栋先生醉心于书法，浸淫甚深，坚持多年。

我第一次见他的字，正是1986年在偏关，字是赠给我岳父的，有比较耐看并值得品味的东西。究其好到一个什么程度，见仁见智，好，如对瘦金体的一些融合，不足观，如有范增的尖滑（钢笔形）影子。

刘文清兄两次上京采访，庄则栋先生都有提到在山西的这段特殊经历（说为四年，实际待了两年半），感谢山西，在那样一个特殊时期，给予了他更多的理解，更多的尊重与关爱。

就说咱省体工队食堂的大师傅，那是常常偷偷往他的饭盒里加肉加鸡蛋。

咱偏关人张明忠呢，是白天培训结束，晚上再找过去，频繁与庄则栋先生私下交流；庄则栋正在编写他的《闯与创》，张明忠主动帮他抄稿子；有时庄则栋晚上饿了，张明忠就到街上的小卖部给他买些吃的。是这种感情。

偏关人与庄则栋先生的乒乓球友情再加深，即张明忠从省城培训回来，孩子们在市里（当时为地区）又打了一次比赛，夺了忻州冠军，偏关县乒乓球队遂被定为代表忻州地区参加1986年将在大同举行的山西省第七届运动会。

这好是好，但在张明忠和我岳父朱祯祥眼里，孩子们还应该有一个大的提高。

这时，庄则栋先生已经回了北京。我岳父就对张明忠说："你给咱到北京去找他吧。"这样，有了后续：把孩子们带到北京去，带到庄则栋先生门下。

偏关人张明忠带了助手吴晓斌前去联络，谁知连跑了5天，也没打问清庄则栋先生的一个具体落脚点，人究竟在哪儿呀。绝望了，路费也快花完了，无奈、心灰意冷之下，两人买了火车票，准备离京，回咱偏关呀。

两人去了火车站，先在书摊上买了两本杂志，准备用以消磨路上的时间。不想助手吴晓斌刚翻了下杂志，就看到上面有庄则栋先生出任北京市少年宫乒乓球教练（辅导员）的消息。

啊呀，这真是天无绝人之路。原本组织上安排庄则栋到北京市体委什刹海体校工作，但庄则栋先生选择了北京市少年宫，这也是他起步的地方。

天下雨了。在北京市少年宫，他们找见了庄则栋。

激动吧，还得谈事情呢。让偏关孩子们来北京训练学习，这可不容易，得到庄则栋的首肯，那仍需他出面做工作，如怎么征得北京市少年宫主教练庄正芳先生的同意（庄正芳先生正是庄则栋先生的启蒙教练）。

一顿忙碌，庄则栋安顿张明忠说："你回去挑队员吧，小队员来后的训练、吃住事宜，我随后再协调安排。"

1985年4月28日，张明忠带着6名小队员到北京市少年宫让庄则栋面试。看了他们打球后，庄则栋说："孩子们条件不错，都留下吧，食宿就在少年宫对面的总参招待所。"

这批孩子们年龄还小。如多年后参与创办忻州卓然乒乓球俱乐部的李建军，当时才12岁。

他们这批小队员，前后在京训练3年半。代培项目签署后，接下来是经费的落实，我岳父要办这事，县里自然扛的是大头。

后来张明忠又找地区体委和地区财政局，落实了一部分。

有第一批，还有第二批——这次是7个孩子，还有了女孩子，时在1987年，代培时间为半年。

三

1986年元旦，张明忠再次去北京，一是把在京训练的小队员们接回来过春节；更重要的是代表偏关县委、县政府发出邀请，看能否把庄则栋先生请到咱偏关来。

庄则栋先生欣然接受了邀请。这样，小小偏关县，迎来了受到过毛主席表扬的"乒乓球外交家"，我国第一个获得世乒赛男子单打"三连冠"

的选手庄则栋。

庄则栋先生在偏关的5天时间里，受到了县委、县政府及偏关人民的热烈欢迎。他们专门安排了一个60平方米的大厅，摆放球台。庄则栋先生每天亲自指导队员们和偏关当地的乒乓球爱好者打球。这也是偏关历史上的一个“乒乓球盛宴”。庄则栋还在偏关县人民礼堂做了一场以“我国乒乓球外交与爱国主义”为主题的演讲，赢得了偏关人民的阵阵掌声。

我岳父几次与庄则栋先生进行交流，请人家为咱偏关小县支招，如何发展山区青少年体育事业，相谈甚欢。

“离开偏关返京前，庄则栋还应了原忻州地区体委主任张先锋的邀请，在忻州市停了一天，这也是庄则栋首次来忻州。”张明忠说。

1986年8月14日至8月21日，偏关孩子们在大同参加省运会，庄则栋先生又专程从北京赶来，为孩子们助阵。他们打出来自己的水平。但团体赛还是止步于四强。

这次比赛结束后，庄则栋应邀再一次到了忻州，随后参观了佛教圣地五台山。

1988年，他们在省农民运动会上一鸣惊人，特别是个人成绩，拿了一个第三名，一个第四名，之后，被定为代表山西省队出战，参加了全国农民运动会。偏关这些农家孩子，走到了国人面前。

2010年4月26日，应忻州市委宣传部的邀请，庄则栋携夫人佐佐木敦子到忻州作爱国主义专题报告。

4月28日，应其弟子邀请，庄则栋先生到忻州卓然乒乓球俱乐部指导乒乓球爱好者和学员们打球。卓然乒乓球俱乐部举行了隆重的欢迎仪式，六弟子之一的李建军致欢迎词，表达了弟子们对恩师的感激之情。

这也是庄则栋先生最后一次到忻州。

洞头陈岁娘盖屋记

温州洞头行，没能见到电影《海霞》主人公原型人物汪月霞老人，是个遗憾。有所补偿，是从当地另一个老人口中，听到了有关汪月霞本人和海岛女民兵连更真挚的声音。不过在我看，这位阿姨的故事一样重大。于洞头而言，似也更有普遍性。

陈岁娘，70岁，正是我们下榻的海边小宾馆老板的母亲，也可以说她才是老板，也是自己的打工仔。家里4个孩子，我们见着的尚年轻的老板为老小，和哥哥、姐姐一样，他平时也不在这儿，忙着在温州做生意，有一家装潢材料公司；是这边客人多了，他才过来帮着母亲一块儿打理。旅游淡季，岁娘阿姨一个人登记收账，打扫卫生，为客做饭，全包圆儿了。

土生土长的东岙渔村人，一辈子也没有离开过大东海。

能和岁娘姨坐下来聊天，正拜她儿子所提示。我们围着餐桌吃早点，他上来一盘馒头（温州人叫面包），主动地说，你们作家，写写我妈妈好了。我妈妈经历过很多很多事，有很多很多的故事。

客人们住着的小宾馆，同也是家。中午小孙子过生日，孩子的伯伯姑姑带着孩子们全回来了。外边本就不大点儿地方，停放下几辆车，挤得满满当当。他们待了多半天，都又回温州去了。洞头海边的气温能比温州城低三至四度。

傍晚，我和岁娘姨坐在小宾馆门口，在完全的海景中，看暮色将至，清风徐来，怡然自得。宾馆紧偎的小山包上，松涛也起来了。听海风吹刮，波涛摇荡，都忘了这是在盛夏能热死狗的浙东南。

和岁娘姨沟通不是问题。她说自己50岁以后才学会说普通话。那时她住在大姑娘家，大姑娘就在洞头当教师，多给小孩子们在家中补课。学习之外，小孩子们则由岁娘姨来照料。她跟着这些小孩子学会了说普通话。

还有特殊的一点，是岁娘姨身体看上去挺好，干净利索，精神矍铄。不承想她人却装有心脏起搏器，是10多年换一次的那种，且她已经更换过一次。

要讲岁娘姨这一生可复杂。大体可概括说三点。

一、渔家子弟不当渔民，渔家女儿不嫁渔民。

岁娘姨的父亲是渔村里最好的船工，最好的渔人。但他却铁了心，不让自家的男孩子当渔民，不让她们姐妹们嫁给渔人。出海打鱼吃大苦、受大煎熬在其次，根本一条，还是海上作业，个人的生命没有保证。这渔村中就多有人在海上遭遇不测，葬身鱼腹。岁娘从小也多见这样的生离死别，失去亲人，痛断肝肠。

本来她有恋人为村中的好小伙，打鱼好手，但她还是听了父亲的话（也拗不过父亲），嫁了一个外来户，他能当大工建屋宇，岁娘后来也跟着他当了小工。

早年渔人出海，与我们这边村里人下煤窑有一比。老百姓爱说，那都是脑袋系在裤带上的，是万般无奈的选择。好人家的女子自也不嫁下煤窑的。生命没保证，什么也别说。

二、造屋，重要在造地基。

事已到了20世纪70年代中期。我这年纪上下的人，大体都记得，“文革”结束前两三年，周边时有人家在盖房子。没多大办法的家庭，也想法儿盖。人民群众最低限度的生活要求，暗潮涌动。

海边和陆地上比，可大不相同。哪找现成的宅基地呀？本也没地。能看在眼里的地方，只有小山跟前一汪海水，潮水退下去后，无非变得浅一些。不像我们能找大队批块地，它得先造块儿地出来。你开始挑根基、夯土、扎根基，他们是填海，还多用很大的石头。从海水下垒出不大大块儿地，够盖个几间房子，下面的石头，已用了几百方。而在当年，这又全凭人力，累死累活。你这主家，同时还紧张，还担惊受怕。从水下垒大石头层层加高，人站在水里出大力，流大汗，并不能保证海上没有大风浪扑来，把你的人带走，打散你尚未砌牢的根基。岁娘家当年这么干，就返过工。

百姓造屋，实属无奈。岁娘姨家原先的房屋，那是遭遇一次大的台风袭击，猛然被台风吹掉了一半。

岁娘姨说，就像个大三角一样，那么让切掉了。台风把老屋吹塌了，雨越下越大，楼上不能待，一家人泡在水里，只能待在屋内还没塌的那个角上。这晚上是很可怕的，我们几个小孩挤一起，吓得都不会哭了。黑暗中到处是水，电闪雷鸣，台风仍猛烈地吹刮。你哪儿也去不了，四个孩子，小的还很小，还有老人，只有紧紧偎依，等着这灾害和恐怖的黑夜退去。

村中。灾情损坏有大小。家家都在防灾抗灾。咱家里没有死了人，就不算是最倒霉、最糟糕的。

小宾馆离海堤不超过五六十米，中间隔着一个铺了彩砖的、约有三四百平方米的人工小广场。

岁娘姨说，往往台风来了后，包括小广场和她这一楼大厅灌得全是海水；她这里还不当紧，水淹得不深，上不了二楼；她家右首下方有家海鲜大排档，可就遭了殃了。像桌椅板凳，屋里的一切用具，包括锅碗瓢勺油盐酱醋这些，皆被台风洗劫一空，卷进大海。他们自开大排档，那是年年台风过后，重打锣鼓重开张，旧的走、新的换，再迎宾客。

差不多就剩个空家，一切得重新置办。这倒是正常体现了温州精神，屡战屡败，屡败屡战。他家有四兄弟，三个兄弟伙伙弄一大排档。我见过他们中的老二，也一把岁数了，满脸风霜。这个早晨，他就坐个小凳子，在小广场正中央修渔网。我散步过去，特地和他聊了几句。不过说的都是渔网的修补。是岁娘姨讲了他们的情况，如他们家还有条大船，钢质渔轮，一般总是他们兄弟自己出海捕捞；每年必重开一次的海鲜大排档，生意很可以。

岁娘姨当年在这边建屋，最不能比的，就是村中类似人家这家庭，兄弟四五个，个个强劳力，小儿子都可当顶梁柱使。

她家孩子小，大的是女儿，刚十一二岁。赶了个特别的，是她丈夫在北岙那面的工地上出了事故，一下锯断几根手指。后虽到上海接了起来，但不能出工出力，在家休养了一年半。

起先看对这一汪海水，实际是有人在上面盖房子，向下堆了一片乱石。跟着合计，要弄起来这片地方，得800元钱。主要还是石方钱。大石头你得买。200方、300方，偌大一堆，景观石头山也架起来了。

钱自是一点也不凑手。上天不给他们掉馅饼。陈岁娘人再要强，还是多咋舌。她在工地上当小工，一天8毛钱，一个月挣24元。她倒是很少有挣不够的时候。没有特殊情况，风雨无阻，一日不间断。自家海水里扎大石垒地基，也不多耽误。况且那还得见缝插针，潮水、气候、人力、材料都得契合，对上卯榫。

有了石材和必用工具，人力仍是第一因素。这么多强劳力，并不要你的工钱，人家是看见你好，心甘情愿使出大力气来帮你。大家是高高兴兴而来，把你的事看得和自家的事一样当紧。出了那样多力，累得筋疲力尽，晚夕归去，并不觉得，吃了大苦，受了大罪。岁娘姨说，是很齐心的，赶紧弄、赶紧弄，人常泡在水里，浪也打来吧。

岁娘姨逢着这日子，4点起床，包括到外面去买鱼、买新鲜时蔬，忙一个早晨，到8点钟，基本上要把大家一天的伙食这些全安排好。当然，主要是让大家吃好。吃好才有劲儿，才能给你干好。

上午9点，人来开饭，包子、油条、牛奶、小菜、鸡蛋；中午6菜2汤，主食米饭、面包（馒头）；下午3点上茶点；晚上8到10个菜，要大家喝酒，喝好。另是每人每天一包烟。温州这边抽烟随上海，自要比咱这里弄盒处处红、白兰好。要给人家抽群英，少说也是大前门、恒大，是很好的烟了。

孩子们小，却并不意味着不干活儿。小孩子们劳动都很多。

岁娘姨说，她大女儿10岁多一点，就跟着她在码头上弄石方，受了好多罪。她四个孩子，后面三个都是大个子，只有大女儿个子小，让早年沉重的生活担子压低了。至今大女儿还向她抱怨，真是害苦我们了，个子也长不起来了。这并非纯粹的玩笑话。特别是女孩儿从小吃大苦，常常会有这个问题。更小些的，也在抬水泥、铲沙子。每在盖屋，你都会发现，这些小孩子们的主人翁意识很浓。一种更深挚的人类情愫——家园意识，被激发出来。

还有，伸出你的援助之手；一种友爱与亲情的奉献，亦会被激发出来。

孤绝之人，不好盖屋。

岁娘姨在北岙单位的施工工地上，每逢家里开工，几乎人人愿意助她。这也正因她人好助人而得以相助。她的活儿大家能帮多少帮多少。能让她下午3点早回家，不让她留在3点一刻。撵也把她撵回去了。

那时她每天东岙、北岙来回走四趟，每趟走半小时，从不觉得累，感觉浑身有力量。

她把海填起来，到了可以向上盖的时候，时间已过去3年。

三、也只有一句话，不管自己吃多少苦，保证孩子们上学，有学上。

五六年前岁娘姨的丈夫过世了，她一人在北岙住着，寂寞得很。她对什么享福呀、颐养天年没兴趣；更不愿东家走西家出，聊个家常，说个闲话。她就希望自己能有事做。她把孩子们叫来合计，告他们说：我要回家。小宾馆正是这么来的。原来无人住的老房子也坍塌了，推了重盖。随后也几经改动，共投进去200多万元。

前年小宾馆刚落成，杭州来了个名画家，住了半个多月，在这边写生画画。他去年又来了，又住了那么多天。画家和岁娘姨说，你这里好啊，每天听着海浪声声，保准你活到100岁。

她和画家说，这海浪哗哗哗的，晚上吵得你睡也睡不着。

但她脸上一片欣慰。你甚至感到她的心和大海一起跳动。

这后来，她向我讲海霞民兵连。她就叫汪月霞海霞，很亲切的。她说海霞现在住在温州，身体不怎么好，有糖尿病。汪月霞整比她大10岁。而她对海霞有同情，是因为海霞嫁了一个大很多的男人，婚姻上没有得到幸福，云云。而她当年因家庭问题，不能参加海霞女子民兵连，她好伤心，多次哭鼻子。她说，那是多光荣的事情啊。而她不能。

洞头海边，有很多地方，是因陈岁娘阿姨这样填海造屋而连接起来的。

绿色的光辉

一

要去采写的史国胜，是太岳山林局所辖伏牛山国有林场的一名专职森林管护员。2016年，他被评选为“全国绿化劳动模范”，这个劳模地位很高，它由全国绿化委员会、人力资源和社会保障部、国家林业局联合授予，一届5年时间，“旨在推动全民义务植树和国土绿化事业持久性地向前发展”；这一届山西省只有8名个人当选，在今天，全国人民都在积极响应、贯彻落实“绿水青山就是金山银山”的生态号召，史国胜能获得如此殊荣，一定有其代表性，特殊性。

史国胜还是一个兼职写作的作家，是山西省作家协会的会员，著有两部反映我太行太岳老区人民抗击日寇侵略者的长篇小说《蝶变》（与人合作）和《羽化》。他的很多故事素材都是利用自己在林区各村驻扎时的空闲时间搜集的。他自己也说：“那只能算是我的副业。”

2019年5月16日上午，我抵达了他工作的第一线，在沁县伏牛山国有林场老爷山管护站采访了他。

史国胜生于1971年，望五旬的汉子了，脸上明显印有常年工作生活在林区的风霜，是黝黑又红扑扑的那种。因为是护林的劳者，乍看单薄，实则精劲健壮，行走山林，一定会“草上飞”，如履平地。

史国胜的个人履历不复杂，自高中毕业后来林场参加工作，主要就扎在这林区第一线；其中有过离开到外面打工，也是因了当时国家的整个森林政策的变化；他自青年起到现今，人生匆遽，近三十个春秋，就祖国的林业事业，特别是改革开放以来一系列大的变化，如从采伐等等到实行全面保护，他本人正是一个深耕一线基层、具有大样性质的参与者、亲历者、见证者。

这些，他自也有文字纪录。可惜搜集到的较有限。尽管如此，对于写他，还是有很大帮助。

> 回顾以往，我立刻想到的是三样物件：弯把锯、斧头、丈八绳，这是当年林业工人的标配。
>
> 弯把锯是间伐用来伐树的，有个很形象的叫法：杀树。
>
> 斧头，是通枝用的，也就是把伐倒的树身上枝叉去掉，需要锋利。
>
> 丈八绳是下料用的，就是把集中到椽道两边的木材捆扎起来，顺椽道拖到山脚下的料场。这也有个别名叫“下山”。

这传递出一种森林气息。拉近了我们之间的距离。

二

当年在林场从事间伐，是很辛苦的。史国胜回忆这一段，则充满了林业人身上那种特殊的乐观主义精神。

如他们在山上伐树，干一上午，四五个小时，累是一面，尤其干渴难耐，“舌头也掉不转了”，补充水分，便成了第一需求。

“一下工，我们盘好绳子飞奔到阴沟里找水。那里常有水，是牛蹄浅坑聚了的山泉，浮头飘着些落叶，也有牛粪或羊粪蛋子。我们扒拉开杂物，趴下身子，一顿吮吸，那种甘甜醇美，沁人心脾，就让我们感到，生活真美好。现在想起来，喝那种水的确不卫生，可说也奇怪，当时我们中没有谁因喝了牛蹄坑水闹过肚子疼的。”

史国胜现在所在的老爷山森林管护站（原来的伏牛山木材检查站），

紧靠1939年6月间被日本侵略者毁坏的龙泉神庙。

1962年，伏牛山林场始建于庙院旧址上，一度以石拱桥洞为卡，检查过往的木材车辆。伏牛山林场在这老爷山神庙上一扎多年，如今搬下山去也有10多年。正是，伏牛山林场和她的职工，这几十年来，为这片大森林的恢复与保护，做出了巨大的贡献。

史国胜说："我们这些林场职工，也常在这庙院里住。那时这边山上还没有通电，夜里，我们就守着几盏煤油灯，或做工作或聊闲天。"这里是他们的"首脑机关"。更多的时候，他们所住的地方，"是在工地附近的村子问房子（是问而不是赁）；工地离村子远了，我们就在沟里的背风向阳处，用丈椽围起来四堵墙，顶上苫一块篷布，宿舍就建成了。"

风餐露宿，天当被窝地当床，对于他们这些伐木者，本也是家常便饭。

搞间伐，转场子待在山中，工作劳累，生活苦闷，他们就找一些特殊娱乐来排遣寂寞。

史国胜说："晚上下工回来，我们一伙人点上煤油灯，点上蜡烛，打扑克，下象棋，聊闲天，也有人带了装干电池的录音机放卡带，还多放邓丽君呢。起初，录音机一响，把四处跑动的小松鼠吓着了，这毛圪灵灵们，都不敢露面了。后来，日子稍长，小家伙们不但习惯了我们这伙子人，这边录音机一响，它们竟放胆子跳到上面去，来和我们凑热闹。好像大家本来也就是一家子。

"它们还把我们喝的纸袋子花茶偷走。撵你是撵不走它们的。我们就和它们斗智斗勇。我们往茶叶袋子里装上沙土，屏声静气地等候它们再偷。果不其然，它们又来了，蹑手蹑脚地过去，拖了茶叶袋子就跑，孰知那袋子过重，它们速度起不来。我们虎跃而起，将其缉拿，请君入瓮——放入一个空水缸，然后，缸沿上点一圈蜡烛，吓得小家伙在缸里上蹿下跳。

"这是对它们偷茶叶的惩戒；还得批评它们吧：'你们这小捣蛋，有水泡茶叶吗？会品茶吗？纯粹的糟蹋宝物。那东西我们得到几十里地以外的小卖部去买。'它们小脑袋举起来，眼睛瞪得大大的，好像真就听明白了，记下了。我们瞅着它微笑，用吃剩的馍块儿招待它。大家推倒水缸，希望它们重归山林，谁知小松鼠呢，居然不想走了。”

以上工作与生活，正能代表第一线林业工人这一期在山中搞间伐的几个方面。尽管说间伐已成为历史，退出了历史舞台。

三

而在谈到与山中小动物建立起的那种亲情时，史国胜说：

“我们爱山中的一切生灵，尊重它们的生存方式，尽最大的努力保护它们，它们也给我们带来了无穷的乐趣。

“大自然是多元的，缺一物不成世界，这就是生态平衡，这是我们在当时情形下的朴素想法。后来通过学习明白了生态从广义上来讲，是指整个自然界的生存状态，从狭义上来讲，是指一切生物的生存状态，以及它们之间和它与环境之间的内在联系。生态文明则是指人类文明发展的一个新阶段，即工业文明后的文明形态。生态文明的核心就是人与自然的和谐相处，并按照人与自然、人与社会的客观规律进行和谐的社会建设与发展，并由此取得物质与精神成果的总和。”

理论是这样，现实中呢，只有亲近自然，与大森林形成一种水乳交融的关系，人与大山、与动植物，才能和谐相处，为对方造福。

我用奶粉喂活的小山羊现在和我在管护站上。它遍体纯黑，一双微微泛黄的眼睛给予这个世界的光是纯真的、柔和的，如一位娇小可爱的姑娘，温润如玉。

它是一只小母羊，所以没有胆量跑到远处的山林里去。它绕着管护站的周围走动，拣着那些鲜嫩的草尖儿吃，后半晌天气热了，就到树荫下卧着，盘曲了身体睡觉。听到我回来的脚步声了，蓦地仰头，叫出欢快来，声音稚嫩如丝，但在我听来却是如饮琼浆的熨帖，一种到了家后一切安好的快慰，登时充溢全身。我奔到它跟前，它也蹦跳过来，咩咩地和我亲热。我蹲下，抚摸它的头，头上的短短的角；它迫不及待地找着我的手掌，伸出粉嫩的小舌头舔，仿佛我手掌的味道比任何草都甜美。

它很调皮。我做晚饭时，天往往就黑透了，我开了院里的电灯，为了厨房、卧房间走动明亮些。一见有光了，它就会从屋角的楼梯暗影处，悄悄地挪至卧房的纱帘下，趁我忙活的空子，闪进屋里，钻到床下。

……

门在不睡前是不关的。我盼着能听到人声或是车声。但是什么声也没有。电视里嘈嘈杂杂的纷乱世相令人心烦。

……

早起，我一开门就瞅见了它那小小的身躯，它一晚就紧贴着我的门睡觉呢。“小宝贝。”我轻声叫醒它，说，“起来吃饭啦。”

我端着碗吃我的早饭，它在附近的草丛里埋头吃它的早饭。清晨清亮的阳光下，我俩惬意地享受着这崭新的天地。饭罢，我收拾好门要巡山去，它惊觉了，追着我喊，咩咩里带着埋怨，它在说：“不要走，带上我。”

“回，你回。”我挥着手赶它，“在家看门，晌午我就回来了。”它不管不顾地追我。我抓起一块小石头要投它，又怕打中了它。于是我返回屋里，把攒下的菜叶菜皮搁在盆里，哄着它吃。它哪里知晓我的用意？趁它吃得欢，我就偷跑了。

我的小宝贝，每天就和我这么在管护站上生活着，有它在，我好快活。但是，我明白它是不能与我长相厮守的。它要长大，要有朋友，要有爱情……这些，我给不了它，它有它的世界，我哪里能够让它做我们人类的宠物呢？我必须硬起心肠，令它回归大自然。

其中透出来的，不就是一种森林之爱？

四

太行山、太岳山、吕梁山，如今竟有了这么多松柏常青、气象万千的大森林。

今天成长起来的青少年，兴许有的还不知道，她的无边广袤与壮美巍峨，并非上苍赐予；而是通过无数代林业人的不懈努力，兴化造育。

而我们的林业人，正是这三大磅礴山系的锦绣画师：每一个东山魁夷，千百万个东山魁夷。

简约追溯山西造林历史，前面就是20世纪50年代、60年代、70年代，第一个三十年，它们本就是山西林业人在太行山、太岳山、吕梁山（当然还有管涔山、中条山等）的万亩大造林、十万亩大造林、百万亩大造林。

然后，又一个三十年，直到今天，青山绿水，金山银山，生态得到根本性转变，吾林业人，居功至伟。

在我老家陵川，像王莽岭、凤凰欢乐谷这样森林覆盖率高的地方，现在已成为省内外著名的生态旅游景点。而在前一个三十年里，它们还只是大石头山，少有新绿。

当年一个县林业科长，在他晚年，向我讲过一段话，我至今记忆犹新：

“那时候我们去种树，上了这些山上的高处，路也找不到，常常都没有个下脚的地方，荒秃秃的，全是石头，犬牙交错。在山上，我们经常是吃不上喝不上，头发胡子一大把，破衣烂衫，虱子也一大把，远看你也不知道，咱是个种树的，还是个要饭的。到了忙时，你人几个月才能从山上下来一趟，走回县城了，却忘记了自己的家门在哪儿。”

山上的树是这么来的。这边太岳山也一样，哪有今日这样满眼的青葱翠色，接天接水，绵延不绝。

五

史国胜说："我们那阵子除了上山间伐，同时也上山造林。我们植种下去的，大多数都是油松苗。植种工序：前边一个人用大镢头翻坑，后边一人提一个小铁桶，桶里有泥浆，泡着油松苗，用小镢头在大镢头翻过的坑里植苗。

"技术员一再强调要'三埋两踩一提苗'，但是为了赶工期，有人就刨一镢头，撬开一道缝，树苗往缝里一塞，跺一脚就走。技术员在后边两根手指一提，树苗就被拔起来了。技术员火了，把大家集中起来训话，责令返工。我们平时可以和技术员胡说八道，在工作上，却是极为尊重他的。"

造林，就曾是这片热土上轰轰烈烈的群众运动。

史国胜当年在村中驻扎，有大娘指着村前的山林和他说：

"那是万亩大造林时，我们全村人协助林场职工种下的。"

而这里还有故事：大娘的老伴当时是队长，大娘则在大灶上做饭。她家的孩子们小，正长身体，常常饥饿难忍。一次，大娘就把饸饹床下沾着的一小块高粱面掏出来，给大儿子烤了个小饼子。大儿子正吃着，大娘的老伴回来，劈手夺了儿子的饼子不说，还一个巴掌扇过去，打得大儿子到现在左耳朵都听不清楚说话。这还不算完，逼着她母子俩到社员大会上做检讨。

满山的碧绿，由林业人和人民群众共同缔造。一代、一代人，都付出了极高的代价。

所以，太岳山林业人，和林区乡亲亦建起了深厚的"林民"情谊：不是军民鱼水情，胜似军民鱼水情；喜看群山披绿装，为有源头活水来。

史国胜说："那时我们在村上问房子住，房东从也不说钱，相反，他们还要多担几担水，供我们收工回来喝。当然了，我们能有空闲，也想着干点啥帮帮他们，哪怕就是帮着扫扫院子、推个碾子呢。"

在一个叫半沟的村子，7月的一个晚上，大雨瓢泼。房东大娘家里的毛驴困在山上回不来了，史国胜就和她的儿子进山寻找。

他俩在一个很深的山坳里，听见了毛驴脖子上挂着的铃声响，就在雨中疾走，大声疾呼，喊毛驴的名字。

史国胜说："那毛驴敢情是通人性的，它循着我们的叫声，从雨里奔出来了。更特别的是，它过来一头倒扎进了我的怀里，也是湿淋淋的，却喷着温热的鼻息。

"我们牵着它，跌跌滑滑地回到家，已是半夜11点多。这时，房东大娘非要给我煮嫩玉茭吃。我不吃？那我是别想睡觉了。她看着我啃完两穗嫩玉茭，说：'孩子呀，没甚好东西给你吃的，你啥时候要回家了，就告诉大娘，大娘给你带上些莜麦面。咱山里头，就是些莜麦面还稀罕些。'"

史国胜说："我只有点头同意，实在不忍心冷了大娘的一片热肠。"

仍是在这山中搞育化，时时刻刻谨守着"三埋两踩一提苗"，山上的新绿，一片、一片地补了进去，很有一点儿"青山着意化为桥"的意境。

正同他们林业人和大山的关系：造林本就为乐水爱山，是智还是仁。

这样，他们转到一个叫到店沟的小山村。他问到一位姓李的老奶奶家，住了人家一间耳房。

李奶奶的话语里时常蹦出些文词，富含哲理，这令史国胜好奇不已。

这年的史国胜二十四五岁，渴望在这林区能多听到一些好故事，记在心里，日后也许能写出来。

为此，他有意识地多和李奶奶说话，央求李奶奶讲故事。

"我趁着工余给她家里担水、劈柴。她喜欢喝茶，好茶叶却是不买；我就给她买茶叶，买那种5元一两的散银毫，也有几十元的毛尖。李奶奶过意不去，要付我钱，我当然不要，只缠着她讲故事。她笑我是块膏药，黏住剥不下来。"

正是在这时断时续的交谈中，史国胜知道了李奶奶当年曾是这太岳山上闻名遐迩的女游击队长。

至此，他这么一个林场青工，对太岳山的认识，已超出了日日间伐，天天植造，在林感知，有了一些人文、历史的东西。

与间伐相对应，正是他们这“三埋两踩一提苗”的种植，见微知著，实为更重要一面。

六

如此，这也就到了史国胜离开他的林场林区，到外面去打工。

20世纪90年代末，国家有令，国有林区，全面禁伐。因此，也使得史国胜他们，一下子没有了经济来源。

用他本人的话是：“失去了生活的方向。”

当时，至少省里还没有出台相应的经济扶持政策。木材卖出，这条国有林场主要的收入来源被掐断，可以说，大家真的就断了生计。这已不仅仅限于基层一级。陪我下去采访的太岳林局办公室主任李振军，他当时在管涔山林局，他可是干部，亦受到了很大冲击。他说，有那么一段（时间还不短），大家的工资都停发了，再别说什么奖金补助这些。事实上是每个林业人，在这一时期，都面临着严峻的生存挑战。这关，怎么过？

史国胜说：“以往在山上干活时，抱怨出力多挣钱少，如今没有活儿干了，面对深不可测的社会，一时彷徨无计。有人就去争抢那几个有限的护林员岗位。其实，争到手了也没多少钱。但是起码是个心灵依靠。我没有去竞争，一心想自己闯一闯，就搞起了笼养兔子，结果惨遭失败。我这不只是技术能力不足，还有资金方面的缺失，都没法解决。

“无可奈何，跑到了太原找事干。也说运气还不错，我应聘进了一家园林绿化公司。因为园林绿化和咱林业是互通的，上手容易，干得就可以，不想，一干，就是好几年，和原想临时找个营生，出入挺大。”

只是他人在太原，心却在太岳，老感觉自己就像一棵被连根刨起的树，树根上本来就没有多少土，还要放在水里被涮干净了，这怎么可能再生出新根来呢？

史国胜说："想是这么想，公司的工作，我可不能掉以轻心。我认真细致地学习了花卉的种植和养护。说付出就有回报，我的薪资，随着自己技术的熟练程度，逐步提高，分管的花卉和人也更多。"

但史国胜得到公司高层的认可，还是他带队移植金叶女贞球成功。

那年6月，公司技术部忽然下达指令，让史国胜小队把1500棵金叶女贞球从这一块圃地移到另一块圃地，腾出来的圃地要盖花窖。

"老总们不近人情，要求成活率必须达到85%，达不到的话，按照损失的株数罚款，一株罚100元，从我的小队队员工资中扣除；如果达标，每株奖励100元，加入小队人员的年终奖直接发放。这个指令，搞得我寝食难安。我知道，我的队员们都是背井离乡出来打工的，每挣一分钱，都有重要的用途。我坚决不能失败。

"我带队投入了工作，严令队员们照我的既定规程进行操作，差一步就重新返工。我们用了两天时间，完成了移植工作，最终的成活率普查，是98%。"

大家欢呼雀跃，伸出大拇指，夸奖史国胜有能耐，有本事。

史国胜说："其实，这哪里是我的能力？我是照搬了咱们的'三埋两踩一提苗'，又加了一道工序，叫密封，就是在浇三道水的过程中，每一次都要对树的储水坑裂缝进行填补，直到裂痕不出现为止。这也算不上创新，是我采纳了一位老园林工人建议后实施的，也可以算作照猫画虎，但是经验的效力永远不容小视，只要它是实践的结晶又经得起科学论证，那它就是正确的，可以为我们所用。"

自此，公司老总们经常带着他到全国各地参观学习，采买各种花卉。

史国胜还主动请缨，把几十座花窖里的花卉重新修整、换盆，近千盆待报损的富贵竹笼重新编整，让它们在租摆市场上，再度绽放光华，喜气满满，夺人眼目。

七

但史国胜还是回来咱这太岳山中，在他这伏牛山林场，作一名每日巡行森林的管护员。

太原城美好的园艺花卉生活，成了生命中一段往事。

他来到了白鹿寺（达达坪）管护站，一人一站，向人家讲得最多话就是："护林防火，是我的事业，请朋友们多多配合。"

他说："以往的白鹿寺护林点，其实是在达达坪，大概是为了顺口、好听，称了白鹿寺。如果从沁县上山，经丁家山龙王圪梁，过玉皇爷顶，下坡就是沁源县仁里村，从仁里到沁县，也是要经过这条路的。达达坪就是玉皇爷顶中部的一块小平地。有当年林区先辈们用石头盖起的三间土楼，外墙还抹了白灰。一个小小院落，就地取材，用醋柳枝压扁，埋在土里做围墙。一盘碾子，石磙滚到了地上，早不用了。碾盘倒是光滑、平整，上边留有先辈们磨镰磨斧的痕迹，也可以放茶壶、茶杯，坐上去抽烟，闲谈。"

想来，到了七老八十上，这地方他也会这么清晰地记着。

因为工作的调配，他在那小院里住了两年。那时不通电，场里一个月配发5斤煤油，让点灯用；5节干电池，3节用于手电筒，两节就听收音机；有1杆老火枪，炮台是磕头婆子式，枪管好，六棱的，一个月配发3斤火药，10斤铁砂。

"再剩下的活物伙伴，就是自己找寻的，俗名叫烟熏圪筒的一条土狗，吠叫时声若豹鸣，实际是混了群山的回声。它的伙食，场里也给配发过一段，一个月25斤玉米糁子。

"还有一台电话机，老式带摇把的那种，每次打电话，我就会想到摇自行车的脚蹬子，真是个奇怪的联想。

"一担水桶，挑水时是往南面那条小路上走一截，拐弯处就有一浅池，用石头将小泉眼围了个井的模样。我把一铁质瓷碗穿了孔绑在棍子上，伸下去就可舀得一碗清澈泉水。一天可以攒两担水，除了吃、洗衣裳，搞个人清洁卫生，还是够用的。”

白日里，史国胜吃了饭、喂了狗就出去巡山。门是要锁好的，个人用具倒不值钱，公家的东西不能丢。更何况其中一小间房里还摊着场里给拉的过冬的煤块呢。这儿他还弄了个大门，也是用醋柳枝扎的。他说：“门锁君子人，坏人连银行都盗，这样一个栅栏能顶甚用？可我没遇过，回来无论早晚，那门总也是好好的。

“狗是很尽职的，我把它的窝垒在我的窗台下。拴狗的铁链长度恰好可至门前。我一走，它就呜呜呜地叫，叫声幽怨似小孩子哭，它是怕寂寞啊。在这静寂的大山中，除了松涛阵阵，再无他声。它也是有七情六欲的，可惜一根铁绳就限制了它奔放的生命。我有时很可怜它。可又没甚好法子助它。我怕自己心一软，给了它自由，而它却一去不返，留下我一人独处。假若山中野物高兴了，来找麻烦，我连这个‘保镖’也没了。”

夜晚，史国胜则在屋中，点了灯看书写字。“书，那时可是读了不少。下到村里工作时，遍访友人借书。哪怕是小学生的乘法口诀，也要一遍遍地瞅，非要弄得它面目全非才罢休。写字是带了些旧报纸和毛笔的，胡写乱画还美其名曰：练书法。那种兴致所致，随心所欲的涂鸦，使我至今写出字来仍飞扬跋扈。

“我看累了，写累了，就出门外转转，和狗聊天。我说，它静静地听，一声不吭。我说到动情处，它伸了舌头舔我的手背、胳膊，那种湿润却涩涩的感觉，至今记忆犹新。”

史国胜说：“住这种地方，没病的时候挺好，身心自由，无拘无束。但有病就麻烦了。一年正月，记不清初二还是初四，我腿上忽然就长了一个疮，初时不在意，谁知越长越大，痛痒得我只能蜷缩在炕上。吃饭、喂狗还能硬撑着，可担水就成了问题。往场里打电话，线又断了，那种铁丝线，中段已不知被谁剪了去补贴家用。无奈，就只好缩减饭量，真是饿得头昏眼花。我多么盼望能有个人来，可大雪封山，万径人踪灭。我躺在炕上，待到那疮化透了脓、挑破，就可以担水，可以做饭了。

“这样，推到初六还是初九的样子，马刨泉村的宏宏陪了他娘和妹子前往丁家山姥姥家串亲戚，进来歇脚。见我如此狼狈，赶紧撂下礼物，帮我挑满水缸。他娘，我该称婶子的，洗手和面切菜，为我做了一餐可口的佳肴。他们连口水都不喝就匆匆赶路了。边走还边叮嘱我一定要吃饭，吃耐实了，才可以扛住病痛的。还说返回来时捎些药给我。

“果然，他们返上来时就带了一支红霉素软膏，还有10来颗四环素。照应我吃了药，宏宏又替我擦了药膏才告辞。我对他们母子的恩谊永生难忘，曾暗下决心要报答，可直至现在也无机会，他们过得比我好。我只有千万遍地默默祝福他们：好人一生平安。”

我问过春节情况，哪怕是大年三十除夕夜到大年初一一天呢，可否和家人团圆，他说：

“这过春节很值得一提。我在达达坪上，也扫刮、贴春联、煤油灯擦得锃光瓦亮，院里还扯了花绘，写的是：满目青山如黛，权且当文人都喜欢给自己书房起某某室某某斋聊以自慰。我这可比他们阔绰多了，天地为雅房，大山为斋堂。除夕晚上，收听春节联欢晚会那当然是一年中所期盼的，收音机位置要摆在正位，显眼，音量要放到最大——老天爷要听得见。当主持人向节日期间战斗在岗位上的同志们问好时，咱也心潮澎湃，热泪盈眶，热血沸腾；包了饺子，炒了一斤多猪肉，箱底摸出一包藏了许久的阿诗玛，开了妻给准备的甜的咸的核桃仁罐头，取一瓶白酒，是那种晋泉牌高粱白酒，遥望山下万家团圆灯火，耳畔隐约飘着远远传来的爆竹声，喝酒抽烟。

“我边喝，边笑，边哭，边唱。我喝几口便出去摸摸狗，然后放它一枪。爆竹咱是买了的，嫌它不如枪声响动大，咱就装满老火枪，朝天空放。这时狗就欢快地吠叫，围了我尽情舞蹈，狗也是在欢度新春。”

问他这条狗的情况，他说：

“后来，我奉调至老爷山庙上。搬家时，就把狗送回了老家。它在我家里生了一窝小狗。那时才晓得它是条母狗，但是它却死了，是吃砒霜死的。它太护家了，得罪了人，人就害了它。我很伤心，抱它到村后的野地里放下。隔不了几日就去看它，真希望它一跃而起扑过来，绕着我转圈，直立着爬我胸前，使劲地摇尾巴。可是它没有，它是真的死了。我挖了个深坑，埋了它，上面做了个土丘。

“我很后悔带它来这繁杂的人世间。我成就了它生儿育女，可也毁了它一条生命。”

八

2011年，山西省林业厅妇工委授予史国胜“五好文明家庭奖”，在接受记者采访时，他说：“这一奖项，我有些受之有愧，因为我们所有的林业人，每一位都会像我一样，做到孝敬父母，呵护妻儿，假如某一位做得不太到位，那也不过是对爱的理解有偏差而已。”

由于管护工作的特殊性，我们与家人相处的时间并不多。每每走在寂静的林间，抬头望树顶，低头跨涧水的同时，对家人的思念如山岚般弥漫整个心胸。出来一段时间了，家人们过得好吗？父母垂垂老矣，儿女们听话吗？学习成绩总是不尽如人愿，他们怎么就不理解咱的心情？妻子操劳着一大家子，累不累？不行，该打个电话问问。快步跑上山头，左调右调，手机信号老是一格。不管了，打出去。耳机里总算有了回音，却是一个干巴巴的女音在说：您所拨的电话无法接通，请稍后再拨。就这，也是磕磕绊绊听不全。

杵在山头，茫然四顾，眼底所及竟然是家乡的田园风光，风光里走动的背影一忽儿是父母的老态龙钟，一忽儿是妻子的汗流浃背，一忽儿是儿女们翘望的眼眸。

好想抛下工作回家一趟啊，跃跃欲试的心狂跳着，人就开始了狂躁，围着一棵又一棵的大树转圈，衣服在身上显出了明显的厚重，那就脱成个光膀子吧，这是在大山里，没有人看你的仪容仪表。

这又是林业人长年在山间，与家人不能厮守的一面，有其代表性。

九

史国胜每日里巡山转山，护林的故事最多。举一两个和有代表性的，正可看他这个林业人从伐到植再到管护这么一个三段式历程，是逐步升华，是质的飞越。

遇到林间寻生活的山民了，他们会笑着拍打上下衣兜，说："我进山不带纸烟打火机。"我不信，拉扯着要搜身，他们大喊："不能搜，不能搜。"然后把衣兜全部翻出来给我瞧，说："你看，你看，哪有纸烟打火机?"说完了，恨恨地瞅我，故意咬咬牙："等着吧，哪天你来了村上，不把你喝醉咱就没完。"

我回应一笑，转身继续我的行程。他们喊声远远追来："记得啊，到咱家喝酒。好酒。"我朝后挥挥手，扯开嗓子唱山曲，林里休憩或进食的小动物，吓得唰啦啦地跑。

森林管护，任重道远，只有发动全民护林爱林，才是青山常在的保证。

所以，宣传工作，就应当如同电视广告一样，无穷已地向下播下去。听得多了，人们自然会知晓，森林对于我们生存的重要性。

绝大多数的人民群众是善良的、本分的，我们的工作能顺利完成，又主要依靠他们这个强大的后盾。

也因为他们和人民群众建立了这样鱼水情深的关系，到后来，如他进附近村中宣传护林防火、保护野生动物的法律、法规，就进行得相对顺畅，百姓多配合。另外，史国胜又很注意宣传的方式方法，常常用的都是老百姓听得懂的话，打的是老百姓自己就打的比方。

史国胜说："照本宣科，肯定不行。你一口一个生态平衡建设，一口一个食物链顶端、低端，村里人知道你说的是哪个鬼。"

所以，就食物链这么个鬼，咱得举喝酒打扛子才好使：

"鸡吃虫，虎吃鸡，杠打虎，虫啃杠，如此，循环往复。"

如此，我们也就明白了，他为什么会在2009年时离开省城太原，重返这林业第一线，做一个最普通的森林管护员。山上常为一人世界，伴之以巨大的孤独、寂寞和生活上的落差，实乃他和这地方——如此前的白鹿寺（达达坪）、现在的老爷山浑然一体，不能分割。

这就是他的心跳与呼吸。

巡护山林是我们的日常工作，但是就在这看似枯燥的行进中，你会有许多新奇的发现，四季的山色在你眼里活色生香。春天里，马茹花（黄刺玫）开遍了峰岭沟岔，流淌的金黄招来忙碌的蜜蜂，空气里充满了新生命的鲜爽。尤其是有月亮的夜晚，你会以为自己徜徉在繁星中间，不知是在天上还是人间；夏天里，山涧汩汩唱响，鸟儿的脆声鸣叫震落了淡淡的雾气，山清水秀顿时豁亮了你的心房，你会情不自禁地赞叹大自然的丹青妙手；秋天，山里到处野果芳香，浓绿的叶片，随风摇曳。登顶远眺，绿海翻波，有野鸡飞跃树梢，翎毛在太阳下反射出七彩的光芒；冬天，白雪填满了沟坎，松树变身为一座座的宝塔，荆棘丛披上了冰晶做就的衣衫，那些尖刺不再扎人，你徒手抓上去，就如拉住了春天的柔柳。

山里就只有你一个人。你就是主宰一切的"神"。

他被评为“全国绿色劳动模范”，不仅因为他会写小说，写自己的林中事，更主要在于，在共和国的千山万壑和浓荫碧绿里，有千千万万他这样的林中人，把青春和生命都奉献给了我们的大森林。他是他们这个群体的代言人。他，即这一队伍的人本标本。

十

站在龙泉神庙遗址上四下看去，更能感到老爷山这一带大森林的壮美、雄奇；神庙前原本有一条大道，现在倒似一段平坦的山脊，向南伸延，径直没入对面山中的油松林里。

暮春初夏，老爷山大森林更显无限美好。上山下山的红土路旁，开满了黄刺玫（马茹花）。黄刺玫花海一浪浪耸起，绵延数十公里，正像大森林的护卫部队，举着亿万黄色花朵盛放的盾甲。

大森林的金边，最是醒目的黄色，似在昭示，森林是奉献给大地和人间最深切的爱。

我本人则恍若哪一年在北戴河海边，有一些微微头晕，随之意识到，这又发生了轻微醉氧。伏牛山—老爷山，绿色的宝藏，负氧离子高得惊人。

我业余学过多年的歌唱，近些年又用手机录了好多歌。4月在晋祠宾馆，因感其林木丰茂，鲜花盛放，只要散步，就反复放自己所录的阎维文伴奏版的《大森林的早晨》（作曲：徐沛东、作词：张士燮），这时，在这大森林前，我用手机把歌放出来，邀大家围过来听：

大森林的早晨，多么美、多么美，
淡淡的晨雾，静静的流水；
山重重，树重重，重重绿树中，鸟儿歌声脆；
啊，我投身在这绿色的怀抱里，

清新的空气，叫人心儿醉……

啊，我要歌唱，我要赞美，

歌唱这大自然的景色，赞美这绿色的宝，

绿色的光辉，绿色的光辉。

在史国胜、李振军两位外，围过来的朋友，还有伏牛山林场场长韩红亮先生，副场长杜天志先生；给我们开车的司机董红平师傅，史国胜在这边老爷山上的一位工友；几个路过的乡人，以及一位在庙前盖了鸡埘放养土鸡的村中大嫂。

我的歌唱有一些专业水准。这首歌还从阎维文所唱A调提到降B调，最后一个高音，激越，透亮，似也能说辉煌。当初我在录它时，就曾隐约感到，哪一日会在森林中唱响。

献给大森林，这绿色的宝，绿色的光辉。致敬林业人，我们森林的守护神。

凛冬星辉

一

寒风天在沁水县采风，所思所想，包括一些感知上的比较，却不能很好地融入生态绿色环保这一主题概念，特别是向下开掘，总被另外一些东西所遮蔽。

首先，我会想起2017年春天来沁水，见到沁水人把一个赵树理文学奖颁奖典礼搞得那么盛大空前，活动和旅游节交并，不只活动场地与项目多，持续了两三天，沁水县城就是一个锣鼓喧天、彩旗飘扬的海洋，尤当最后来观摩颁奖典礼的沁水乡亲，就有五六千人之众，那么大一个新建的全民健身中心，座无虚席；典礼还是一台隆重的文艺节目汇报演出，原定用时近4小时，是头天夜间才临时决定，压缩在两个半小时以内；节目非常丰富多彩，并请来了阎维文、白燕升这样的明星大腕，高潮不断，热烈纷呈；我们的获奖作家、诗人呢，这是为了配合电视转播，还逐一化了妆，第一天晚间，还进行了走台彩排，搞得完全像演出一样。上台领奖得化妆，可能很少有人会想到过。如此盛况，可以说，恐怕以后也很难有了。

我就和朋友们交流，新时期文学几十年里，有，还是没有？

二

沁水行，几个地方，不好绕过去。

一是加丰镇尉迟村近年新落成的赵树理展览馆，以及我此前来沁水便有去过的赵树理故居与赵树理墓园；一是郑村镇的湘峪古堡，这我也是第二次去了。采风团里有好几位摄影家，其中就有作家摄影家高海平兄和环保厅宣教中心的王璟小兄，我们去的时间特别适合拍摄，光线极佳，他们端了大机子，猛一顿操作，拍出了极佳的摄影作品，在我看，那就是平遥国际摄影节上获大奖的水平；一是西文乡的山西柳氏民居。此三者，都是山西旅游品牌景点，尤当大家这还到了尉迟村赵树理的墓园，咱杨占平老师——他本人就是赵树理研究会的会长（这个研究会可是国家级的），特地告诉大家一定要多拜一拜。哈哈，大家都要成铁笔圣手啦。

再一个，就是地处沁水土沃乡南阳村的中国抗日军政大学太岳分校旧址，一个保存完整的大庙，里面有大量抗战时期的历史文物，为山西省第五批省级文物保护单位。四个参观点，导游讲得都好。尤其南阳抗大大庙里的老同志导游，红脸汉，雪发，更是拿出来一派演讲家的气势，江河滔滔，峻岭崇山，把我们的几位美女作家吸引在身前；这要走了，还不舍得离开吧。老同志有魅力，有激情，卷地的西北风当中，敞怀穿件老旧的四口袋蓝制服，也不怕冷，革命过往，皆浮现于眼前，正所谓绘声绘色，一幕一幕，似乎他都曾亲历过的。

我和朋友们说，他这是在山野了，如果走出山野呢，那自会是曲啸、李燕杰式的人物，名气要追赵树理了。

只是细问他刻在大戏台下“团结，紧张，严肃，活泼”八个毛体大字，有几处似不同于当年多在报纸上所见的，这把老同志给难住了。

四个参观点，四张沁水大名片，受教育，学习，更多知沁水，都不错。

第一个有实质性绿色环保概念的，同时也绕不过去的，是龙港镇柿元村的科教生态小游园：蜜蜂小镇。

2017年4月，来参加赵树理文学奖颁奖活动，知道了沁水的蜂蜜好，有个闻名遐迩的蜜蜂小镇。我们到后领到的那个文件包包里，就夹有两小条包装精致的上好蜂蜜。特别记得的是，等着颁奖活动开始之前，我们中有好几人，在那全民健身中心大平台上，品尝起来这小条蜂蜜。甜得大家全都笑着。挺有意趣的一出。

那次没有安排我们参观蜜蜂小镇。还好，这次去了。一句话，冬天里去，仍觉得有趣。

离开前，我跟在几个女作家身后，也买了一些荆条蜂巢蜜、一些椴树蜂巢蜜——这个竟然是东北的，还要贵一点，并不为他们所产；两种蜜品质都好：椴树蜂巢蜜，我回来即拆开一盒，蜜好，吃到后面会有一点碎渣，纯天然好蜜；沁水荆条蜂巢蜜也很好，口感甜腻，回味浸润，我当时在场就混在大家中间，尝了一小木勺，等我们回到车上，我忽然发现，它竟把连日困扰我的呲呲牙疼治好了。

嗐，这蜂巢蜜还有此消炎功效？是，就是有，我在手机上一查，你看这个，牙不疼了。

三

有被惊醒之感，这是看到沁水山中那些游梁式抽采机——磕头机，甩着大驴头向你撞来，所谓生态环保意识，被它们那通身红色所点燃。知其沁水盆地煤层气储量巨大——沁水为我国所建成的第一个煤层气产业化基地，却不知开采会用这种方式，一片红色磕头机，上了咱太行山，中条山。

在此之前，总觉得磕头机这东西，和咱山西无关。这多也像10多年前意识里的风能发电，是，8月天去内蒙古大草原了，所见有一大块，好像是方圆200公里，那种大型的塔式风力电能收集，随处可见，风叶大的有80来米；进驻大草原开发风能的，皆为中国大的电力电能公司，如大唐、华能、华电这些，风塔上都醒目地印着；而在当初，这些风电收集回来，多也还入不了大网，倒是把个大草原给占住了。

不管咱是不是为大草原鸣不平，但此在有意识，是这等开发风能发电和咱山西摊不上关系。这方面的报道，也多把国人的目光引向祖国的大西北边陲（如把核电发展引向祖国的南海），宁夏、青海、内蒙古，好像这些边地才有值得利用的大风；说你来咱山西的大山里搞投建，风力不够大，成本则更大，总有这么一种山西小农式底层性思维，似也表里山河之一种，把山西切割出来，越框越小：其本质呢？还是对咱脚下这块热土知之甚少。

后来，在晋西北那边，在沁源花坡那边，包括在娄烦某山里，一一见着了，跟着也就不说了；能说什么，抽自己嘴巴子呀？

倒要说前年春上，回老家陵川采访连翘茶事，车行进在太行一号公路上，不只看见了已装好了的风能收集塔，一派大风车翻搅在那纯蓝天宇，路上还遇见运送大风叶的专用车队，也是，一个大叶片80多米，排成长阵，迤逦而行，缓缓切进咱这太行山山脊，尤当长车进入两山相夹的拐弯处，那躺着的大叶片能慢慢升起来，腾挪进空中，见着不禁心惊。

而这种游梁式抽采机，最初印象，还就是通过影视作品与新闻图片所得。这里有一种很强烈的视觉冲击力，所代表的，多就是疯狂的地球资源的抢占与掠夺。沙漠战火。荒旱无边。狼藉一片。不宜于人类生存。

2007年夏天，我们采访国家电网“户户通电”工程，咱人一进甘肃，关乎人类生存的环境问题，便凸显出来。

甘肃庆阳环县。我看到磕头机了。上前，爬了大土坡，到了它跟前。而这大土坡上，更多磕头机是绿色的和蓝色的，红色的反而不多见。那大驴头咯噔咯噔，磕头磕头，随后几日，越见越多。正因为此，在那些大土堆、大土墁、大土塬中间，又开出来一道道黄尘弥天的大小黄土路，用来运出原油。

四处皆被恐怖的旱象所统驭。满眼望去，不见一片绿色。环县占地面积为祖国的千分之一，遭遇74年来未见过的大旱，不是水贵如油，而是水比油还贵。地里绝收，农民只能外出打工。农村没有了劳力，“户户通电”施工，想找个抬电杆的正常劳力也找不到。在那远天远地、毫无绿意的黄土坡上，帮着施工队拉线、抬电杆的，全是老幼妇孺。因为没有饲料，很多农民只能噙着眼泪把自家的牲口卖掉。农民们根本养不起牲口：1斤麦子卖5毛多，可买1斤麦秸就花5毛钱，一头牛、一头驴，每天吃几十斤麦秸，哪家能花得起这么大一笔钱呢？这是我们今天身处的社会好，你家里只要有劳力，就能外出打工，打工挣上钱，就可以买口粮回来。可想而知，如环县这样的特大旱情，早年间不饿死人那才怪了呢。

县里用消防车连续往断了水源的县北送水，山上干渴至极的羊都记住了消防车的颜色，消防车一往村里去，羊群就从山道上一路奔下来，追着那消防车，疾跑而去。

不见寸草生长的那么多的大土山，都变成了白色的，土已严重沙化，似都不能叫土壤了。我们问种树情况，环县人告知，以前种活一棵树要5年时间，第一二年你以为树活了，根本不能保证，到第三年上它又死了，可第四年又活了，再到第五年，活了就活了，死了就真死了。这还是以前。钻开石油以后，地底下也都不对了，再种树，更不知道会是个啥情况。

群山之中，好像只有那抽油的磕头机是些活物。一派白茫茫，一片死寂。

四

前事不忘，后事之师。同在新千年以后，山西的情况，一样让人大摇其头。

2007年前后，我还写了数篇关于环境保护的文章。正面褒扬的，写了右玉，有好几篇呢，另有《我们的汾河》等；具有批评性质的，也写了一两篇，其中我在《世界环境地狱》中开篇即说：“山西的环境问题，多年以来，一直是受到中央政府、全国各地乃至全世界的质疑，批评和抨击；然则，这么多年下来，不仅没有更大起色和改观，为数不少的地方，反而越陷越深，直至落入泥潭，不能自拔。”

我一直有一个观点，我们所处的社会环境与自然生态环境，之所以能得到大的改善，在国家一系列英明的决策和我们全社会的不懈努力之外，长此以往，同也是被我们的人民群众骂出来的；单说我们老百姓的环境骂，不就是最好、最有效的环境监督与环境监测吗？尤当在我们的新闻监督跟不上，不能发挥其效力的时候。

离沁水这边最近的阳城县，那是因挖煤把某个村子给挖塌了，结果把搜狐网的记者引来了——村子因采煤地下被挖空，村民不敢大声说话，怕把房子震塌：村里任意一处，王玉珍“闭着眼睛都能摸过去”。这位年逾六旬的老人，在这里生活了近40年，熟悉每一个角落。可眼下，老太太每走几步路，便会不安地瞅一眼身边的房屋。她的脚步很轻，轻得“像猫一样”，说话声音也不大，只是偶尔说到激动处，才会略微提高嗓门。“我怕把房子震塌。”她指着不远处的一处宅子轻声说，“都是煤矿闹的。自从煤矿来了，一切都变了。”

而当时临汾的情况，却是让英国《卫报》点了名：山西古城临汾是环境地狱，去年被世界银行列为全球空气质量最差的地方。该市的350万居民生活在令人窒息的煤炭粉尘之中。土壤和河流覆盖着煤灰，佛像在有毒的烟尘中被染黑、遮蔽。临汾有196座铸造厂、153座炼焦厂，以及毫无章法的煤窑、沥青厂、钢铁厂，加上居民家庭，全部靠便宜、容易采掘的褐煤作为燃料。

为此，我要说的是路和煤，煤与车，或者说山西的煤焦铁和路和车。

2003年冬天，我们出临汾城向西，到已变成山西著名富庶矿区的乡宁县去采访，走这一趟，对公路及土路上那超乎人们想象的大塞车，留下极深的印象：动辄一个车队就是20辆，30辆，40辆，甚至更多；这些60吨、80吨乃至100吨装的大长车，列成纵队，横排成三行，四行，最终多到800辆，1000辆，1500辆，或者更多，滞留在那焦墨晕染的黑色大山之中。

有这边的朋友说，你铺出一条好路来，很快就会让这些超大型长车给压坏，压得坑洼不平，沟壑纵横；夏日太阳一晒，柏油路又能拧成麻花。而另一边呢，在那些乡村公路旁，房屋在震颤，大树在摇晃，山体在倾斜，地面在下陷，人们的心脏跳动怦怦。

它们究竟要到哪里？是天津的塘沽，还是青岛口岸，连云港码头，或者干脆就是在临汾上站，而后通过更长的货运列车，把山西的煤焦铁送到世界的四面八方。当年好像还有日本人拿咱山西煤去填海，用此办法囤集资源。

江苏、浙江、上海、凡东南沿海发达地区，凡此种种吃得胖嘟嘟的发达大户，无一不靠山西这名瘦骨嶙峋的农民工输血滋养。

那是更早一些年的事，举国上下大凡还在计划经济体制下，便有万万千的南国好儿郎蜂拥至山西来搞煤。他们欲建立一个怎样的关系网时，往往送的就是一两斤茶叶和几件现在看来质地和样式都超级老土的羊毛衫。

20世纪70年代末、80年代初，我在山西迎泽宾馆做楼层服务员，便得到过南方人双手奉上的这等好处。至于说交换条件，一则为这些精明的南方人登记住房，二则是为他们在中间牵线，找一些本地有头脸的熟人出来，介绍于他们。至于说如此这种关系，这样说吧，凡太原大小宾馆旅社稍有点能耐的服务员，每一位都交结有这种江浙沪来山西搞煤炭的常住采购员三五人不等，且说起来还为好友，不属一般关系。就是这样的关系网，随之越织越密，越织越大，无有多少时日，便罩住全部山西省有煤炭资源的地界。

现在看，这万千采购员织出的这张网即是这长车车阵的发轫、源头及始发站。

而这一切都为了什么？两个字：能源。能源就是一切。

五

就沁水本身，整个系列采风的总发起人李景平兄，他向大家讲的几句话，最有代表性："和晋城、高平、阳城有不同，沁水是人家村村冒烟、户户点火的时候，她的环境问题还不特别明显，相比较，她是经济落后地区；反之，是在晋城、高平、阳城的环境治理得到了一定的改善以后，她这方面的问题，冒了头。"问题的症结，也即这前前后后的大背景，那就是沁水煤田的发现。首先便是要我们正视其发展历史。

的确，沁水煤田的发现，当年在坊间，亦成为热议。大家有畅想，有展望，那股子兴奋劲儿，却不亚于想当初哈默来平朔搞露天矿而为整个山西带来的惊喜。咱作为一个晋东南人，一个晋城人，真就觉得脸上有光。它可是世界量级的，多少多少亿的储量，即便凑一起吹牛，这也是有吹的呀，是，必须的，把他们全比下去；同时列位的，自然就是内蒙古和宁夏回族自治区了，这个说得也挺神，也都是天量级的，内蒙古甚或还超了山西，其中讲人家那大露天煤炭开采，不只比咱平朔更容易，翻开土壤就是，尤其对大草原，还不会造成更大的破坏："内蒙古、宁夏，多就是卷地毯铺地毯呢，采煤以前，把草原的草皮卷地毯一样卷起来，煤采完了，再把卷起来的草皮像铺地毯一样铺回来。"反正是坊间闲话，信则多于质疑，正可填补生活的枯燥、乏味。

新千年以来，我几次到平顺采访申纪兰，有关西沟（包括整个平顺）没有煤炭资源这一点，申纪兰老人就多有感慨，尤为特殊的，是她追忆当年农业学大寨，说她和李顺达那是一点也不知道，大寨人家那时候就有煤矿。话，也让我们吃惊不小。

到沁水之前，我接受了一家现代煤焦化企业集团的邀请，用了几天时间，正是来到这中条山山脚下，对他们企业进行了一些走访；其中安泽的一道沟里，那大概投资，就有一百来亿。这可是咱山西的民营经济呀。仅说这样的规模和其高科技含量就让人叹为观止：啊呀，山西民间，竟蕴涵着这么强大的经济创造力？

没错，正是在他们这里，获悉太原西山如西铭、官地等国有大矿的接替井，国家批复下来，两矿一个年产300万吨，一个年产500万吨，坑口大概全都开在这边。

这就是自1989年开始探明的沁水煤田，我们地下资源的超巨航母，整个煤田，辐射20多个市县，所以，你当然会想，这300万、500万吨“两大航母”如若“落地”开挖，它们不仅仅是对沁水、沁源、安泽这些地方上，实则也是对整个山西上下的一场经济发展与环境保护的大考。

还有，这场大考，会持续多少年呢？国家能源战略，这不错，同时亦牵动着咱这普通山西百姓的心。

咱仅说沁水，便有如此之多的煤层气井场，煤矿，这是矿山接矿山，如果你只懂得攫取，为她的环境保护不付出巨大的牺牲和努力，奉献出更多，那她甚或一样可以变成当年的甘肃环县，那样白茫茫的群山，似仅有磕头机像活物，像怪物；而这绝非杞人忧天，或者说耸人听闻，早先，我们晋城这边，滥采乱挖，主要还就是挖煤、挖铁矿挖的，那是多少地方，那样的剖腹裸露，伤疤累累，现今已得到相应恢复的好多道自然之谷，你再看当初留下的那些新闻图片吧，似乎都像航天员发送回来的外星球照片，决不宜于人类生存。

或者，你可能会说，咱这里还有沁河呀，这没错，但是，你不像爱护自己的女儿和自己的眼睛一样爱护她，保护她，她一样会断流，干涸，仅剩下对我们的惩罚；当年干了的多少段汾河，那我们就是见证者。还有，咱到管涔山下的汾河源头，那当初源头就干了。

什么是触目惊心？它还会在你的心间留下长时期的哀鸣和呜咽。

六

冬日旷野里的西北风在呼啸。我们在两台红色的磕头机前，对两名身着橘色工装的工程师进行简短的采访。

这是在沁水县城以南约有二三十公里处的一个半山上，抬眼望去，见周遭这样采气的磕头机并不很多，但问询到的结果却是：分布于沁水县境内的煤层气采气点，约有两万多个。让你感到震撼不已。这是多么大的量啊。

去年1至9月份便新增钻井496口，产量达到26.48亿方，同比增长22.1%；如2×16万方调峰储气项目完成投资1.7亿元；如端氏至嘉峰煤层气骨架管网建设正加快推进。

对比2018年，煤层气的产量，已翻了几番。当时，还在为年内突破10亿立方米产量而奋斗不息呢。

2019年2月份有报道，说沁水这边通过连续五年不懈地探索，煤层气低产低效瓶颈技术难题取得了突破性进展："据华北油田煤层气事业部1月中旬统计，华北油田晋南沁水盆地煤层气田年产量3年增产2亿多立方米，2018年达到创纪录的10.2亿立方米，成为国内首个地面抽采年产量超过10亿方的煤层气田。"

这也就应了县里和我们座谈时所讲到的：煤层气产业狠抓增储上产。

与我们自己怎么联系呢？也简单，咱家里的天然气用得好吧。

在沁水，就煤层气的大力开发，我们说集全国的力量，都失之准确。来开发气田的队伍中，便有一部分跨国公司。看，我们来参观采访的这个采气基点，就为一家大的香港公司的一个项目。他们的分布点在这边也有几处呢。确乎，世界被吸引于此。

在对两位工程师简短的采访中，我们也感受到了现代科技的力量。

像他这样的采气点，平时都不需要技术人员和安保人员过来。安保，有天眼，有多个监控镜头；他们呢，则在远程的控制室工作。没有人。尤当你也听不到什么机器的轰鸣。从表象上看，反而像进行着什么样的测试一般，岂料，多少亿立方的瓦斯，就这样被抽到埋于地下的管道送走了。

当晚回到下榻的酒店，想着能否浮皮潦草地进补一些这方面的知识，一查，太复杂，太专业，看得咱一头雾水，望而却步了。

然而，有些东西，你又必须落实，在此，首先便是煤层气"生态井场”，在去年进入冬季以前，便有73个“井场”完成了修复，其绿化面积为85082平方米，对，这同时也是沁水扎实推进大气、水、土壤污染防治的一条根本性恢复方法。

沁水空气质量稳居全省前五。去年10月14日，在联合国生物多样性大会上被授予“绿水青山就是金山银山”实践创新基地。

七

上车。与两位工程师道别。然后，山西作家采风团一行，向着太行洪谷（一个看星星的地方）出发了。

（沁水）太行洪谷，被国际暗夜协会正式授予“中华暗夜星空保护地”称号，成为我国继西藏阿里、那曲、江苏野鹿荡之后，第四个获此殊荣的受保护地区。

这张环保答卷，了不起。沁水，国家级的示范县。下一张呢？